AF221431

William Makepeace Thackeray
Das Buch der Snobs

William Makepeace Thackeray
Das Buch der Snobs

1.Aufl.
TLK Taschenb.-Literatur-Klassiker
Herausgeber Frank Weber, Marburg
Bibliografische Information der Deutschen Nationalbibliothek:
Die Deutsche Nationalbibliothek verzeichnet diese Publikation in der Deutschen
Nationalbibliografie; detaillierte bibliografische Daten sind im Internet abrufbar über
http://dnb.dnb.de
© 2020 William Makepeace Thackeray
Deutsch H.Conrad
ISBN: 9783751948371
Herstellung und Verlag: BoD – Books on Demand, Norderstedt

Inhalt

Vorbemerkungen

Die Notwendigkeit einer Abhandlung über die Snobs an der Hand der Geschichte und durch treffliche Beispiele erläutert. Ich bin dazu ausersehen, ein solches Buch zu schreiben. Verkündung meiner Berufung mit Worten feuriger Beredsamkeit. Ich weise nach, daß die Welt allmählich für dieses Werk und seinen Verfasser reif geworden ist. Snobs müssen studiert werden wie andere Erscheinungen in der Naturgeschichte auch. Sie bilden einen Teil des »Schönen«. Sie sind in allen Klassen zu finden – schlagender Beweis: Oberst Snobley.

Wir alle haben wohl schon die Behauptung gelesen, deren Echtheit ich mir aber durchaus zu bestreiten erlaube, denn ich möchte wirklich wissen, welche Gründe für ihre Richtigkeit herangezogen werden könnten, wir alle, sage ich, haben bereits den Vorzug gehabt, zu lesen, daß, wenn die Not der Zeit und der Welt nach einem Mann verlangt, ein solcher auch gefunden wird.

So wurde zur Zeit der französischen Revolution (den Leser wird es sicherlich freuen, daß ich so bald von ihr anfange), als es sich als unvermeidlich erwies, dem Volk ein Abführmittel einzugeben, Robespierre gefunden, eine allerdings widerliche und abscheuliche Mixtur, die gleichwohl von dem Kranken begierig und schließlich zu seinem größten Vorteil hinuntergeschluckt wurde. So trat, als es nötig wurde, John Bull aus Amerika herauszuwerfen, Washington auf den Schauplatz und entledigte sich dieser Aufgabe zu aller Beifall. So erschien, als der Graf von Aldborough sich unpäßlich fühlte, Professor Holloway mit seinen Pillen und heilte, wie es in seinen Anzeigen heißt, seine Lordschaft usw. usw. ... Unzählige Beispiele könnten dafür herangezogen werden, daß, wenn ein Volk sich in größter Not befindet, auch die Hilfe am nächsten ist, gerade wie im Puppenspiel (dieser Welt im kleinen), wo dem Hanswurst, wenn er irgend etwas, etwa eine Wärmflasche, einen Pumpenschwengel, eine Gans oder einen Muff, braucht, immer gerade das Gewünschte aus den Kulissen zufliegt.

Weiter – wenn Menschen etwas unternehmen wollen, so verstehen sie es stets, ihr Beginnen als eine absolute Weltnotwendigkeit hinzustellen, die nach Ausführung schreit. Handelt es sich zum Beispiel um eine neue Bahn, dann wird die Direktion sicher bekanntgeben: »Eine engere Verbindung zwischen Bathershins und Derrynane-Beg ist im Interesse der Zivilisation unbedingt nötig und entspricht auch dem stets wiederkehrenden Verlangen des großen irischen Volkes.« Oder es steht die Gründung einer Zeitung in Frage. Da wird die Ankündigung etwa so lauten: »Jetzt, wo die Kirche in Gefahr ist, wo wilder Fanatismus und abscheulicher Unglauben sie bedroht, wo der Jesuitismus sie zu untergraben sucht und sie durch Spaltungen im Inneren sich nahezu selbst vernichtet, ist ein allgemeiner Schrei – das gequälte Volk hat seine sehnsüchtigen Blicke nach dem Ausland gerichtet – nach einem Meister und Führer laut geworden. Ein Verein, dem Geistliche und Bürger der Stadt angehören, hat sich in dieser Stunde der Gefahr gebildet und hat die Gründung eines Blattes unter dem Namen ›Der Kirchendiener‹ beschlossen usw. usw.« Hieraus erhellt wenigstens das eine unwiderleglich: Was das Publikum verlangt, erhält es auch, und umgekehrt: Das Publikum besitzt bereits etwas, dann hat es auch Verlangen danach.

Lange habe ich die Überzeugung mit mir herumgetragen, daß ich ein Werk verfassen müßte – ich bitte, » Werk« groß zu schreiben –, daß ich einen Zweck zu erfüllen hätte, etwa wie Curtius, der mit seinem Roß in den Abgrund setzte, daß ich ein großes soziales Übel zu enthüllen und zu heilen hätte.

Diese Überzeugung verfolgte mich Jahre hindurch. Sie packte mich mitten im Verkehr der Straße, sie setzte sich zu mir in die stille Studierstube, sie ließ sich vernehmen, wenn ich mein Glas an der Festtafel erhob, sie verfolgte mich auch im Getriebe von Rotten Row, sie folgte mir sogar in fremde Länder. Am steinigen Strande Brightons und im Sande von Margate übertönte die Stimme das Rollen der See. Sie versteckte sich selbst in meine Nachtmütze und flüsterte mir zu: »Schläfer, wache auf, dein Werk ist noch immer nicht begonnen.« Im vorigen Jahre weilte ich beim Mondschein im Kolosseum und hörte wieder die feine eindringliche Stimme sprechen: »Smith oder Jones, mein braver Junge, das ist ja alles sehr schön, aber du solltest eigentlich zu Hause sitzen und an deinem großen Werk über die Snobs schreiben.«

Wenn jemand einen derartigen Ruf in seinem Inneren vernimmt, so wäre jeder Versuch, ihn zu überhören, eine Verkehrtheit. Er muß zu den Völkern sprechen, er muß sein Innerstes umkehren, wie James sagen würde, oder daran ersticken und sterben.

»Fühlst du denn nicht«, habe ich oft Ihrem ergebensten Diener in Gedanken zugerufen, »fühlst du nicht, wie du nach und nach für deine große Arbeit reif geworden bist und wie du nun unwiderstehlich zu ihr hingezogen wirst?« Zuerst wurde die Welt geschaffen, danach folgerichtig die Snobs! Sie waren seit Jahrtausenden da und blieben dennoch ebenso unentdeckt wie Amerika. Aber auf einmal, ingens patebat tellus, wurde die Menschheit dunkel gewahr, daß ein solches Geschlecht wirklich existierte. Indessen erst vor ungefähr fünfundzwanzig Jahren kam der so bezeichnende einsilbige Name auf und hat sich mit gleicher Schnelligkeit wie die Eisenbahnen über ganz England verbreitet. Heute sind Snobs gekannt und anerkannt in unserem Reiche, in dem, wie ich gelernt habe, die Sonne

11

niemals untergeht. Der »Punch« erscheint gerade zur rechten Zeit, um ihre Geschichte aufzuzeichnen, und der eigens hierfür prädestinierte Mann ist zur Stelle, um diese Geschichte im »Punch« zu schreiben.

Ich habe (und zu dieser Gabe gratuliere ich mir selbst aus tiefster, dankbarster Seele), ich habe einen entschiedenen Blick für Snobs. Wenn das Wahre schön ist, so ist es schön, sogar das Wesen der Snobs zu studieren, ihrer Geschichte nachzuspüren, so wie gewisse kleine Hunde in Hampshire Trüffeln aufstöbern; so ist es schön, Schächte in die Gesellschaft zu bohren, um auf reiche Adern von Snob-Erz zu stoßen. Das Snobtum gleicht dem Tode in dem Verse des Horaz, den Sie hoffentlich noch nie gehört haben und der also lautet: »Er pocht gleicherweise an die Tür der Armen, wie er an den Palastpforten der Kaiser rüttelt.« Es wäre ein großer Irrtum, über Snobs oberflächlich urteilen und glauben zu wollen, man träfe sie nur unter kleinen Leuten an. Ein gewaltiger Prozentsatz von Snobs, davon lasse ich mich nicht abbringen, ist in jeder Gesellschaftsklasse dieser sterblichen Welt zu finden. Urteilen Sie nicht kurzerhand oder geringschätzig über Snobs, Sie beweisen damit nur, daß Sie selbst ein Snob sind. Auch ich bin schon dafür gehalten worden. Als ich mich zur Brunnenkur in Bagnigge Wells aufhielt und dort im Hotel »Imperial« wohnte, saß ich beim Frühstück eine kurze Zeit lang einem so unerträglichen Snob gegenüber, daß ich fühlte, der Brunnen würde mir nicht bekommen, solange er dort weilte. Er hieß Oberstleutnant Snobley und stand bei einem Dragonerregiment. Er trug Lackstiefel und hatte einen gewichsten Schnurrbart; er lispelte, sprach nachlässig und ließ aus den Worten die R's aus. Er prahlte stets und wischte sich seinen geölten Bart mit einem großen rotseidenen Taschentuch, welches einen so penetranten Geruch nach Moschus im Zimmer verbreitete, daß ich schließlich so weit war, mit diesem Snob den Kampf aufzunehmen, bis er oder ich den Gasthof verließ. Ich fing zuerst harmlose Gespräche mit ihm an, was ihn sehr irritierte, weil er nicht wußte, wie er mir entgegnen sollte, war er es doch nicht im mindesten gewohnt, daß jemand es sich herausnahm, ihn zuerst anzureden. Dann gab ich ihm eine Zeitung, und als er auch von diesem Entgegenkommen keine Notiz nahm, fixierte ich ihn scharf und benutzte meine Gabel als Zahnstocher. Nachdem ich dieses zwei Tage hintereinander durchgeführt hatte, hielt er es nicht länger aus und überließ mir den Kampfplatz.

Sollte der Oberst dies zu Gesicht bekommen, so wird er sich gewiß des Herrn erinnern, der ihn fragte, ob er nicht auch Publikola für einen guten Schriftsteller hielte, und der es fertig brachte, ihn mit einer vierzinkigen Gabel aus dem Hotel zu vertreiben.

Erstes Kapitel

Einige scherzhafte Anekdoten über Snobs

Man kann relative und absolute Snobs unterscheiden. Unter absoluten Snobs verstehe ich solche Personen, die sich überall in allen Lebenslagen, Tag und Nacht, von der Wiege bis zum Grabe, als Snobs betragen, weil eben der Snobismus ihre wahre Natur ist! Die andere Klasse sind Gelegenheits-Snobs, je nach Lage der Umstände und Verhältnisse im Leben.

Zum Beispiel: Ich kannte jemanden, der vor meinen Augen ein ähnlich abschreckendes Gebaren zur Schau trug wie ich, als ich Oberst Snobley herausgraulen wollte: ich meine den Gebrauch der Gabel als Zahnstocher. Also ich kannte jemanden, der mit mir zusammen im »Café Europa« (gegenüber der Großen Oper – wie jedermann weiß, das einzig anständige Speisehaus in Neapel) das Mittagessen einzunehmen pflegte und Erbsen mit dem Messer aß. Er war ein Mensch, dessen Umgang mir anfangs das größte Vergnügen machte – wir hatten uns am Kraterrand des Vesuv kennengelernt, waren dann in Kalabrien von Briganten ausgeraubt, gefangen und erst gegen Lösegeld wieder freigegeben worden, was eigentlich nicht zur Sache gehört –, er war also ein geistvoller Mann von bedeutenden Gaben und vielseitiger Bildung; aber ich hatte ihn noch nie Erbsen essen gesehen, und sein Benehmen dabei verursachte mir größtes Unbehagen.

Wenn jemand sich vor aller Welt so benehmen konnte, so blieb mir nur eins zu tun übrig – den Verkehr mit ihm abzubrechen. Ich beauftragte daher einen gemeinsamen Freund (den Ehrenwerten Poly Anthus), dem Herrn die Sache so schonend wie möglich beizubringen und ihm zu sagen, daß unliebsame Vorkommnisse, die in keiner Weise die Ehre des Herrn

Marrowfat berührten oder meiner Achtung für ihn Abbruch täten, mich zwängen, den vertrauten Verkehr mit ihm aufzugeben; denselben Abend trafen wir uns auf einem Ball der Herzogin von Monte Fiasco und schnitten uns bereits vollkommen.

Alle Welt in Neapel wunderte sich über die Trennung von Damon und Pythias – hatte doch Marrowfat mir mehr als einmal das Leben gerettet –, aber konnte ich als Gentleman anders handeln?

In diesem Fall war mein Freund ein relativer Snob. Leute von Rang in anderen Ländern dürfen ruhig ihr Messer in der geschilderten Art gebrauchen, ohne als Snobs angesehen zu werden. Sah ich doch selbst, wie Monte Fiasco die Platte mit dem Messer abputzte und wie jeder Principe in der Gesellschaft das gleiche tat. Sah ich doch an der Tafel Ihrer Kaiserlichen Hoheit der Großherzogin von Baden (die, wenn diese ehrfurchtsvollen Zeilen je vor Ihre Kaiserlichen Augen kommen sollten, sich ihres untertänigsten Dieners gnädig erinnern möge), sah ich doch, sage ich, die Erbprinzessin von Potztausend Donnerwetter (diese klassisch schöne Dame) ihr Messer als Gabel oder Löffel verwenden; ich habe sie es, bei Gott, beinahe mit verschlucken sehen, wie es Ramo Samce, der indische Gaukler, nicht besser machen konnte. Wurde ich damals blaß, oder verringerte sich deshalb meine Ehrfurcht für die Prinzessin? Nein, süße Amalie! Wohl die tiefste Leidenschaft, die ich je für eine Frau hegte, hat diese Dame in meiner Brust entfacht. O schönstes Wesen! Mögest du bis in die fernsten Zeiten mit dem Messer das Essen zu deinen Lippen, den rosigsten und lieblichsten der Welt, führen!

Vier Jahre lang habe ich den wahren Grund meines Zwistes mit Marrowfat keiner sterblichen Seele auch nur angedeutet. Wir trafen uns bei den Empfängen der Aristokratie – unseren

15

Freunden und Verwandten – weiter. Wir stießen uns fast beim Tanz und bei der Tafel, aber die Entfremdung hielt an und schien unwiderruflich, bis der 4. Juni vorigen Jahres kam.

Wir trafen uns bei Sir George Golloper. Bei Tische saß er rechts, ich links von der entzückenden Lady G. – Erbsen bildeten einen Teil der Speisenfolge – Enten mit grünen Erbsen. Ich zitterte, als Marrowfat davon angeboten wurde, und wendete mich voller Unbehagen ab, fürchtete ich doch, wieder den Degen in seinen schrecklichen Kinnbacken verschwinden zu sehen. Wie groß war mein Erstaunen und Entzücken, als ich ihn die Gabel wie jeder andere Christenmensch gebrauchen sah. Er nahm auch nicht ein einziges Mal den kalten Stahl zu Hilfe. Die Erinnerung alter Zeiten überkam mich, an seine uneigennützigen Dienste, als er mich aus der Gewalt der Briganten befreite, an sein ritterliches Verhalten bei der Geschichte mit der Gräfin Dei Spinachi, als er mir mit 1700 Lire aus der Verlegenheit half. Ich vergoß beinahe Freudentränen, meine Stimme zitterte vor Rührung. »George, mein alter Junge«, rief ich, »George Marrowfat, alter Kerl, ein Glas Wein!«

Jäh errötend in tiefer Bewegung, fast ebenso zitternd wie ich, erwiderte George: »Frank, soll es Rheinwein oder Madeira sein?« Wenig fehlte, und ich hätte ihn vor der ganzen Gesellschaft ans Herz gedrückt. Lady Golloper ahnte schwerlich, was mich so erregte, daß ich den Entenbraten, den ich gerade zerlegte, auf ihren gräflichen rosaseidenen Schoß fallen ließ. Die gütigste aller Frauen verzieh mir meine Ungeschicklichkeit, und der Lakai entfernte den Vogel.

Seitdem waren wir die dicksten Freunde, und natürlich verfiel George nie wieder in diese abscheuliche Angewohnheit. Er hatte sie sich auf der Schule eines Dorfes angeeignet, wo Erbsen gezogen und nur zweizinkige Gabeln gebraucht wurden.

Erst auf dem Kontinent, wo allgemein vierzinkige Gabeln Mode sind, legte er diese schreckliche Unsitte ab.

In dieser Hinsicht, aber nur in dieser, bin ich ein Anhänger derjenigen, die für silberne Gabeln Schule machen, und wenn diese Erzählung auch nur einen Leser des »Punch« zum Nachdenken veranlassen sollte, sich feierlich zu fragen: »Esse ich Erbsen mit dem Messer oder nicht?«, dann wird er begreifen, in welchen Abgrund er geraten würde, wenn er bei dieser Übung beharrte, oder seine Familie, falls sie seinem Beispiel folgte; dann werden diese Zeilen nicht umsonst geschrieben sein. Und nun noch eins: was andere Schriftsteller sich auch dünken mögen, die über diesen Gegenstand geschrieben haben, das eine darf ich wenigstens für mich in Anspruch nehmen, daß ich die Sache als ein Mann von Moral beleuchtet habe.

Da manche meiner Leser etwas langsam begreifen, ist es vielleicht ganz gut, wenn ich hier schon selbst die Moral meiner Geschichte erzähle. Sie ist nämlich die: die Gesellschaft hat ihre ungeschriebenen Gesetze; wer zu ihr gehören will, muß ihre Sitten befolgen und ihren harmlosen Vorschriften sich anpassen.

Angenommen, ich ginge auf das »British and Foreign Institute« (und der Himmel möge mich davor bewahren, daß ich es unter irgendeinem Vorwand oder in irgendeinem Anzüge tue), oder ich ginge zu einer Teegesellschaft in Schlafrock und Pantoffeln und nicht in dem für einen Gentleman vorgeschriebenen Anzug, nämlich in Kniehosen, weißer Weste mit goldenen Litzen, Zylinderhut, Spitzenmanschetten und weißer Halsbinde, so würde ich damit die Gesellschaft beleidigen oder mit anderen Worten ... »Erbsen mit dem Messer essen«. Eine Person, die einen derartigen Verstoß gegen die allgemeine Sitte vollführt, sollte alsbald durch den Portier des Institutes an die frische Luft befördert werden. Ein solcher Missetäter ist in den Augen der Gesellschaft ein höchst widerhaariger Snob. Die Gesellschaft hat ihren Kodex und ihre Polizei so gut wie die Regierung, und wer in ihr ein behagliches Leben führen will, muß sich ihren zum allgemeinen Besten gegebenen Vorschriften fügen.

Ich bin natürlich ein Feind der Selbstsucht und hasse Eigenlob im Grunde meiner Seele; aber ich kann nicht anders und muß hier ein Begebnis erzählen, das mein Thema erläutert und bei dem ich mich, wie ich glaube, mit beträchtlicher Klugheit verhalten habe.

Vor einigen Jahren war ich in knifflicher Mission in Konstantinopel; die Russen spielten damals – ganz unter uns – ein doppeltes Spiel, und es wurde für uns nötig, eine Sondergesandtschaft hinzuschicken. Zu der Zeit gab Leckerbiß-Pascha von Rumelien, damals der Obergaleote der Pforte, ein diplomatisches Diner in seinem Sommerpalast in Bujukdere. Ich saß zur Linken des Pascha und der russische Geschäftsträger, Graf von Diddloff, auf seiner rechten Seite. Diddloff ist ein Hansnarr, der so tut, als ob er beim Duft einer Rose vor Wonne vergehen sollte. Dabei hatte er im Verlauf der Verhandlungen dreimal den Versuch gemacht, mich morden zu lassen. Vor der Welt aber waren wir natürlich die besten Freunde und begrüßten uns in der liebenswürdigsten und herzlichsten Weise.

Der Pascha ist – nein, leider war, denn die seidene Schnur hat seitdem das ihrige getan – ein rechtschaffener Anhänger der alttürkischen Diplomatenschule. Wir aßen mit den Fingern und benutzten Brotscheiben als Teller. Die einzige Neuerung, die er gestattete, war der Genuß von europäischen Schnäpsen, die er mit größter Wonne hinter die Binde goß. Dazu schlug er eine gewaltige Klinge. Unter den vielen Gerichten, die aufgetragen wurden, befand sich auch ein Lamm, das in seinem Fell gebraten und mit Pflaumen, Knoblauch, Teufelsdreck, spanischem Pfeffer und anderen Gewürzen gefüllt war. Es war jedenfalls das scheußlichste Sammelsurium, das je ein Sterblicher gerochen oder gekostet hatte. Der Pascha aß unglaubliche Mengen davon, und den Sitten des Orients gemäß legte er seinen Gastfreunden zur Rechten und Linken selbst vor. Kam aber ein besonders aromatischer Bissen ihm unter die Finger, so schob er ihn höchst eigenhändig in den Mund seiner Gäste.

Niemals werde ich das Gesicht des armen Diddloff vergessen, als Seine Exzellenz eine ziemlich große Kugel aus der Füllung formte und sie mit dem Ruf: »Buck, Buck« (das ist sehr gut) Diddloff zwischen die Lippen praktizierte. Die Augen des Russen rollten schrecklich, als er diesen Leckerbissen erhielt; er würgte ihn indessen unter Grimassen mit Todesverachtung herunter, griff dann schleunigst nach der nächsten Flasche, die er für Sauterne hielt, die aber in Wirklichkeit nichts anderes als Kognak war, und spülte ziemlich einen halben Liter davon hinterher, ehe er seinen Irrtum bemerkte. Das gab ihm den Rest, er wurde halbtot aus dem Speisesaal nach einer kühlen Laube am Bosporus getragen.

Als ich an die Reihe kam, nahm ich das Gemengsel freundlich lächelnd entgegen, sagte »Bismillah« und leckte mir die Lippen voller Behagen. Bei dem nächsten Gericht drehte ich dann meinerseits mit großem Geschick eine Kugel und stopfte sie dem alten Pascha mit so viel Grazie in den Mund, daß ich mir das Herz des alten Herrn vollständig eroberte. Rußland war damit erledigt, und der Vertrag von Kabobanopel wurde unterzeichnet. Mit Diddloff war es aus, er wurde nach Petersburg zurückberufen, und Sir Roderich Murchison sah ihn später als Nr. 3967 in den Bergwerken des Ural arbeiten.

19

Die Moral von dieser Geschichte habe ich kaum nötig zu erklären; sie lehrt, daß man in der Gesellschaft viel Unangenehmes mit lächelnder Miene hinunterschlucken muß.

Zweites Kapitel

Der Königliche Snob

Lange Zeit ist es her, beim Regierungsantritt unserer jetzigen gnädigen Königin, da begab es sich an einem schönen Sommerabend, wie James sagen würde, daß einige junge Edelleute nach Tisch beim Wein in der von Frau Anderson in dem königlichen Dorfe Kensington geführten Wirtschaft zum »Königswappen« saßen. Es war ein herrlicher Abend, und die Ausflügler schauten auf ein liebliches Landschaftsbild. Die hohen Ulmen des alten Gartens standen in vollem Laub, und zahllose Karossen des englischen Adels rollten vor dem benachbarten Palais vor, wo der Prinz von Sussex (dessen Einkommen ihm neuerdings nur erlaubt, Tagesgesellschaften zu geben) aus Anlaß der Anwesenheit seiner königlichen Nichte ein Hoffest veranstaltete. Als die Equipagen des Adels ihre Insassen vor der Festhalle abgesetzt hatten, begaben sich die Kutscher und Diener in den benachbarten Garten des »Königswappens«, um dort eine Flasche nußbraunen Ales zu trinken. Wir beobachteten diese Burschen von unserem Fenster aus, und, beim heiligen Bonifatius, das war ein köstlicher Anblick.

Die Tulpen in Mynheer van Duncks Gärten konnten nicht farbenprächtiger sein als die Livreen dieser bunt gekleideten Mannen. Alle Blumen des Feldes blühten an ihrer in Falten abgenähten Brust, und alle Farben des Regenbogens leuchteten aus ihren Plüschpluderhosen, als sie mit ihren langen Stöcken den Garten in gravitätischer Feierlichkeit auf und ab spazierten unter jenem ergötzlichen Beben der Waden, das auf uns stets einen so berückenden Zauber ausübt. Der Weg schien nicht breit genug, um alle die ungeschlachten Kerle in kanariengelb, karmoisinrot und lichtblau leuchtenden Farben einherstolzieren zu lassen.

Da plötzlich, als sie sich in ihrer ganzen Pracht sonnten, ertönte eine kleine Glocke, und durch eine Seitenpforte traten, nachdem sie ihre königliche Herrin abgesetzt hatten, Ihrer Majestät höchsteigene Karmoisinlakaien mit Epauletten und schwarzen Plüschhosen.

Es war ein kläglicher Anblick, bei ihrer Ankunft die anderen armen Johanns sich fortschleichen zu sehen. Nicht einer der braven Privatplüschhosen konnte vor den königlichen Bedienten bestehen. Sie verließen den Weg und schlüpften in dunkle Ecken, wo sie still ihr Bier austranken. Der königliche Plüsch nahm Besitz von dem Garten, bis für sie das königliche Plüschdiner angerichtet war, dann zogen sie sich zurück, und wir hörten aus dem Pavillon, in dem sie speisten, staatserhaltende Hochs, Reden und frenetische Hurras. Die anderen Bedienten wurden nicht mehr gesehen.

Meine lieben Bedientenseelen, die ihr in einem Augenblick so unglaublich eingebildet und im nächsten so kleinmütig wäret, ihr seid mir nur die Abbilder eurer Herren. Merkt euch: wer Niedriges in niedriger Weise bestaunt, ist ein Snob. – Vielleicht ist dies die treffendste Bestimmung des ganzen Begriffs.

Darum habe ich auch, mit größtem Respekt natürlich, den *königlichen Snob* an die Spitze meiner Liste gesetzt, was zur Folge hat, daß ihm der Vortritt vor den anderen Snobs gelassen werden muß, so wie es die Bedienten vor ihren königlichen Kollegen im Kensingtongarten machten. Wenn ich von dem

21

oder jenem allergnädigsten Landesherren sage, er sei ein Snob, so sage ich von Seiner Majestät nichts anderes, als daß er ein Mensch ist. Könige sind eben auch Menschen und Snobs. In einem Lande, wo die Mehrzahl der Bewohner Snobs sind, kann der hervorragendste unter ihnen sicherlich nicht untauglich zur Regierung sein. Beweis: ihre bewundernswürdigen Erfolge bei uns.

Zum Beispiel war Jakob I. ein Snob, und zudem ein schottischer Snob, also das denkbar anstößigste Geschöpf auf dieser Welt. Er scheint keine einzige Mannestugend besessen zu haben, weder Tapferkeit noch Edelmut, noch Ehre, noch Verstand; aber lesen wir einmal nach, was die großen Geistlichen und Gelehrten Englands über ihn gesagt haben!

Sein Enkel Karl II. war ein Schuft, aber kein Snob; während Ludwig XIV., sein querköpfiger Zeitgenosse, der große Perückenanbeter, mir stets und zweifelsfrei als königlicher Snob vorgekommen ist.

Ich will indessen weitere Beispiele von königlichen Snobs nicht aus der Geschichte meiner Heimat nehmen, sondern von einem benachbarten Königreich »Brentford« und seinem Monarchen, dem großen und vielbeweinten Georgius IV., berichten. Mit derselben Demut, mit der sich die Lakaien im »Königswappen« vor dem königlichen Plüsch zurückzogen, kroch der hohe Adel der Brentforder Nation vor Georgius zu Kreuz und erklärte ihn für den ersten Gentleman Europas. Muß man sich da nicht voll Verwunderung fragen, was denn nach der Ansicht des Adels einen Gentleman ausmacht, wenn er Georgius einen derartigen Ehrentitel gab?

Was heißt es eigentlich, ein Gentleman zu sein? Soll er nicht ehrbar, tapfer, edelmütig, mutig, klug sein? Und wenn er alle diese Eigenschaften besitzt, soll er sie dann nicht vor aller Welt in anmutiger Weise zur Schau tragen?

Soll ein Gentleman nicht ein guter Sohn, ein treuer Gatte, ein sorgsamer Vater sein? Soll nicht sein Lebenswandel untadelig sein, soll er nicht seine Schulden bezahlen, soll nicht sein Geschmack entwickelt und elegant, sollen nicht seine Liebhabereien erhaben und vornehm sein? Mit einem Wort, sollte nicht der Lebenswandel des ersten Gentleman von Europa derart sein, daß seine Biographie in höheren Töchterschulen und Unterrichtsanstalten junger Leute zu aller Nutzen gelesen werden könnte? Ich richte diese Frage an alle Jugenderzieher – an Mrs. Ellis und an die englischen Frauen; an alle Schulvorsteher von Doktor Hawtrey abwärts bis zu Mr. Squeers. Ich berufe damit einen erhabenen Gerichtshof von Jugend und Unschuld, geleitet von ihren ehrwürdigen Lehrern (gleich den zehntausend rotwangigen Armenschülern in der St. Paulskirche), und auf der Anklagebank sitzt Georgius, der sich verteidigen muß. »Hinaus mit ihm aus dem Saal, hinaus aus dem Saal, dicker, alter Florizel! Gerichtsdiener, führt diesen aufgeschwemmten Mann mit den vielen Pickeln im Antlitz hinaus!« – Wenn Georgius ein Standbild in dem neuen Palast, den die Brentforder bauen wollen, erhalten soll, so sollte es im Lakaienhaus errichtet werden. Man sollte ihn darstellen, wie er ein Gewand zuschneidet, in welcher Kunst er es ja, wie es heißt, zur Vollendung gebracht hat. Er hat auch den Maraschino-Punsch und eine Schuhschnalle erfunden (das geschah in der Vollkraft seiner Jugend und der Blüte seiner Erfindungsgabe) und einen chinesischen Pavillon, das scheußlichste Bauwerk der Welt. Er konnte ein Viergespann fast ebenso gut lenken wie der Postkutscher von Brighton, focht elegant und war angeblich ein guter Violinspieler. Und er lächelte so unwiderstehlich, daß jeder, der in seine erhabene Nähe kam, ihm mit Leib und Seele zum Opfer fiel, so wie ein Kaninchen die Beute einer großen Boa constrictor wird.

Ich möchte wetten, daß, wenn Mr. Widdicomb durch eine Revolution auf den Thron von Brentford käme, das Volk ganz in der gleichen Weise von seinem unwiderstehlichen, majestätischen Lächeln bezaubert sein und daß es ebenso zittern und niederknien würde, um ihm die Hand zu küssen. Wenn er nach Dublin käme, so würde man an der Stelle, an der er zum ersten Male landete, einen Obelisken errichten, wie es die Paddyländer taten, als Georgius sie besuchte. Wir haben alle mit Vergnügen die Geschichte der Reise des Königs nach Haggisland gelesen, wo seine Anwesenheit ungeheure Begeisterung entfachte, wo der berühmteste Mann des Landes – der Baron von Bradwardine –, als er an Bord der Königsjacht kam, ein Glas ausfindig machte, aus dem Georgius getrunken hatte, und es in seiner Rocktasche als unschätzbares Andenken verschwinden ließ. Aber bei der Rückfahrt an Land setzte sich der Herr Baron auf das Glas, so daß es zerbrach und seine Rockschöße zerschnitt. So ging die unschätzbare Reliquie der Welt auf immer verloren!

O edler Bradwardine! Wie konnte ein so veralteter Aberglaube dich zur Anbetung eines derartigen Idols hinreißen?

Wenn man Lust hat, über den Wechsel alles Irdischen zu philosophieren, so muß man sich die Figur von Georgius in seinen beglaubigt echten Kleidern im Panoptikum ansehen. Eintritt einen Schilling. Kinder und Lakaien zahlen die Hälfte. Ich sage euch, geht ja hin und zahlt euern halben Schilling!

Drittes Kapitel

Der Einfluß des Adels auf die Snobs

Letzten Sonntag vor einer Woche war ich in der Stadtkirche, und nach Schluß des Gottesdienstes hörte ich, wie zwei Snobs sich über den Pfarrer unterhielten. Der eine fragte den anderen über die Person des Geistlichen aus. »Er heißt Soundso und ist Hauskaplan bei dem Grafen Wieheißterdochgleich!« – »Oh, wirklich!« sagte der erste Snob mit dem Ausdruck unbeschreiblicher Befriedigung. Für den Geist dieses Snob waren damit die Rechtgläubigkeit und die Persönlichkeit des Pfarrers unzweifelhaft festgestellt. Er wußte über den Grafen nicht mehr als über seinen Kaplan, aber aus dem Ansehen des ersteren schloß er auf den Charakter des letzteren; und äußerst befriedigt von Hochwürden ging er nach Hause – dieser kleine servile Snob.

Dieses Erlebnis gab mir mehr Anlaß zum Nachdenken als die Predigt, und ich staunte über die Verbreitung und Ausdehnung des Götzendienstes, der bei uns zulande mit einem hohen Adel getrieben wird. Was konnte es dem Snob bedeuten, ob Hochwürden bei Seiner Erlaucht Kaplan war oder nicht? Was haben wir doch für eine Vergötterung der Pairswürde in unserem freien Lande! Wie sind wir doch alle damit behaftet und liegen mehr oder minder auf dem Bauche vor ihr! – Und bei der Bedeutung dieser Frage stehe ich nicht an zu erklären, daß der Einfluß der Pairs auf das Snobtum größer ist als auf irgendeine andere Einrichtung. Das Blühen, Wachsen und Gedeihen der Snobs gehört, wie Lord John Russel sagt, zu den »unschätzbaren Verdiensten«, die wir dem Adel verdanken. Es kann ja auch gar nicht anders sein. Jemand wird beispielsweise sehr reich oder arbeitet mit Erfolg als rechte Hand eines

Ministers oder gewinnt eine große Schlacht oder schließt einen vorteilhaften Vertrag ab oder ist ein geschickter Anwalt, der hohe Honorare und schließlich einen Sitz auf der Richterbank erhält, so belohnt ihn das Land sicherlich für alle Zeiten durch eine goldene Krone (mit mehr oder weniger Kugeln und Laub), durch einen Titel und die Stellung als Gesetzgeber. »Euer Verdienst ist so groß«, sagt die Nation, »daß auch eure Kinder in irgendeiner Form uns regieren sollen. Es ist ganz gleichgültig, daß euer ältester Sohn schwachsinnig ist. Wir halten eure Verdienste für so hervorragend, daß die von euch bekleideten Ehrenstellen dennoch auf ihn übergehen sollen, wenn der Tod euch eure erhabenen Schuhe auszieht. Seid ihr arm, so wollen wir euch und den Erstgeborenen eures Stammes für alle Zeiten so stellen, daß ihr in Glanz und Wonne leben könnt. Es ist unser Wunsch, daß in unserem glücklichen Vaterlande eine Sonderklasse leben soll, welche die erste Stelle einnimmt und vor allen anderen berufen ist, alle Regierungsämter und Patronate zu besetzen. Wir können nicht alle eure teuren Kinder zu Pairs machen, das würde der Pairswürde Abbruch tun, das Haus der Lords überfüllen und ungemütlich machen, aber die jüngeren Mitglieder eurer Familien sollen alles erhalten, was die Regierung ihnen sonst zu geben vermag. Sie sollen sich die Posten aussuchen dürfen, sie sollen mit neunzehn Jahren Kapitäne und Oberstleutnants werden, während altersgraue Leutnants dreißig Jahre hindurch exerzieren lassen müssen. Sie sollen mit vierundzwanzig Jahren das Kommando über ein Schiff und über altgediente Soldaten haben, die schon im Felde standen, ehe jene geboren wurden. Und da wir ein so hervorragend freies Volk sind und alle Leute in ihrem Streben ermutigen, so sagen wir jedem Mann von nur einigem Rang: bereichere dich, so sehr du kannst, nimm als Rechtsanwalt die kolossalsten Gebühren, halte große Reden, zeichne dich aus oder gewinne Schlachten, und du – auch du wirst in die auserwählte Klasse kommen, und dann werden natürlich auch deine Nachkommen über die unsrigen herrschen.«

Wie können wir das Snobtum verhindern bei solch einer hervorragenden nationalen Einrichtung, die wie zur Anbetung geschaffen ist? Wie können wir das Kriechen vor den Lords abwenden? Fleisch und Blut können nicht anders. Wie kann ein Mensch dieser großen Versuchung widerstehen? Beseelt von dem, was man edlen Wetteifer nennt, jagen viele den Ehrenstellen nach und erhalten sie auch schließlich. Andere, die zu schwach oder zu mittelmäßig sind, bewundern und kriechen blindlings vor denen, die welche errungen haben. Andere wieder, die nicht fähig waren, sie zu erreichen, hassen, beschimpfen und beneiden jene Glücklichen auf das wütendste. Es gibt nur wenige nüchterne und vorurteilslose Philosophen, die das Wesen der Gesellschaft, nämlich die ausgemachte Speichelleckerei, die gemeine und dabei vom Gesetz begünstigte Anbetung der Höherstehenden und des Mammons, mit einem Wort das verewigte Snobtum, erfaßt haben und dieses Faktum nun kühl registrieren. Und doch, gibt es selbst unter diesen kühlen Moralisten auch wohl nur einen, dessen Herz nicht vor Freude höher schlüge, wenn man ihn Arm in Arm mit Herzögen die Pall Mall auf und ab promenieren sehen könnte? Nein, unter den bei uns nun einmal herrschenden Gesellschaftszuständen ist es unmöglich, nicht bisweilen selbst ein Snob zu sein.

Diese Zustände ermutigen einerseits den Bürger, sich snobhaft unterwürfig, und andererseits den Edelmann, sich snobhaft anmaßend zu betragen. Wenn eine edle Marquise in ihrer Reisebeschreibung Betrachtungen darüber anstellt, wie sehr die Passagiere auf den Dampfern darunter zu leiden haben, daß

27

sie mit allem möglichen Volk in Berührung kommen, und damit zu verstehen gibt, daß es für die gnädige Frau peinlich sei, mit einer Anzahl göttlicher Geschöpfe, über denen sie zu stehen meint, zusammenzukommen, wenn, sage ich, die Marquise von X so etwas zu schreiben fertigbringt, so müssen wir uns vergegenwärtigen, daß keine Frau aus ihrem natürlichen Empfinden heraus eine solche Meinung sich bilden würde, daß aber die Gewohnheit des Dienerns und Kriechens, welche die ganze Umgebung im Verkehr mit dieser schönen und mächtigen Dame, dieser Besitzerin so vieler schwarzer und anderer Diamanten, angenommen hat, ihr die Überzeugung beibringen mußte, daß sie im allgemeinen hoch über ihren Mitmenschen steht und daß ihr deshalb die Masse des Volkes in respektvoller Entfernung vom Leibe gehalten werden muß. Ich erinnere mich, daß ich einmal gerade in Kairo war, als ein Prinz aus europäischem Königshause auf der Durchreise nach Indien gleichfalls dort weilte. Eines Abends herrschte im Hotel große Aufregung, weil ein Mann sich im Brunnen ganz in der Nähe ertränkt hatte. Die Gäste des Hotels eilten nach der Stelle, und unter ihnen befand sich auch Ihr ergebener Diener, der einen neben ihm stehenden jungen Mann nach dem Grunde des Auflaufs fragte. Wie konnte ich wissen, daß der junge Herr ein Prinz war? Er trug weder Krone noch Zepter, sondern einen weißen Anzug und Filzhut, aber er war sehr erstaunt darüber, daß ihn jemand ansprach, und antwortete mit irgendeinem unverständlichen Worte, dann winkte er seinen Adjutanten heran, der mit mir sprechen sollte.

Es ist unsere Schuld und nicht die der Großen, wenn sie sich so hoch über uns stehend dünken. Wenn Ihr Euch selbst unter die Räder werft, so wird »Juggernaut, der Herr der Welt« Euch seelenruhig überfahren, darauf könnt Ihr Euch verlassen. Und wenn vor Euch, lieber Freund, und vor mir täglich Kotau gemacht würde und wenn, wo wir uns auch blicken ließen, das Volk in sklavischer Anbetung vor uns auf den Knien läge, so kämen wir uns natürlich wie höhere Wesen vor und würden die Erhabenheit annehmen, die das Volk uns beharrlich andichtet.

Hier ein Beispiel aus den Reiseschilderungen Lord L.s, aus denen erhellt, in welcher ruhigen, wohlwollenden und selbstverständlichen Weise ein großer Mann die Huldigung unter ihm Stehender entgegennimmt. Nachdem er einige tiefsinnige und geniale Bemerkungen über Brüssel gemacht, sagt Seine Herrlichkeit wörtlich: »Ich wohnte einige Tage im Hotel ›Bellevue‹, einem sehr überschätzten Hause, das nicht annähernd so vornehm wie das ›Hôtel de France‹ ist, und machte die Bekanntschaft des Dr. L., des Arztes der Missionsanstalt. Er war glücklich, mir die Honneurs im Hotel erweisen zu dürfen, lud mich zu einem ›dîner en gourmand‹ im Restaurant ein und behauptete, daß man hier besser äße als bei Rocher in Paris. Wir waren unser sechs oder acht Teilnehmer und waren uns alle darüber einig, daß das Gebotene nicht im entferntesten an Paris heranreichte und zudem viel teurer war.« Soweit die Erzählung.

Und nun noch ein Wort über den Herrn, der das Diner gab. Dr. L., »glücklich, Seiner Herrlichkeit die Honneurs im Hotel erweisen zu dürfen«, feiert ihn mit den auserlesensten Gerichten, die man für Geld haben kann; und Mylord findet das Essen teuer und schlecht. Teuer! Ihn kostet es doch nichts. Schlecht! Aber Herr L. tat doch sein Bestes, um diesen edlen Gaumen zu befriedigen, und Mylord nimmt das Mahl gnädigst entgegen und verabschiedet den Gastgeber mit einer Zurechtweisung. Er benimmt sich wie ein Pascha von drei Roßschweifen, der über ein ungenügendes Bakschisch brummt. Aber wie sollte es auch anders sein in einem Lande, wo die Lordanbetung ein Teil unseres Glaubensbekenntnisses ist und wo es den Kindern schon eingeimpft wird, den Adelskalender als eine zweite Bibel der Engländer zu verehren.

Viertes Kapitel

Der Hofbericht und sein Einfluß auf die Snobs

Ein Beispiel ist das beste Lehrmittel. So wollen wir denn mit einer als wahr verbürgten Geschichte beginnen, die beweist, wie junge aristokratische Snobs gezüchtet werden und wie ihr Snobtum zur Blüte gebracht wird. Eine schöne und vornehme Dame (ich bitte die gnädige Frau um Verzeihung, daß ich ihre Geschichte der Öffentlichkeit preisgebe, aber sie ist so moralisch, daß die ganze Welt sie kennenlernen muß) erzählte mir, daß sie in früher Jugend eine kleine Freundin hatte, welche jetzt ebenfalls eine schöne und vornehme Dame ist. Es handelt sich um Miß Snobky, die Tochter von Sir Snobby Snobky, deren Vorstellung bei Hof am vorigen Donnerstag so großes Aufsehen erregte; habe ich nötig, noch mehr zu sagen?

Als Miß Snobky noch so jung war, daß sie sich in Wärterinnenkreisen bewegte und frühmorgens im St. James Park unter dem Schutze einer französischen Gouvernante und gefolgt von einem großen bärtigen Lakaien in der kanariengelben Livree der Snobkys spazieren geführt wurde, pflegte sie bei diesen Gelegenheiten den jungen Lord Claude Lollipop, den jüngeren Sohn des Marquis von Sillabub, zu treffen. In der Hochsaison beschlossen plötzlich die Snobkys aus irgendeinem unaufgeklärten Grunde, die Stadt zu verlassen. Als Miß Snobky dies hörte, fragte das zartsinnige Kind ihre Freundin und Vertraute: »Was wird nur der arme kleine Lollipop sagen, wenn er meine Abreise erfährt?«

»Oh, vielleicht erfährt er es gar nicht«, antwortete die Vertraute. »Meine Liebe, er wird es in der Zeitung lesen«, erwiderte die süße kleine siebenjährige Krabbe. Sie war sich schon ihrer Wichtigkeit bewußt und wußte auch, wie alle Einwohner Englands, wie alle als vornehm geltenwollenden Leute, wie alle Anbeter von silbernen Gabeln, alle Neuigkeitskrämer, alle Ladeninhaberinnen und Schneiderinnen, Anwalts- und Kaufmannsfrauen und die Leute, die am Clapham und Brunswick Square wohnen und nicht mehr Gelegenheit haben, mit einem Snobky eingeladen zu werden als mein lieber Leser hat, mit dem Kaiser von China zu dinieren, an den Begebenheiten bei den Snobkys Anteil nehmen und glücklich sind zu erfahren, ob sie in London angekommen sind oder es verlassen haben.

Hier folgt der Bericht über die Toilette von Miß Snobky und ihrer Mutter, der Lady Snobky, aus den Zeitungen vom vorigen Freitag.

Miß Snobky

»Prinzeßhängerchen aus gelber imitierter Nankingseide über einem Unterkleid von erbsengrünem Rips, garniert mit Ranken und Buketts aus Brüsseler Spitzen. Das Mieder und die Ärmel waren reizend mit Samt und mit Girlanden benäht. Der Kopfputz bestand aus Mohrrüben und Schleifen.«

Lady Snobky

»Prinzeßkleid, gefertigt aus den schönsten Pekinger Taschentüchern und auf das eleganteste besetzt mit Füttern, Stanniol und roten Bändern. Die Corsage und das Unterkleid waren aus himmelblauem Velvet, garniert mit Perlen und Quasten von Klingelzügen. Der Umhang war ein Eierkuchen. Der Kopfputz bestand aus einem Vogelnest mit einem

Paradiesvogel darin, das über einer messingnen Türklinke ›en ferronnière‹ angebracht war. Dieses prächtige Kostüm stammt aus dem Atelier von Madame Crinoline, Regent Street, und bildete den Gegenstand allgemeiner Bewunderung.«

Solch ein Zeug lest ihr! Oh, Miß Ellis! Oh, englische Mütter, Töchter, Tanten, Großmütter, so ist eure Zeitungslektüre beschaffen, die ihr nicht anders haben wollt. Wie könnt ihr etwas anderes als Mütter, Töchter usw. von Snobs sein, solange euch solch ein Quatsch vorgesetzt wird?

Man zwängt den rosigen, kleinen Fuß einer jungen Chinesin in einen Schuh, der nicht größer als ein Salzfaß ist, hält die armen, kleinen Zehen darin gefangen und umwickelt, so lange, bis die erstrebte Winzigkeit unreparierbar geworden ist. Späterhin kann der Fuß sich nicht mehr zur natürlichen Größe entwickeln, selbst wenn man ihm anstelle von Schuhen Waschkübel anziehen wollte. Sie muß eben ihr ganzes Leben hindurch ihren kleinen Fuß behalten und bleibt ein Krüppel ... Oh, meine liebe Miß Wiggins, danken Sie es Ihrem guten Stern, daß Ihre hübschen kleinen Füße, die ich für so klein erkläre, daß man sie beim Gehen kaum wahrnimmt – danken Sie es Ihrem guten Stern, daß Ihre Mitmenschen an Ihnen nicht so gehandelt haben, aber halten Sie einmal Umschau unter Ihren Freundinnen in den höchsten Kreisen, und Sie werden finden, wie vielen ihr Gehirn vorzeitig eingezwängt und verkrüppelt worden ist.

Wie darf man erwarten, daß diese armen Geschöpfe sich natürlich entwickeln, nachdem die Welt und ihre Eltern sie so grausam verstümmelt haben? Wie, zum Teufel, können, solange es noch einen Hofbericht gibt, diejenigen Leute, die ihre Namen darin lesen, sich für ebenbürtig mit jener kriechenden Menge halten, welche täglich dieses greuliche Gewäsch liest? Ich glaube, daß unser Vaterland das einzige Land der Welt ist, wo der Hofbericht noch so in voller Blüte steht, in dem man lesen kann: »Heute ist Seine Königliche Hoheit der Prinz Pattypan in seinem Kinderwagen ausgefahren.« Oder: »Die Prinzessin Pimminy machte in Begleitung ihrer Puppe und ihrer Hofdamen eine Spazierfahrt usw.« Wir lachen zwar über die Ernsthaftigkeit, mit der Saint Simon berichtet: »Sa Majesté se médicamente aujourd'hui«, aber vor unseren eigenen Augen wird die gleiche Torheit täglich begangen. Dieser herrliche und geheimnisvolle Mann, der den Hofbericht verfaßt, kommt jeden Abend mit seiner Ausbeute auf die Redaktion, und ich habe auch schon den Verleger der Zeitung gebeten, ihn mir einmal aus dem Hinterhalt ansehen zu dürfen.

Von einem Königreich, das einen deutschen Prinzgemahl hat (es muß wohl Portugal sein, denn die Königin dieses Landes heiratete einen deutschen Prinzen, der von den Bewohnern sehr verehrt und bewundert wird), habe ich mir folgendes erzählen lassen: Wenn der Prinzgemahl zu seinem Vergnügen in den Kaninchengehegen von Cintra oder in den Fasanerien von Mafra der Jagd obliegt, so läßt er sich natürlich die Flinten von seinem Büchsenspanner laden. Dieser gibt sie dem Stallmeister, einem Edelmann, und dieser erst darf sie dem Prinzen überreichen. Der Prinz wiederum gibt das abgefeuerte Gewehr dem Edelmann, der es dann wieder dem Büchsenspanner einhändigt. Und so fort. *Aber niemals würde der Prinz das Gewehr direkt aus den Händen des Büchsenspanners entgegennehmen.*

So lange, wie diese unnatürliche und ungeheuerliche Etikette in Kraft ist, muß es Snobs geben. Alle drei bei diesem Zeremoniell beteiligten Personen müssen während der Ausübung ihrer Tätigkeit notwendig Snobs sein.

1. Der Büchsenspanner ist der kleinste Snob von ihnen, weil er seine tägliche Pflicht erfüllt; aber er erscheint doch in diesem Falle als Snob, das heißt, in einer ihn vor seinen Mitmenschen erniedrigenden Stellung (nämlich in seinem Verhältnis dem Prinzen gegenüber, mit dem er nur durch Vermittelung eines Dritten verkehren darf). Ein freier portugiesischer Büchsenspanner, der sich für unwürdig hält, direkt mit irgendeiner Person zu verkehren, gibt damit zu, daß er ein Snob ist.

2. Der diensttuende Edelmann ist ein Snob. Wenn es den Prinzen erniedrigt, das Gewehr aus den Händen des Büchsenspanners entgegenzunehmen, so ist es erniedrigend für den Edelmann, an seiner Statt diesen Dienst zu verrichten. Er handelt als Snob an dem Büchsenspanner, den er von dem Verkehr mit dem Prinzen fernhält, und er ist in seinem Verhältnis zu dem Prinzen ein Snob, weil er ihm eine ihn herabwürdigende niedere Handreichung leistet.

3. Der Prinzgemahl von Portugal ist ein Snob, weil er seine Landsleute auf diese Weise herabwürdigt. Wenn er den Dienst direkt von dem Büchsenspanner entgegennehmen würde, so wäre nichts dabei zu finden, aber durch den indirekten Verkehr werden der Dienst sowohl wie die beiden dabei beteiligten Untertanen herabgesetzt. Und deshalb verharre ich mit allem schuldigen Respekt bei meiner Meinung, daß der Prinzgemahl ein ganz zweifelsfreier, wenn auch königlicher Snob ist.
Und nun lese man im »Diario do Goberno«: »Gestern vergnügte sich Seine Majestät der König damit, in den Wäldern von Cintra in Begleitung des Ehrenwerten Oberst Wiskerando zu jagen. Seine Majestät kehrte später nach dem Schlosse Necessidad zurück, um zu lunchen etc. etc.«
»Oh, dieser Hofbericht!« rufe ich nochmals aus. Nieder mit dem Hofbericht, diesem Erzeuger und Verbreiter des Snobtums! Ich

verspreche, auf ein Jahr im voraus auf diejenige Zeitung zu abonnieren, die nicht den Hofbericht bringt, und wäre es selbst der »Morning Herald«. Lese ich den Tratsch, so komme ich in Rage, ich werde illoyal, ein Königsmörder und Mitglied des »Schafskopfklubs«. Die einzige Erzählung des Hofberichtes, die mir je gefallen hat, war die über den König von Spanien, der beinahe bei lebendigem Leibe geröstet worden wäre, weil der Premierminister keine Zeit hatte, dem Ersten Kammerherrn zu befehlen, daß dieser den Obergewandkämmerer bitten sollte, es dem Oberstpagen vom Dienst aufzugeben, den Chef der Lakaien aufzufordern, der Ehrenhausmagd zu sagen, daß sie einen Eimer Wasser holen müßte, damit Seine Majestät gelöscht werden könnte.

Ich komme mir vor wie der Pascha von drei Roßschweifen, dem der Sultan *seinen* Hofbericht – die seidene Schnur – sendet.

Ich ersticke. Möchte doch seine Herausgabe endlich für ewige Zeiten abgeschafft werden.

Fünftes Kapitel

Die Bewunderungssucht der Snobs

Nun wollen wir einmal den Nachweis zu erbringen suchen, wie schwer es selbst für große Männer ist, dem Schicksal eines Snobs zu entgehen. Der Leser, der sich in seinem Empfinden verletzt fühlt, weil Könige, Prinzen und Lords Snobs sein sollen, kann leicht sagen: »Sie, der Sie zugestandenermaßen selbst ein Snob sind, Sie, der Sie Ihren Beruf darin suchen, Snobs zu schildern, geben uns nur ein verzerrtes Spiegelbild Ihres eigenen Ichs mit einer an Narcissus erinnernden Eitelkeit und Albernheit.« Ich verzeihe aber meinem ausdauernden Leser gern diesen Ausfluß einer üblen Laune, die ich geneigt bin, auf seine Herkunft und sein Vaterland zu schieben. Ist es doch vielleicht für jeden Briten in gewissem Sinne ein Ding der Unmöglichkeit, nicht ein Snob zu sein. Wenn unser Volk *davon* überzeugt werden könnte, wäre schon sehr viel gewonnen. Jedenfalls habe ich die Symptome der Krankheit entwickelt und hoffe nun, daß die Männer der Wissenschaft sich Mühe geben werden, das richtige Heilmittel dagegen zu ergründen.

Wenn Sie, der Sie dem Mittelstande angehören, ein Snob sind, Sie, dem niemand sonderlich schmeichelt und der keine Speichellecker um sich hat, Sie, dem keine kriechenden Lakaien und dienernden Ladenjünglinge die Tür halten, Sie, dem der Polizist befehlen darf weiterzugehen, Sie, der Sie sich im Gedränge der Welt und unter Snobs, unseren Mitbrüdern, herumstoßen müssen, gerade Sie sollten darüber nachdenken, um wieviel schwerer es für jemanden ist, der nicht die erwähnten Vorteile genießt und der sein ganzes Leben hindurch Gegenstand der Schmeichelei, dieser Quelle aller Niedrigkeit, ist, dem Snobtum zu entgehen. Berücksichtigen Sie auch, wie schwer es für den Abgott aller Snobs sein muß, nicht selbst ein Snob zu werden.

Während ich noch zu meinem Freunde Eugenio in dieser eindringlichen Weise sprach, ging Lord Buckram, der Sohn des Marquis von Bagwig, an uns vorüber und klingelte an der Tür seines väterlichen Palais am Red Lion Square. Sein erhabener Herr Vater und seine Frau Mutter bekleideten, wie jedermann weiß, die hervorragendsten Hofämter bei dem verewigten Königspaare. Der Marquis war Lord der Speisekammer und die Marquise Oberhofbewahrerin der Puderbüchse bei der Königin Charlotte. *Buck* (so nenne ich ihn, weil wir sehr intim sind) nickte mir im Vorbeigehen zu, und ich fuhr fort, Eugenio zu erklären, wieso es für diesen Edelmann unmöglich wäre, nicht auch so zu werden wie wir, weil er eben sein ganzes Leben in Behandlung von Snobs gewesen wäre.

Seine Eltern hatten beschlossen, ihn außerhalb des Hauses erziehen zu lassen, und so kam er schon als kleiner Knabe zur Schule. Herr *Otto Rose*, Hochwürden, Doktor der Theologie und Philosophie, Vorsteher eines Alumnates für junge Adlige und Söhne aus besten Häusern in Richmond Lodge, nahm sich des jungen Lords ganz besonders an und weihte ihm seine hündische Verehrung. Stets stellte er ihn den Eltern, die ihre Kinder in der Anstalt besuchten, vor, und voller Stolz und Genugtuung erzählte er den vornehmsten Herrschaften, daß der *Marquis von Bagwig* einer der besten Freunde und Gönner seiner Anstalt sei. Mit soviel Erfolg benutzte er *Lord Buckram* als Lockvogel, daß ein neuer Flügel für die vielen neuen Zöglinge in Richmond Lodge angebaut werden mußte und fünfunddreißig kleine, weißüberzogene Betten neu aufgestellt werden mußten. Mrs. Rose pflegte den kleinen Lord in ihrem Einspänner auf Besuch mitzunehmen, so daß die Frau des Pfarrers und die des Arztes fast vor Neid starben. Als man seinen eigenen Sohn und Lord Buckram einmal beim Äpfelstehlen ertappte, prügelte der Doktor sein eigenes Fleisch und Blut unbarmherzig durch, weil es den jungen Lord dazu verführt hätte. Als dann der Trennungstag kam, schied er in Tränen von ihm. Wenn er danach Besuche empfing, so war auf dem Schreibtisch des Doktors stets ein an den Marquis von Bagwig adressierter Brief zu sehen.

Später in Eton wurde zwar aus Lord Buckram ein gut Teil Snobtum wieder herausgeprügelt, da er in voller Unparteilichkeit die Rute zu kosten bekam. Indessen auch hierher folgte ihm eine Bande auserlesen hündischer Seelen. Ein junger Krösus lieh ihm dreiundzwanzig funkelnagelneue Sovereigns, die aus der Bank seines Vaters stammten. Der junge

Snaily machte ihm seine Exerzitien und versuchte, sein Intimus zu werden, dafür wurde er aber von Young Bull in einer Keilerei von fünfundfünfzig Minuten Dauer elend verhauen und auch sonst später noch einige Male mit großem Erfolge unter dem Motto, »Herrn Smiths«, seines Stubenältesten, Stiefel nicht gründlich genug geputzt zu haben. Knaben sind gottlob in ihres Lebens Morgen noch nicht durchweg Snobs.

Dafür umschmeichelten ihn aber auf der Universität Speichellecker in großer Zahl. Die Lehrer beweihräucherten ihn, und seine Kommilitonen machten vor ihm ihre ungeschlachten Diener. Der Dekan bemerkte es niemals, wenn er die Kirche schwänzte, und überhörte auch jeden Lärm, der aus seinem Zimmer drang. Eine Anzahl achtbarer junger Leute (in der edlen Baker Street-Klasse ist das Snobtum mehr in Flor als in irgendeiner anderen Gesellschaftsschicht Englands) saugten sich an ihm wie die Blutegel fest. Die bei dem jungen Krösus angelegten Pumpereien nahmen kein Ende, und Buckram konnte nie mit seinen Hunden zur Jagd reiten, ohne daß Snaily, obwohl von Hause aus ängstlich, mitritt und jeden Sprung, den sein Freund ausführte, mitzumachen suchte. Auch der junge Rose kam auf dieselbe Hochschule, zu welchem Zweck er von seinem Vater eigens künstlich zurückgehalten worden war. Er verschwendete einen Quartalswechsel, nur um dem jungen Buckram zu Ehren ein Diner geben zu können, wußte er doch, daß er für eine Ausschreitung aus diesem Grunde Verzeihung finden würde und er nur in seinen Briefen nach Haus den Namen Buckram zu erwähnen brauchte, um als Antwort darauf eine Zehnpfundnote zu bekommen.

Ich weiß nicht, welchen kühnen Träumen sich Mrs. Podge und Miß Podge, die Frau und Tochter des College-Direktors, in bezug auf Buckram hingegeben haben mögen, aber der ehrwürdige alte Herr war von Hause aus eine zu große

Bedientenseele, um nur eine Minute daran zu denken, daß sein Kind einen Edelmann heiraten könnte, weshalb er mit Eifer die Verbindung seiner Tochter mit Professor Crab betrieb.

Als Lord Buckram, nachdem er einen akademischen Grad honoris causa erhalten hatte (denn die Alma mater ist ebenfalls ein Snob und rutscht vor einem Lord auf den Knien wie alle übrigen), also, als Lord Buckram zum Abschluß seiner Ausbildung ins Ausland ging, war er bekanntlich ständig in Gefahr, als gute Partie eingefangen zu werden. Lady Leach und ihre Töchter folgten ihm von Paris nach Rom und von Rom nach Baden-Baden; Miß Leggitt brach in seiner Gegenwart in Tränen aus, als er seinen Beschluß, Neapel zu verlassen, ankündigte, und fiel am Halse ihrer Mutter in Ohnmacht. Kapitän Macdragon aus Macdragonstown in der Grafschaft Tipperary suchte ihn auf, damit er ihm erklären solle, welche Absichten er in bezug auf seine Schwester, Miß Amalia Macdragon aus Macdragonstown, habe, und trug ihm. an, ihn niederzuschießen, wenn er dieses makellose und schöne Geschöpf, welches später von Mr. Muff aus Cheltenham zum Altar geführt wurde, nicht heiraten würde.

Wenn Beharrlichkeit und 40 000 Pfund bar ihn hätten locken können, so wäre sicherlich Miß Lydia Krösus Mrs. Buckram geworden. Graf Towrowsky wäre, wie die ganze vornehme Welt weiß, froh gewesen, wenn er sie mit halb soviel Geld hätte kriegen können.

Und nun wird der Leser gewiß begierig sein zu erfahren, wie der Mann beschaffen war, der so manches Damenherz, brach und der der ausgesprochene Liebling so vieler Männer gewesen ist. Wenn ich ihn beschreiben sollte, so würde ich persönlich werden müssen, und das ist der »Punch« grundsätzlich nie. Übrigens tut es gar nichts zur Sache, wie er aussieht und wie seine persönlichen Eigenschaften sind.

Angenommen, er wäre ein junger Edelmann mit literarischen Neigungen und die von ihm verfaßten Bücher wären töricht und schwach, so würden doch die Snobs Tausende von Exemplaren erstehen, und die Verleger, welche meine Passionsblumen und mein großes Epos um keinen Preis annehmen wollten, würden ihm zahlen, was er verlangte. Angenommen, er wäre ein ausgelassener Edelmann und hätte eine Vorliebe dafür, Türklingeln abzureißen, Schnapskneipen zu besuchen und Polizisten halbtot zu prügeln, so wird dennoch das Publikum seine Streiche belachen und sagen, im Grunde genommen ist er doch ein famoser Kerl. Angenommen, er spielte und wettete gern, versuchte hin und wieder zu betrügen und im Kartenspiel Bauernfängerei zu treiben, so würde ihm das Publikum dennoch verzeihen, und viele ehrbare Leute würden ihm weiter den Hof machen, wie sie es auch bei einem Einbrecher tun würden, wenn dieser ein Lord wäre. Angenommen, er wäre ein Dummkopf, so ist er dank unserer glorreichen Verfassung doch gut genug dafür, uns zu regieren. Angenommen, er wäre ein rechtschaffener und begabter Mann, um so besser für ihn. Aber selbst wenn er ein Esel wäre, so würde er dennoch geachtet werden, oder ein Raufbold, gleichwohl wäre er äußerst beliebt, oder gar ein Schurke, so wird man ihn doch in Schutz nehmen und ihn gern haben. Ebenso werden ihn die Snobs anbeten. Männliche Snobs werden ihn ehren und weibliche werden ihn freundlich ansehen, so verabscheuungswürdig er auch sein mag.

Sechstes Kapitel

Handelt von einigen achtbaren Snobs

Habe ich da doch eine ziemliche Menge Vorwürfe deshalb über mich ergehen lassen müssen, weil ich Monarchen, Prinzen und den löblichen Adel in die Kategorie der Snobs eingereiht habe. In diesem Kapitel hoffe ich aber jedermann zufriedenzustellen, indem ich konstatiere, daß gerade unter den achtbaren Klassen unseres großen und glücklichen Reiches der größte Überfluß an Snobs zu finden ist. Ich gehe meine geliebte Baker Street entlang (ich schreibe gerade die Biographie Bakers, des Begründers dieser berühmten Straße), weiter durch die Harley Street (wo an jedem zweiten Haus eine Erinnerungstafel angebracht ist), durch Wimpole Street, die so lieblich ist wie die Katakomben, nämlich ein altersgraues Mausoleum des Adels. Ich durchstreife die Umgegend des Regent Parkes, wo an den anliegenden Häusern der Gips schadhaft ist, wo Methodistenprediger auf den grünen Plätzen vor drei oder vier Kindern predigen, wo aufgeschwemmte Reiter um ihrer Gesundheit willen im einsamen Schmutze galoppieren. Ich schlängele mich durch die Zickzackwege von May Fair, wo man Mrs. Kitty Lorimers Einspänner dicht neben der wappengeschmückten Familienkutsche der alten Lady Lollipop fahren sehen kann. Ich schlendere durch Belgravia, diesen farblos feinen Bezirk, wo alle Bewohner steif und korrekt aussehen und die Häuser mit einer matten bräunlichweißen Farbe gestrichen sind. Ich verliere mich in die neuen Plätze und Terrassen des funkelnagelneuen Bayswater- und -Tyburn-Junction-Straßenzuges, und überall in all diesen verschiedenen Stadtvierteln überkommt mich stets dieselbe Wahrheit. Zufällig bleibe ich vor einem Hause stehen und sage: »O Haus, du wirst bewohnt – o Türklopfer, an dich wird geklopft – o du noch nicht in Livree steckender Lakai, der du deine faulen Waden sonnst, indem du dich an dieses Eisengitter lehnst – du wirst bezahlt von Snobs.« Es ist ein schrecklicher Gedanke, den auszudenken ein wohlgesinntes Gemüt beinahe zum Wahnsinn treiben könnte, nämlich, daß vielleicht auch nicht eins unter zehn Häusern zu finden wäre, in dem nicht im Empfangszimmer der Adelskalender ausläge. Wenn ich an den Kummer denke, den dieses törichte, lügnerische Buch verursacht, möchte ich gern sämtliche Exemplare verbrennen, so wie der Barbier im Don Quijote dessen verrückte Rittergeschichten verbrannte.

Seht euch einmal jenes große Haus mitten auf dem Platze an. Hier wohnt der Earl von Loughcorrib. Er hat eine Rente von 50 000 Pfund jährlich. Ein déjeuner dansant, das vorige Woche im Hause abgehalten wurde, hat wer weiß was gekostet. Die Zimmerdekoration und die Buketts für die Damen allein 400 Pfund. Der Mann in grauen Beinkleidern, der weinend die Treppe herunterkommt, ist ein Gläubiger. Lord Loughcorrib hat ihn ruiniert und läßt ihn nicht mehr vor; nun guckt seine Lordschaft durch die Vorhänge seines Arbeitszimmers ihm nach. Geh deiner Wege, Loughcorrib, du bist ein Snob, ein Tartüff der Gastfreundschaft, du bist ein Schuft, der gefälschte Anweisungen auf die Gesellschaft in Umlauf setzt; aber genug, ich werde zu redselig.

Ihr seht das schöne Haus Nr. 23, wo der Schlächterjunge an der Kellerklingel läutet. Er hat drei Hammelkoteletts in seiner Mulde. Sie sind zum Mittagessen für eine sehr achtbare Familie bestimmt! Für Lady Susan Scraper und ihre Töchter Miß Scraper und Miß Emily Scraper. Die Dienstboten haben sich zu ihrem Glück auf Kostgeld verdungen. Es sind zwei Diener in lichtblauen und kanariengelben Livreen.

Ein dicker, stämmiger Kutscher, der Methodist ist, und ein Tafeldecker, der schon lange nicht mehr bei der Familie geblieben sein würde, wenn er nicht Ordonnanz beim General Scraper gewesen wäre, als er sich bei Walcheren Tobago so sehr auszeichnete. Die Witwe stiftete dem »Klub alter Kampfgenossen« sein Porträt, wo es in einem der hinteren Toilettenräume aufgehängt wurde. Er ist dargestellt, am Fenster seines Arbeitszimmers stehend, im Hintergrunde werden aus einer Art Wirbelwind Kanonen abgefeuert. Er zeigt auf eine Karte, auf welcher die Worte »Walcheren Tobago« stehen.

Lady Susan ist, wie jedermann in der »Britischen Bibel« nachlesen kann, eine Tochter des bereits erwähnten großen und guten Earl Bagwig. Sie hält jedes ihr gehörige Stück für das größte und schönste der Welt. Die vornehmsten Leute, die es gibt, sind die Buckrams, ihr eigenes Geschlecht; ihnen im Rang folgen die Scrapers. General Scraper war der größte und beste General. Gegenwärtig ist sein ältester Sohn der größte und beste; sein zweiter Sohn ist der nächstgrößte und nächstbeste. Sie selbst ist eine Musterfrau.

Sie ist auch wirklich eine hochachtbare und ehrwürdige Dame. Sie geht natürlich zur Kirche und würde die Kirche in Gefahr glauben, wenn sie es unterließe. Sie ist Mitglied verschiedener Wohltätigkeitsanstalten und ist auch Vorsitzende mehrerer solcher Vereine, die einen ausgesprochen kirchlichen Charakter haben: zum Beispiel vom Königin-Charlotte-Wöchnerinnen-heim, von dem Asyl für Waschfrauen, vom britischen Heim für Trommlerstöchter usw. usw. Sie ist das Vorbild einer vornehmen alten Dame.

Kein Kaufmann kann ihr nachsagen, daß sie nicht noch jedes Vierteljahr pünktlich ihre Rechnungen bezahlt hätte. Die Bettler der Nachbarschaft meiden sie wie die Pest; denn wenn sie unter dem Schutze von Johann ausgeht, hat dieser Diener stets zwei oder drei Arbeitsnachweise bei sich. Zehn Pfund im Jahr kostet sie ihre ganze Wohltätigkeit. Keine andere vornehme Dame in ganz London wird für dieses Geld so oft ihren Namen gedruckt lesen können.

Diese drei Hammelkoteletts, welche man in der Küche verschwinden sah, werden heute abend um sieben Uhr auf dem Familiensilber angerichtet werden, in Anwesenheit des großen Dieners und des schwarzgekleideten Tafeldeckers, und die Helmzier und das Wappen der Scrapers werden überall glänzen. Ich habe Mitleid mit Miß Emily Scraper, sie ist noch jung – jung und hungrig. Ist es wahr, daß sie ihr Taschengeld für Semmeln ausgibt? Böswillige Zungen behaupten es, aber sie kann nur sehr wenig für Semmeln ausgeben, diese hungrige Seele! Denn in der Tat – wenn die Diener und Kammerjungfern und die gemieteten dicken Kutschgäule und die sechs Diners in der Saison und die zwei Abendgesellschaften und die Miete für das große Haus und die Reise in ein englisches oder ausländisches Bad bezahlt sind, dann ist das Einkommen unserer Dame auf eine winzige Summe zusammenge- schmolzen, und sie ist so arm wie Sie oder ich.

Sie würden es nicht glauben, wenn Sie ihre große Karosse bei Hofempfängen vorfahren sähen und dabei einen Schimmer ihrer Federn, Schleifen und Diamanten erhaschten, die über dem rötlichen Haar und der Habichtsnase wogen. Sie würden es nicht glauben, wenn Sie gegen Mitternacht »Lady Susan Scrapers Wagen« ausrufen hörten, so daß ganz Belgravia gestört wird. Sie würden es nicht glauben, wenn sie in die Kirche rauscht, hinter ihr der gehorsame Johann mit den Gebetbüchern. Ist es möglich, würden Sie sagen, daß eine so große und ehrwürdige Dame sich in Geldklemme befindet!?

Ach Gott, und doch ist es so. Ich wette, daß sie nie ein Wort wie Snob in dieser gottlosen und gemeinen Welt gehört hat. Aber, o Stern- und Hosenbandorden, wie würde sie auffahren, wenn sie es hörte, daß sie, die so würdevoll wie Minerva, so keusch wie Diana ist (aber ohne ihre heidnischgöttliche und nicht damenhafte Neigung für den Jagdsport), daß sie gleichwohl ein Snob ist.

Sie ist ein Snob, solange sie diese übertriebene Wertschätzung für ihre eigene Person, ihren Namen und ihre äußere Erscheinung hat und dieser unerträglichen Prahlerei frönt, solange wie sie, nur um wie Salomo sich in ihrem Glanze zu sonnen, auf Reisen geht, solange wie sie, woran ich fest glaube, mit einer Hofschleppe am Nachtgewande und einem Turban aus Paradiesvögeln zu Bett geht; solange wie sie so unerträglich tugendhaft und herablassend ist und solange wie sie nicht mindestens einen ihrer Diener zum Wohle für ihre Töchter zu Hammelkoteletts verarbeiten läßt.

Die Kenntnis von all diesem verdanke ich meinem alten Schulkameraden, ihrem Sohne Sydney Scraper, einem Hofgerichtsadvokaten ohne jede Praxis, dem friedfertigsten, höflichsten und liebenswürdigsten aller Snobs, der niemals über sein Einkommen von 200 Pfund jährlich hinaus gelebt hat und der jeden Abend im »Oxford- und Cambridge-Club« zu finden ist, wo er stumpfsinnig die »Quarterly Review« liest und sich am harmlosen Genuß eines Schoppens Portwein erfreut.

Siebentes Kapitel

Handelt von weiteren achtbaren Snobs

Lassen wir nun einen Blick auf das Nebenhaus von Lady Susan Scraper fallen; ich meine das Gebäude mit dem Vordach über der Tür. Der Baldachin wird heute abend zur Bequemlichkeit der Freunde von Sir Alured und Lady S. de Mogyns, deren Gesellschaften so sehr von den Gästen und deren Gastgebern selbst bewundert werden, heruntergelassen.

Pfirsichfarbene Livreen mit silbernen Tressen und erbsengrünen Plüsch-Unaussprechlichen machen die Diener der de Mogyns zum Stolz des ganzen Stadtteiles, wenn sie im Hyde Park mit Lady de Mogyns erscheinen, die nachlässig in ihre Wagenkissen gelehnt, einen Zwergspaniel im Arm, nur die Vornehmsten unter den Vornehmen grüßt. Wie anders ist es doch im Laufe der Zeit mit Mary Anna, oder wie sie sich jetzt nennt, Marian de Mogyns, geworden!

Sie war die Tochter des Hauptmanns Flack von der Rathdrummer Miliz, der vor so und so viel Jahren mit seinem Regiment von Irland nach Caermarthenshire herübergeeilt war, um Wales gegen den korsischen Eindringling zu verteidigen. Die Rathdrummer waren in Pontydideldum einquartiert, wo Marianne einen jungen Bankier vom Orte, namens de Mogyns, sich zu angeln suchte, was ihr auch gelang. Seine Aufmerksamkeiten gegen Miß Flack waren auf einem Witwenball derart, daß ihr Vater dem de Mogyns erklärte, er müsse entweder auf dem Felde der Ehre sterben oder sein Schwiegersohn werden. Er zog die Heirat vor. Sein Name war damals einfach Muggins, und sein Vater, Bankier mit einem blühenden Geschäft, Armeelieferant, Schmuggler und Unternehmer für alles, enterbte ihn beinahe wegen dieser

Verbindung. Man erzählt sich eine Geschichte, wonach der alte Muggins zum Baronet gemacht worden wäre, weil er einem M-t-g-l-d des K-n-g-l. Hauses Geld geliehen haben soll. Das glaube ich aber nicht, denn die K-n-g-l. Familie hat stets ihre Schulden bezahlt, vom Prince of Wales an abwärts.

Sei dem, wie ihm wolle, jedenfalls blieb er bis zu seinem Tode der einfache Sir Thomas Muggins und vertrat noch viele Jahre nach dem Kriege Pontydideldum im Parlament. Der alte Bankier verstarb im Laufe der Jahre und hatte, um die landläufige Redensart anzuwenden, »tüchtig auf die hohe Kante gelegt«. Sein Sohn Alfred Smith Mogyns war der Erbe des größten Teils seines Vermögens, seines Titels und der »blutigen Hände« in seinem Wappenschild. Bereits einige Jahre später erschien er als Sir Alured Mogyns Smyth de Mogyns auf Grund einer Genealogie, die für ihn der Herausgeber des Flukeschen Pairskalenders gefunden hatte und die in diesem Werke folgendermaßen lautet:

»De Mogyns. Sir Alured Mogyns Smyth, zweiter Baronet. Dieser Herr ist der Repräsentant eines der ältesten Geschlechter in Wales, die ihre Herkunft so weit zurückführen können, bis sie sich im Nebel der Vorzeit verliert. Ein Stammbaum, der mit Sem beginnt, ist im Besitz der Familie; nach einer viele tausend Jahre alten Legende soll er von einem Enkel des Patriarchen selbst auf Papyrus aufgezeichnet worden sein. Dem sei, wie ihm wolle, jedenfalls steht das ungeheure Alter der Familie außer Zweifel. Zur Zeit von Boadicea warb Hogyn Mogyn, einer »der hundert Ochsen«, ein Parteigänger und Nebenbuhler von Caractacus, um die Hand dieser Fürstin. Er war von riesengroßer Figur und wurde von Suetonius in der Schlacht, welche die Freiheit Britanniens beendete, erschlagen. Von ihm stammten in direkter Nachfolge die Fürsten von Pontydideldum ab: Mogyn von der goldenen Harfe (vergleiche das Mabinogion von Lady

Charlotte Guest), Bogyn-Merodac-ap-Mogyn (der schwarze Dämon der Mogyns) und eine Reihe von Barden und Kriegern, die sowohl in Wales wie in Amerika berühmt waren. Die unabhängigen Fürsten von Mogyn hielten lange den Königen von England stand, bis schließlich Gam Mogyns sich dem Prinzen Heinrich, dem Sohne Heinrichs IV., unterwarf und unter dem Namen Sir David Gam de Mogyns in der Schlacht von Agincourt ausgezeichnet wurde. Von ihm stammt der gegenwärtige Baronet ab (hier folgt die direkte Reihe der Nachkommen) bis auf Thomas Muggins, den ersten Baronet auf Pontydideldum Castle, dreiundzwanzig Jahre lang Mitglied des Parlaments für diesen Wahlkreis, auf den der gegenwärtige Baronet Alured Mogyns Smyth folgte. Dieser verheiratete sich mit Marian, der Tochter des verstorbenen Generals P. Flack aus Ballyflack im Königreich Irland, Nachkommen der Grafen Flack des Heiligen Römischen Reiches. Sir Alured hat folgende Kinder: Alured Caradoc, geboren 1819, Marian 1811, Blanche Adeliza, Emily Doria, Adelaide Obleans, Katinka Rostoptschin, Patrick Flack, gestorben 1809. Wappen: Eine Meeräsche, die mit offenem Maul umgedreht im Rauchfang hängt. Helmschmuck: eine Blaumeise, auf einem Bein stehend und rückwärtsschauend. Wahlspruch: »Ung Roy, ung Mogyns«.

Es verging eine lange Spanne Zeit, bis Lady Mogyns als Stern in der Gesellschaft auftauchte. Zuerst war der arme Muggins in den Händen der Flacks, der Clancys, der Tooles und Shanahans, den irischen Verwandten seiner Frau; und als einstweilen erst mutmaßlicher Erbe ließ er Rotspon und den nationalen Nektar (Whisky) zum Ergötzen seiner hibernischen Verwandten in seinem Hause strömen. Tom Tufto mied ängstlich die Straße, in der sie in London wohnten, weil sie, wie er sagte, so mit Branntweingeruch, der aus dem Hause dieses irländischen Packes käme, geschwängert sei.

Erst im Auslande lernten sie sich in der vornehmen Welt bewegen. Sie suchten bei allen fremden Höfen Zutritt zu finden und drängten sich zu den Bällen der Gesandten. Sie stürzten sich auf die fahrenden Ritter und gabelten junge Lords auf, die mit ihren Bärenführern reisten. Sie gaben Gesellschaften in Neapel, Rom und Paris. Hier gelang es ihnen, einen königlichen Prinzen für ihre Soireen einzufangen, und hier erscheinen sie auch zum ersten Male unter dem Namen de Mogyns, den sie mit so viel Glanz heute führen.

Alle möglichen Anekdoten erzählt man sich über die verzweifelten Anstrengungen, welche die unrausschmeißbare Lady de Mogyns machte, um sich ihren Platz, den sie jetzt behauptet, zu erobern; und diejenigen meiner lieben Leser, die im Mittelstande leben und nichts von den rasenden Kämpfen, den erbitterten Fehden, den Intrigen, Kabalen und Enttäuschungen wissen, die, wie ich andeutete, in der vornehmen Welt herrschen, mögen ihrem Schöpfer danken, daß sie wenigstens keine »Standes-Snobs« sind. Die Intrigen, welche von der de Mogyns in Szene gesetzt wurden, um die Herzogin von Buckskin zu ihren Gesellschaften zu bekommen, würden einen Talleyrand mit Bewunderung erfüllt haben. Sie bekam eine Gehirnentzündung, weil sie bei einer Einladung zu einem Thé dansant bei Lady Aldermanbury übergangen wurde, und sie würde sich das Leben genommen haben, wäre es nicht wegen eines Balles in Windsor unmöglich gewesen. – Die folgende Erzählung verdanke ich meiner edlen Freundin Lady Clapperclaw selbst, der früheren Lady Kathleen O'Shaughnessy, der Tochter des Earl of Turfanthunder:

»Als dieses ekelhafte, verschlagene irische Frauenzimmer, Lady Muggins, noch um ihren Platz in der Gesellschaft kämpfte und ihre häßliche Tochter Blanche einführen wollte«, sagte die alte Lady Clapperclaw (Marian hat einen Buckel und ist nicht

49

präsentabel, aber sie ist die einzige Lady in der Familie), »als diese nichtswürdige Polly Muggins ihre Blanche mit der Radieschennase und ihren Mohrrübenlocken und ihrem Steckrübengesicht einführen wollte, gab sie sich die größte Mühe – war doch ihr Vater Kuhhirte auf dem Gute meines Vaters gewesen –, von uns patronisiert zu werden. Sie hatte die Stirne, mich, als gerade das Gespräch auf einem Diner beim Grafen Volauvents, dem französischen Gesandten, stockte, laut zu fragen, warum ich ihr nicht eine Einladungskarte zu meinem Ball gesandt hätte.

›Weil meine Zimmer schon zu voll sind und die gnädige Frau sich unliebsam beengt fühlen würde‹, erwiderte ich, denn sie nimmt tatsächlich so viel Platz weg wie ein Elefant, außerdem aber mochte ich sie nicht bei mir haben, das genügte doch allein.

Ich glaubte, meine Antwort hätte sie abgeblitzt, aber am anderen Tage fällt sie mir weinend in die Arme. ›Teuerste Lady Clapperclaw‹, sagte sie, ›ich bitte nicht für mich, sondern für meine geliebte Blanche, dieses junge Geschöpf, das ihre erste Saison mitmacht und nicht auf Ihrem Ball gewesen sein sollte. Mein gutes Kind wird sich deswegen abhärmen und vor Kummer sterben. Ich will ja gar nicht kommen, ich will zu Hause bleiben und Sir Alured, der die Gicht hat, pflegen. Mrs. Bolster geht hin, wie ich weiß, sie wird Blanche unter ihre Fittiche nehmen.‹

›Sie‹, sagte ich, ›haben nichts für den Rathdrummer Decken- und Kartoffelfonds zeichnen wollen, Sie, die Sie aus diesem Kirchspiel stammen, Sie, deren ehrsamer Großvater dort die Kühe gehütet hat.‹

›Werden zwanzig Guineen genügen, teuerste Lady Clapperclaw?‹ – ›Zwanzig Guineen sind genug‹, erwiderte ich, und sie zahlte sie sofort. ›So, nun kann Blanche kommen‹, sagte ich, ›aber Sie nicht, das beachten Sie wohl.‹ Und sie verließ mich mit einer Welt von Danksagungen.

Ist es wohl zu glauben, auf meinem Ball erschien dennoch diese schreckliche Person mit ihrer Tochter. In heftiger Erregung sagte ich ihr: ›Ich ersuchte Sie doch nicht zu kommen?‹ – ›Was würde die Welt dazu gesagt haben‹, erwiderte mir Lady Muggins. ›Mein Wagen holt gerade Sir Alured aus dem Klub ab; lassen Sie mich nur zehn Minuten warten, teuerste Lady Clapperclaw.‹

›Schön, da Sie einmal hier sind, so mögen Sie warten und auch zum Essen bleiben‹, antwortete ich, ließ sie stehen und richtete den ganzen Abend nicht mehr das Wort an sie.

Und nun«, schrie geradezu die alte Lady Clapperclaw, indem sie in die Hände schlug und mehr denn je in ihren harten, irischen Dialekt verfiel, »nun was denken Sie, wie mir diese niedrige, ordinäre, ekelhafte und aufgeblasene Kuhhirtenenkelin all meine ihr erwiesene Güte gedankt hat?! Gestern hat sie mich im Hyde Park geschnitten und hat mir keine Einladung zu ihrem Ball heute abend gesandt, obwohl Prinz Georg bei ihr sein soll.«

Ja, so ist es in der Tat. In dem Wettrennen um den Rang hat die kluge und tätige de Mogyns die arme alte Clapperclaw geschlagen. Ihre Fortschritte in der Vornehmheit kann man an ihren Freundschaften abmessen, die sie schon hofiert, gehabt, geschnitten und aufgegeben hat. Sie hat so tapfer um ihr Ansehen gekämpft und hat sich schließlich ihre Stellung errungen; erbarmungslos hat sie Fußtritte ausgeteilt, als sie auf der Leiter zum Erfolg Schritt vor Schritt in die Höhe stieg.

Zuerst wurden ihre irischen Verwandten geopfert; sie ließ ihren Vater zu dessen wahrer Befriedigung im Dienerzimmer essen und würde auch Sir Alured dorthin verwiesen haben, wäre er nicht der Pflock, an den sie ihre späteren Ehren zu hängen gedenkt, und wäre er nicht nach allem der Zahlmeister für die

51

Aussteuern ihrer Töchter. Er ist ja harmlos und zufrieden. Zudem ist er schon so lange Zeit ein Gentleman, daß es ihm zur zweiten Natur geworden ist, und er spielt nun seine Rolle als Hausherr ganz ausgezeichnet. Tagsüber wechseln seine Neigungen zwischen dem »Union-« und »Arthur-« und dem »Arthur-« und »Union-Club«. Beim Pikettspiel ist er bares Geld, und beim Whist im »Traveller-Club« verliert er ein kleines Vermögen an seine jungen Mitspieler.

Sein Sohn nimmt den Sitz seines Vaters im Parlament ein und hat sich natürlich an das Junge England angeschlossen. Er ist der einzige Mann im Lande, der an die Familiengeschichte der de Mogyns glaubt und der in der Erinnerung der Tage schwelgt, da ein de Mogyns die Schlachten lenkte. Er hat ein Bändchen überschwenglicher, schwächlicher Gedichte geschrieben. Er trägt eine Locke des Bekenners und Märtyrers Laud stets bei sich und fiel in Ohnmacht, als es ihm vergönnt war, den Fuß des Papstes in Rom zu küssen. Er schläft in weißen Glacéhandschuhen und begeht gefährliche Exzesse in grünem Tee.

Achtes Kapitel

Der Groß-Snob der City

Tatsache ist, daß diese Artikelserien ungeheures Aufsehen in allen Schichten unseres Reiches hervorgerufen haben. Zuschriften voll Bewunderung (!), voll Anfragen (?), Widerspruch, Zustimmung und Mißstimmung kamen auf den Redaktionstisch des »Punch« geflogen. Man hat uns gestellt, weil wir die Geheimnisse von drei verschiedenen Familien der Mogyns verraten haben sollen; nicht weniger als vier Lady

Susan Scrapers hat man zu entdecken geglaubt; und junge Edelleute hüten sich, einen halben Schoppen Portwein zu bestellen und über die »Quarterly Review« im Club gebeugt zu sitzen, aus Furcht, für Sydney Scraper Esquire gehalten zu werden. »Woher kommt bloß Ihre Abneigung gegen die Baker Street?« fragte mich eine schöne, mit mir nicht einverstandene Dame, die jedenfalls von dorther stammt. »Warum greifen Sie nur die aristokratischen Snobs an?« heißt es in einer sehr geschätzten Zuschrift; »sollten denn nicht auch snobhafte Snobs an die Reihe kommen?« »Ziehen Sie doch auf die Universitäts-Snobs los«, sagt ein unwilliger Herr (der elegant mit zwei »l« schreibt). »Weisen Sie doch auf die klerikalen Snobs hin«, gibt ein anderer zu verstehen. »Als ich vor einiger Zeit im ›Hotel Meurice‹ in Paris war«, führt ein Schalk an, »sah ich den Lord B. mit seinen Stiefeln in der Hand sich aus dem Fenster lehnen und dem Hausknecht zurufen: ›Garçon, cirez-moi ces bottes‹. Sollte er nicht auch unter die Snobs versetzt werden?«

Nein, beileibe nicht. Wenn die Stiefel seiner Lordschaft schmutzig sind, so kommt es daher, weil er Lord B. ist und wohlgemerkt! – zu Fuß geht. Auch ist nichts Snobhaftes dabei zu finden, wenn man nur ein Paar oder ein Lieblingspaar Stiefel besitzt, und sicherlich ist es durchaus nicht snobartig, wenn man es gereinigt zu haben wünscht. Als Lord B. darum ersuchte, erfüllte er eine ganz natürliche und eines Gentleman passende Handlung, worüber ich mich so ehrlich freue, daß ich ihn in dieser gewinnenden, eleganten Haltung zeichnen ließ und dem Bild den Ehrenplatz am Anfang des Kapitels eingeräumt habe.

In der Snob-Hierarchie folgen nun die Groß-Snobs der City, die einer näheren Betrachtung wohl wert sind. Aber dabei stoße ich auf eine Schwierigkeit. Der Groß-Snob der City läßt nicht leicht jemanden vor; es sei denn, daß er Kapitalist ist, sonst darf man ihn nicht in seinem verschwiegenen Sprechzimmer in Lombard Street aufsuchen. Oder man müßte schon ein Sproß aus adligem Hause sein, dann ist wenigstens etwas Hoffnung vorhanden, von ihm empfangen zu werden. In einer Groß-Snob-Firma der City befindet sich für gewöhnlich ein Partner, dessen Name bei Veranstaltungen zu wohltätigen Zwecken zu finden ist und der Exeter-Hall besucht. Man kann auch einen Blick eines anderen (dem in Wissenschaft machenden City-Snob) bei Soireen des Lord N. oder bei Vorlesungen der London Institution erhaschen oder einen dritten (den in Kunst machenden City-Snob) auf Gemäldeauktionen, in privaten Bildergalerien, in der Oper oder der Philharmonie finden. Aber näherer Verkehr ist in den meisten Fällen mit diesen würdevollen, achtunggebietenden und protzigen Wesen nicht zu pflegen möglich.

Als gewöhnlicher Gentleman darf man hoffen, fast an jedermanns Tisch sitzen zu dürfen, wie an der Tafel des Lord-Gouverneurs der Provinz, ja man kann sogar in einer Quadrille im Buckingham-Palast tanzen (geliebte Lady Wilhelmina Wagglewiggle, erinnern Sie sich des Aufsehens, das wir auf dem Ball unserer verewigten, angebeteten Königin Caroline im Brandenburg-House zu Hammersmith machten?); aber die Türen der City-Snobs sind ihm in den meisten Fällen verschlossen. Und daher stammt meine ganze Wissenschaft über diese große Klasse fast nur vom Hörensagen.

In den anderen Ländern Europas geht der Bank-Snob mehr aus sich heraus, ist mitteilsamer und empfängt alle Welt bei sich. Zum Beispiel: wer kennt nicht die fürstliche Gastfreundschaft der Familie Scharlaschild sowohl in Paris, Neapel, Frankfurt und anderwärts? Sie sehen alle Stände bei sich, sogar die Armen erscheinen auf ihren Festen. Der Fürst Polonia in Rom und sein Bruder, der Herzog von Strachino, sind ebenso bekannt wegen ihrer Gastfreundlichkeit. Ich liebe den Geist des erstgenannten Edelmannes. Da Titel in Rom wohlfeil sind, hat er den Oberbuchhalter seines Bankhauses zum Marquis machen lassen, und seine Lordschaft versteht es ebenso tadellos wie ein Bürgerlicher, euch beim Geldwechseln einen Bajocco aus der Tasche zu ziehen. Es gewährt ein Behagen, solche Art Granden mit ein paar Kupferstücken entlohnen zu können, auch dem Ärmsten kommt damit zum Bewußtsein, daß er Gutes zu tun vermag. Die Polonias haben in die größten und ältesten Familien Roms hineingeheiratet, und man kann ihre heraldischen Embleme (einen goldenen Pilz auf azurblauem Grunde) an hundert Stellen der Stadt vereint mit dem Wappen der Colonnas und Dorias sehen.

Unsere City-Snobs haben den gleichen Hang zu aristokratischen Heiraten. Das habe ich gern. So unbezähmbaren und mißgünstigen Charakters ich auch bin, so große Genugtuung gewährt es mir, diese beiden vom Humbug zehrenden Klassen, die die soziale Herrschaft unseres Königreiches untereinander geteilt haben und sich natürlich hassen, Frieden schließen und sich verbinden zu sehen zum Zwecke ihrer gegenseitigen, unsauberen Interessenpolitik. Ha, wie gerne sehe ich, wie ein von Ahnenstolz geblähter alter Aristokrat, der Nachkomme berühmter normannischer Seeräuber, dessen Blut jahrhundertelang rein geblieben ist und der auf einen bürgerlichen Engländer herabsieht wie ein freigeborener Amerikaner auf einen Neger, ha, wie gerne sehe ich den alten Steifnack genötigt, sein Haupt zu beugen, seinen höllischen Stolz hinunterzuschlucken und den Becher der Erniedrigung zu trinken, der ihm vom Bankhause »Pump und Aldgate« kredenzt wird. »Pump und Aldgate«, sagt er, »Euer Großvater war ein Maurer, und die Bank hebt noch seine Kelle auf, Euer Stammbaum beginnt in einem Arbeiterhause, während der meine sich auf alle königlichen Paläste Europas zurückführen läßt. Ich kam mit Wilhelm dem Eroberer herüber: Ich bin der wirkliche Vetter von Karl Martell, Orlando Furioso, Philipp August, Peter dem Grausamen und Friedrich Barbarossa. Ich vereinige mit meinem Wappenschild das königliche Wappen von Brentford. Ich verachte Euch, aber ich brauche Geld; deshalb will ich Euch meine geliebte Tochter Blanche Steifnack für hunderttausend Pfund verkaufen, um meine Grundschulden abzahlen zu können. Euer Sohn darf sie heiraten, und sie soll dann Lady Blanche Pump und Aldgate werden.«

Der alte Pump und Aldgate geht begierig auf den Handel ein, denn es ist ihm ein schöner Gedanke, daß Geburt für Geld zu kaufen ist. So wird das Vorurteil der Geburt eingeschätzt. Wieso sollten wir, die wir sie nicht besitzen, höheren Wert darauf legen als die, die sie ihr Eigen nennen. Vielleicht ist der beste Gebrauch, den man vom Adelskalender machen kann, der, daß man die Familien der Reihe nach durchgeht und feststellt, wie viele ihre Geburt er- und verkauft haben, wie viele arme Adelssprößlinge sich an die Töchter reicher City-Snobs verkaufen und wie viele reiche City-Snobs adlige Damen kaufen – dann erst wird man die doppelte Niedrigkeit des ganzen Handels zu bewundern imstande sein.

Der alte Pump und Aldgate kauft den Artikel und bezahlt dafür seinen Marktpreis. Der Verkauf des jungen Mädchens wird vom Bischof zu St. Georg am Hannover Square gesegnet, und das Jahr darauf können Sie lesen, daß auf Roehampton am Sonnabend die Lady Blanche Pump und Aldgate einem Sohn und Erben das Leben geschenkt hat.

Als nach diesem interessanten Ereignis ein alter Bekannter den jungen Pump im Sprechzimmer der Bank sah, begrüßte er ihn vertraulich mit den Worten: »Hallo, Pump, mein Junge, wie geht es Ihrer Frau?«

Herr Pump sah ihn sichtlich bestürzt und schockiert an und erwiderte ihm nach einer Pause: »Ich danke Ihnen, Lady Blanche befindet sich recht wohl.«

»So, ich glaubte, bei Ihrer Frau wäre das Ereignis eingetreten«, sagte das plump vertrauliche Ekel und verabschiedete sich. Zehn Minuten später kannte die ganze Börse diese Geschichte und erzählt sie noch heute, wenn der junge Pump auf der Bildfläche erscheint.

Man kann sich das schwere Dasein des armen Pump, dieses Märtyrers des Mammons, gut ausmalen; man vergegenwärtige sich die häuslichen Freuden eines Mannes, der eine Frau besitzt, die ihn verachtet, der nicht einmal seine eigenen Freunde im eigenen Hause bei sich sehen kann, der nach Aufgabe der Beziehungen zu seinem angestammten Mittelstande noch nicht in den höheren Kreisen Zutritt hat, der sich schließlich mit allen möglichen Zurückweisungen, Enttäuschungen und Erniedrigungen abgefunden hat und in dem Gedanken zufrieden ist, daß sein Sohn dereinst glücklicher sein wird.

In einigen alten vornehmen Klubs der City war es früher Sitte, daß, wenn ein Mitglied eine Guinee zu wechseln wünschte, ihm das Kleingeld stets in gewaschenen Silberstücken gebracht wurde, da das Geld, welches unmittelbar aus dem Besitz der Plebs in seine Hände gelangen könnte, als zu ordinär angesehen wurde, um die Finger eines Gentleman zu verunreinigen. So verhält es sich auch mit dem Gelde eines City-Snobs. Nachdem es eine oder mehrere Generationen lang sich zu Gütern, Wäldern, Schlössern und städtischen Herrenhäusern »hindurchgewaschen« hat, wird ihm schließlich gestattet, als aristokratische Münze passieren zu dürfen. Der alte Pump fegt den Laden, tut Botengänge, bekommt Vertrauensposten und erreicht es, Teilhaber zu werden. Pump der Zweite wird Chef des Hauses, häuft Geld zu Geld und verheiratet seinen Sohn an die Tochter eines Lords. Pump der Dritte betreibt sein Bankgeschäft weiter, aber sein Hauptgeschäft im Leben ist darauf gerichtet, der Vater von Pump dem Vierten zu werden, der schon als Vollblutaristokrat aus dem Ei kriecht, seinen Sitz im Hause der Lords als Baron Pumpington einnimmt und dessen Geschlecht erblich über unsere Nation von Snobs zu herrschen berufen ist.

Neuntes Kapitel

Handelt von einigen militärischen Snobs

Man kann sich keine angenehmere Gesellschaft als die gut erzogener und gebildeter Militärs, aber auch keine unerträglichere als die von Militär-Snobs denken. Man trifft sie in allen Rangstufen an, vom General ab, dessen wattierte Heldenbrust ein Haufen Sterne, Schnallen und Orden ziert, bis zum milchbärtigen Fähnrich, der sich rasiert, um einen Bart zu bekommen, und der eben erst bei den Sachsen-Koburger Ulanen eingetreten ist.

Die Verteilung der Stellen in der Armee bei uns zulande hat stets meine Bewunderung erregt; sie bringt es fertig, daß der eben erwähnte kleine Kerl (der noch vor acht Tagen eins mit der Rute bekam, weil er nicht richtig buchstabieren konnte) große, bärtige Krieger kommandiert, die schon allen Gefahren des Klimas und der Schlacht getrotzt haben. Nur aus dem Grunde, weil er das Geld hatte, sich die Stelle zu kaufen, wird er über Leute gesetzt, die tausendmal mehr Erfahrung und Verdienst haben. Er wird im Laufe der Zeit die Ehren, die sein Beruf mit sich bringt, einheimsen, während der Veteran, der unter seinen Befehlen stand, keine andere Belohnung für seine Tapferkeit zu erwarten hat als eine Koje im Chelsea-Hospital. Der altgediente Offizier aber, den er verdrängt hat, muß seine müden Knochen in irgendeinem trostlosen Nest vergraben, wo er sein verfehltes Leben mit einer schäbigen Pension beschließen wird.

Wenn ich im Verordnungsblatt der Armee Veränderungen wie diese lese: »Leutnant und Hauptmann Grig von den Garde-Bombardieren ist anstelle des Hauptmanns Grizzle, der pensioniert wird, zum Hauptmann befördert worden«, so kenne ich das Schicksal von Grizzle, der schon in Spanien gekämpft hat. Ich folge ihm im Geiste in das enge Landstädtchen, wo er sein Quartier aufschlägt und verzweifelte Versuche macht, als Gentleman mit einem Einkommen zu leben, das halb so groß ist wie dasjenige eines Schneiderobergesellen; und ich male mir die Karriere des jungen Grig aus, der von Stufe zu Stufe aufsteigt, von einem Regiment in das andere, natürlich mit Beförderung, versetzt wird, der von dem unangenehmen Dienst im Ausland befreit bleibt und schon mit dreißig Jahren den Rang eines Obersten einnimmt. Und alles das, weil er Geld hat und Lord Grigsby sein Vater ist, der zu seiner Zeit dasselbe Glück genossen hat. Grig muß erröten, wenn er seine Befehle alten Leuten erteilt, die in allen Dingen mehr verstehen als er. Da es aber für ein verzogenes Kind sehr schwer ist, von Eigensinn und Selbstsucht verschont zu bleiben, so ist es in der Tat für dieses verzogene Glückskind eine schwere Aufgabe, nicht ein Snob zu sein.

Dem unschuldigen Leser muß es öfters wunderbar vorkommen, daß die Armee, diese riesigste aller Wucherinstitute aus der

59

Zahl unserer politischen Einrichtungen, sich so wacker im Felde hält ... Und wir müssen auch ehrlich Grig und seinesgleichen das Zeugnis persönlichen Mutes ausstellen, sobald die Gelegenheit solchen erfordert. Des Herzogs Dandy-Regimenter schlugen sich so brav wie andere auch (sie behaupten zwar besser, das ist aber Unsinn). Der große Herzog selbst war einst ein Dandy, der sich heraufarbeitete wie vor ihm Marlborough. Das beweist aber nichts anderes, als daß Dandys ebenso tapfer sind wie andere Briten – wie alle Briten. Wir wollen also ohne weiteres zugestehen, daß der hochgeborene Grig ebenso mutig die Verschanzungen von Sobraon gestürmt hätte wie Korporal Wallop, der ehemalige Bauernjunge.

Kriegszeiten sind ihm entschieden dienlicher als Friedenszeiten. Man vergegenwärtige sich das Leben Grigs bei den Garde-Bombardieren oder den Garde-Reitern, seine Märsche von Windsor nach London, von der Knightsbridge zum Regent Park, den törichten Dienst, den er tun muß, der darin besteht, das Lederzeug seiner Kompanie auf seine Sauberkeit oder die Pferde im Stall zu besichtigen oder aus vollem Halse zu brüllen: »Gewehr über, Gewehr auf Schulter!« Alles Pflichten, zu deren Erfüllung das denkbar geringste Maß von Intelligenz dem Verstande eines Sterblichen zugemutet wird. Die Berufspflichten eines Lakaien sind genau ebenso schwierig und abwechslungsreich. Die Rotlivrierten, die die Pferde ihrer Herren in der St. James Street halten, könnten diesen Dienst genau ebenso ausfüllen wie diese leeren, gutmütigen, gentlemanartigen, rachitischen kleinen Leutnants, die man in Pall Mall in ihren Stiefeln mit hohen Absätzen herumflanieren oder sich um die Fahne ihres Regiments um elf Uhr früh im Hofe des Palastes sammeln sehen kann, wenn ihre Kapelle spielt. Hat schon einer meiner lieben Leser einen dieser jungen Leute unter der Fahne zittern sehen oder wenigstens beobachtet, wie er vor ihr während der Zeremonie salutierte? Dieses großartige Narrenspiel ist einen Gang nach dem Palast schon wert.

Ein- oder zweimal habe ich die Ehre gehabt, einen alten Herrn zu treffen, den ich als das Musterbild unseres militärischen Drilles ansehe und der sein Leben lang in Elite-Regimentern gedient oder solche kommandiert hat. Ich habe den Ehrenwerten Generalleutnant Sir George Granby Tufto, Kommandeur des Bath Ordens, des Templer Ordens usw. usw., im Auge. Sein Auftreten ist vorwurfsfrei, in Gesellschaft ist er vollkommen Kavalier und doch durch und durch ein Snob.

Niemand, selbst der Älteste nicht, kann dafür, wenn er ein Narr ist, und Sir George ist mit achtundsechzig Jahren ein größerer Esel, als er es bei seinem Eintritt in die Armee mit fünfzehn Jahren war. Er zeichnete sich überall aus. Im Staatsanzeiger ist sein Name wohl einige zwanzigmal rühmend genannt. Er ist in der Tat der Mann, den ich mit seiner wattierten Brust und seinen zahllosen blinkenden Orden bereits beim Leser eingeführt habe. Es ist aber schwer zu sagen, welche Verdienste dieser erfolgreiche Herr aufzuweisen hat. Nie in seinem Leben hat er ein Buch gelesen, und mit seinen blauroten, alten gichtischen Fingern schreibt er eine Handschrift, ungelenk wie die eines Schulbuben. Er hat ein hohes Alter erreicht und graue Haare bekommen, ohne doch im mindesten ehrwürdig zu sein. Bis heute kleidet er sich wie ein extravaganter junger Mann und schnürt und wattiert seinen alten Kadaver, als wäre er noch der schöne George Tufto von 1800. Er ist selbstsüchtig, brutal, leidenschaftlich und ein Vielfraß. Komisch ist es, ihn beim Essen zu beobachten, wenn er sein Taillenband lockert und mit seinen kleinen blutunterlaufenen Augen die Speisen anglotzt. Bei seinen Reden flucht er gotteslästerlich und erzählt nach Tisch unanständige Garnisonwitze. Wegen seines Ranges und seiner Verdienste zollt die Menge dem besternten und betitelten alten Dummkopf ein gewisses Maß von Ehrerbietung; auf dich und mich blickt er herab und trägt seine Verachtung für uns mit einer törichten unverhohlenen Offenheit zur Schau, die köstlich zu sehen ist. Vielleicht wäre aus ihm nicht das würdelose, alte Geschöpf geworden, wenn er zu einem anderen Beruf erzogen worden wäre. Aber zu was für einem? Denn er taugte zu keinem, da er zu unverbesserlich faul und träge für jeden Beruf mit Ausnahme seines jetzigen war, in dem er sich vor aller Welt als guter und tapferer Offizier hervorgetan hat. In seinem Privatleben glänzt er als Rennreiter, Portweintrinker, Raufbold und Mädchenverführer. Sich selbst hält er für das ehrenwerteste und verdienteste Wesen der ganzen Welt. Nachmittags kann man ihn am Waterloo-Platz sehen, wie er in seinen Lackstiefeln herumstakt und den vorübergehenden Damen unter die Hüte guckt. Wenn er eines Tages am Schlagfluß stirbt, so wird die Times eine Viertelspalte brauchen, um seine Verdienste und seine Schlachten aufzuzählen, vier Druckzeilen braucht sie allein, um seine Titel und Orden zu beschreiben – dann wird sich die Erde über einem der ekelhaftesten und trägsten alten Geschöpfe schließen, das je über sie gewandelt ist.

Damit man mich nun nicht für einen so verstockten Menschenfeind hält, dem nichts recht gemacht werden kann, so gestatte ich mir zur Ehre der Truppen zu sagen, daß meine Meinung über die Armee nicht durch Personen, wie die eben beschriebene, beeinflußt wird. Ich habe sie nur als Studienobjekt für Zivil und Militär vorgeführt, als Beispiel eines erfolgreichen und aufgeblasenen Armee-Snobs. Nein: erst wenn die Epauletten nicht mehr käuflich sind, wenn die Prügelstrafe abgeschafft ist, wenn der Korporal Smith dieselbe Aussicht auf Belohnung wegen seiner Tapferkeit hat wie der Leutnant Grig und wenn der Rang eines Fähnrichs und

Leutnants abgeschafft wird (deren Existenz eine verrückte Regelwidrigkeit und eine Beleidigung für die ganze Armee ist), dann will ich für den Fall, daß es keinen Krieg gibt, nicht abgeneigt sein, selbst Generalmajor zu werden.

Ich habe noch eine kleine Sammlung von Armee-Snobs in meiner Brieftasche, ich will aber eine Gefechtspause machen und mit frischen Kräften nächste Woche wieder beginnen.

Zehntes Kapitel

Militärische Snobs

Während ich gestern mit meinem jungen Freunde Tagg im Park spazieren ging und mich mit ihm über die nächste Nummer des »Snob« unterhielt, kamen gerade im rechten Augenblick zwei tadellose Beispiele von militärischen Snobs des Weges — der sporttreibende militärische Snob, Kapitän Rag, und der dumme Streiche machende oder militärische Nichtsnutz-Snob, Fähnrich Famish. Man kann sie wirklich mit ziemlicher Sicherheit alltäglich um fünf Uhr unter den Bäumen des Serpentinenweges zu Pferde bummeln sehen, wo sie kritischen Blickes die Insassinnen der glänzenden Broughams mustern, die den »Damenweg« auf und ab paradieren.

Tagg und Rag sind gut miteinander bekannt, und so erzählte mir der erstere mit jener Offenherzigkeit, die von intimer Freundschaft untrennbar ist, die Geschichte seines teuren Freundes. Kapitän Rag ist ein kleiner zierlicher Nordländer. Er kam noch als reiner Knabe in ein vornehmes, leichtes Kavallerieregiment, und von dem Zeitpunkt seines Eintrittes bei der Truppe an brachte er es fertig, alle seine Kameraden vollendet einzuseifen, indem er ihnen lahme Pferde als gesunde verkaufte und indem er ihnen ihr Geld auf jede nur mögliche Art mit auserlesener und verschlagener Erfindungskunst abnahm. Das trieb er so weit, bis sein Oberst ihn veranlaßte, seinen Abschied zu nehmen, was er ohne großes Widerstreben tat, nachdem er einen jungen Fant, der gerade beim Regiment eintrat, mit einem drusekranken Streitroß von ungewöhnlicher Steifheit beglückt hatte.

Seitdem hat er sich dem Billardspiel, der Steeplechase und dem Turf ergeben. Sein Hauptquartier hat er bei Rummer in der Conduit-Straße aufgeschlagen, wo er sein Schöppchen trinkt, aber stets bereit ist, seinen Beruf als Herrenreiter und Gentleman-Wettleger auszuüben.

Nach der Zeitschrift »Bells Leben« wohnt er unvermeidlich jedem Rennen bei und ist in den meisten derselben auch aktiv tätig. So ritt er den Sieger zu Leamington; vor vierzehn Tagen trug man ihn für tot aus einem Graben zu Harrow fort, und dennoch war er vergangene Woche beim »Croix de Benny« blaß und entschlossen wie immer zur Stelle, wo er die »Badauds« von Paris durch die Eleganz seines Sitzes und seine tadellose Rückenhaltung verblüffte, als er sich im Aufgalopp auf dem Verbrecher »Der Enterbte« zeigte, ehe er für das große Nationale Hindernisrennen startete.

Er ist auch ein regelmäßiger Gast der Wettecke, wo er zwar in beschränktem Maße, aber immerhin ganz ansehnlich sein Büchlein macht. Während der Saison reitet er oft im Park auf einem hübschen Pony guten Schlages. Man kann ihn auch in Begleitung der berühmten Sportsdame, Fanny Highflyer, oder in vertraulicher Zwiesprache mit dem unvergleichlichen Herrenflachreiter Lord Thimblerig sehen.

Sorgfältig meidet er die gute Gesellschaft und zieht es vor, bei »One Tun« mit dem Jockei Sam Snaffle, mit Kapitän O'Rourke und zwei oder drei anderen notorischen Turfräubern ein Steak zu essen, als mit der auserlesensten Londoner Gesellschaft zu verkehren. Er liebt es, bei »Rummer« zu hinterlassen, daß er den Samstag und Sonntag auf freundliche Einladung bei Hocus, dem Wettleger, auf seiner kleinen Besitzung bei Epsom verbringen wird, wo, wenn die Fama recht erzählt, manche sonderbaren Sachen ausgeheckt werden.

Er spielt nicht oft Billard und niemals öffentlich, aber wenn er spielt, so sucht er sich einen unschuldigen Tölpel einzufangen, den er erst dann entläßt, wenn er ihn gänzlich blank gemacht hat. Letzthin hat er auch ziemlich viel mit Famish gespielt.

Wenn er einmal bei Empfängen erscheint, was sich gelegentlich nach einer Schnitzeljagd oder bei einem Sportball ereignet, so zeigt er außerordentliches Vergnügen daran.

Sein junger Freund ist der Fähnrich Famish, der sich nicht wenig geschmeichelt fühlt, in Gesellschaft solch eines verteufelten Kerles wie Rag, der im Park die beste Turfgesellschaft grüßt, gesehen zu werden. Rag läßt sich von Famish in den Tattersall begleiten und übervorteilt ihn beim Pferdehandel, benützt auch gnädigst seine Droschke. Das Regiment dieses jungen Herrn ist in Indien, während er selbst mit Krankheitsattest daheim geblieben ist. Er stellt seine Gesundheit dadurch her, daß er sich jede Nacht bezecht, und stärkt seine Lungen, die schwach sein sollen, durch fortwährendes Zigarrenrauchen. Die Polizisten in der Gegend des Haymarket kennen die kleine Kröte, und die Frühkutscher grüßen ihn. Die verschlossenen Türen der Fisch- und Hummerhändler öffnen sich nach dem Gottesdienst und speien den kleinen Famish aus, der entweder beschwipst und streitsüchtig ist und sich dann am liebsten mit Kutschern prügeln möchte oder total betrunken und hilflos ist, worauf sich dann wohl eine gütige Freundin (in gelbseidenem Kleid) seiner annimmt. Die ganze Nachbarschaft, die Droschkenkutscher, die Polizisten, die Kartoffelverkäufer und die gelbseidenen Freundinnen kennen den jungen Burschen, und von einigen der übel beleumdetsten Subjekte Europas wird er »der kleine Bobby« genannt.

Seine Mutter, Lady Fanny Famish, glaubt steif und fest daran, daß sich Robert in London allein zu dem Zwecke aufhält, um seinen Arzt zu konsultieren; sie gibt sich Mühe, den Sohn in ein Dragonerregiment versetzen zu lassen, das nicht nach diesem schrecklichen Indien zu gehen braucht; sie glaubt, daß er eine schwache Lunge hat und jeden Abend Haferschleim und ein heißes Fußbad nimmt. – Die gnädige Frau wohnt in Cheltenham und ist sehr fromm.

Natürlich verkehrt Bobby im »Union-Jack-Club«, wo er sein Frühstück einnimmt, dazu Pale-Ale trinkt und um drei Uhr ein gepfeffertes Nierengericht ißt; hier versammeln sich bartlose junge Helden seines Schlages, treiben dummes Zeug und laden sich gegenseitig ein. Hier kann man ein halbes Dutzend junger Wüstlinge vierten oder fünften Ranges auf den Treppen rauchend umherlungern sehen, hier sieht man auch die langschwänzige und hochbeinige Stute Slappers, die von einer Rotjacke gehalten wird, bis der Kapitän mit einem Glase Curacao im Leibe nach dem Park aufbricht; hier fährt auch Hobby von den gelbledernen Hochländern mit Dobby von den Madras Füsilieren in der großen, rasselnden, schwankenden Droschke vor, die der letztere sich von Rumble aus der Bond Street gemietet hat. Wirklich! Es gibt militärische Snobs in solcher Zahl und Mannigfaltigkeit, daß hundert Nummern des »Punch« nicht ausreichen würden, um sie zu spezifizieren. Außer dem unangesehenen, alten Militär-Snob, der den Dienst kennt, den angesehenen, alten Militär-Snob, der den Dienst nicht kennt und sich den denkbar größten martialistischen Anstrich gibt.

Ich greife noch den Militärarzt-Snob heraus, der für gewöhnlich in seinen Reden noch unglaublich viel militärischer ist als der größte Haudegen in der Armee. Den Schweren-Dragoner-Snob, den die jungen Mädchen wegen seines großen dummen, geröteten Gesichtes und seines blonden Schnurrbartes anhimmeln — fürwahr ein zwar hohler, hochtrabender und törichter, aber tapferer und ehrbarer Snob. Dann gibt es den Amateur-Militär-Snob, der Hauptmann auf seine Karten drucken läßt, trotzdem er nur Leutnant von der Bungay-Miliz ist, und schließlich den damenbezwingenden Militär-Snob; und noch viele andere, die es nicht zu bezeichnen lohnt.

Aber niemand, das wiederholen wir, darf dem »Punch« Nichtachtung für die Armee im allgemeinen unterstellen, dieser tapferen und gerechten Armee, deren Angehörige durchweg vom Feldmarschall, dem Herzog von Wellington, abwärts (mit alleiniger Ausnahme Seiner Königlichen Hoheit, des Feldmarschalls Prinzen Albert, der indessen kaum zum Militär gerechnet werden kann) in jeder Gegend des Erdballes den »Punch« lesen.

Euch Zivilisten, die ihr über die Erfolge der Armee spottet, empfehle ich den Bericht von Sir Harry Smith über die Schlacht von Aliwal zu lesen. Nie ist eine edle Tat in edlerer Sprache erzählt worden. Und ihr, die ihr daran zweifelt, ob Ritterlichkeit existiert oder ob das Zeitalter des Heldentums vorüber sei, haltet euch Sir Henry Hardinge und seinen Sohn, »den lieben kleinen Arthur«, vor Augen, die an die Spitze der Schlachtlinie bei Ferozeshah sprengten. Ich hoffe, kein englischer Maler wird sich die Mühe geben, diesen Augenblick im Bilde zu verewigen, denn wer von ihnen wäre wohl einem solchen Vorhaben gewachsen? Die Weltgeschichte kennt kein prachtvolleres und heldenhafteres Bild.

Nein, nein, die Männer, welche solche Taten mit solch wundervollem Heldenmut vollbringen und sie mit solch bescheidener Männlichkeit beschreiben, sind keine Snobs, ihr Vaterland bewundert sie, ihr Herrscher belohnt sie, und »Punch«, der Allverspotter, zieht seinen Hut und sagt: Gott erhalte sie!

Elftes Kapitel

Über Geistliche Snobs

Nach den militärischen Snobs kommen einem ganz unwillkürlich zunächst geistliche Snobs in den Sinn, und bei allem schuldigen Respekt für ihr Gewand haben selbstverständlich die Wahrheit, Menschlichkeit und das britische Publikum Interesse daran, daß solch eine große und einflußreiche Kaste bei unseren Betrachtungen über die Welt der Snobs nicht ausgelassen werden darf.

Unter den Geistlichen gibt es Vertreter, deren Zugehörigkeit zum Snobtum unzweifelhaft feststeht, die aber dennoch nicht in den Rahmen unserer Untersuchung gezogen werden können; aus demselben Grunde, aus dem der »Punch« seinen Guckkasten nicht in eine Kathedrale mit Rücksicht auf den Gottesdienst darin stellt. An gewissen Stellen muß er sich eben geräuschlos verhalten, seinen Guckkasten wegstellen, seine Alarmtrommel schweigen lassen, den Hut abnehmen und sich friedlich benehmen.

Das eine weiß ich: wenn einige Geistliche einmal einen Fehltritt tun, so sind gleich tausend Zeitungen bei der Hand, welche diese Unglücksmenschen an die Öffentlichkeit ziehen und pfui, pfui über sie rufen.

Obwohl nun die Presse stets bereit ist, ein lärmendes Geschrei zu erheben und für irregeleitete, straffällige Pastoren die Ausstoßung aus dem Stande zu fordern, nimmt sie dennoch kaum mit einer Zeile Notiz von den vielen guten Handlungen der zehntausend ehrbaren Leute, die ein christliches Leben führen, die reichlich den Armen geben, die strenge Selbstverleugnung üben und in ihrer Pflicht leben und sterben. Mein lieber Freund und Leser, ich wünsche, wir beide könnten dasselbe von uns sagen. Und nun gestatten Sie mir, Ihnen meine Meinung im Vertrauen zuzuflüstern: Unter all diesen hervorragenden Moralpredigern, die so laut gegen die Pastoren schreien, befinden sich nicht viele, die ihre Kenntnis von der Kirche durch häufigen Besuch erworben haben.

Aber ihr, so ihr je den dörflichen Kirchenglocken gelauscht habt oder am sonnigen Sabbatmorgen als Kinder zur Kirche gegangen seid, ihr, die ihr je eine Pastorenfrau am Bett eines Armen oder den Stadtpfarrer die beschmutzten Stufen übelriechender Gassen in Erfüllung seines heiligen Geschäftes beschreiten gesehen habt, werft nicht einen Stein, wenn einer von ihnen strauchelt, und heult nicht mit dem Pöbel hinter ihnen her!

Das kann jeder. Als der alte Erzvater Noah berauscht war, machte sich nur einer seiner Söhne über sein Mißgeschick lustig, und es soll nicht der bravste gerade von seiner Familie gewesen sein. Gehen wir still beiseite, anstatt ein Hallo zu erheben, wie es eine Bande Schulbuben tut, aus deren Mitte sich plötzlich ein junger großer Rebell erhebt und seinen Schullehrer zu ohrfeigen sich unterfängt.

Ich gestehe aber, daß, falls ich die Namen der sieben oder acht irischen Bischöfe behalten hätte, deren letztwilliger Verfügung voriges Jahr in den Zeitungen Erwähnung getan wurde und von denen jeder bei seinem Tode wohl 200 000 Pfund hinterlassen

69

hat, ich sie gerne gewissermaßen als Schutzpatrone für meine geistlichen Snobs hingestellt haben würde. Ich würde mir ein Vergnügen daraus gemacht haben, an ihnen so erfolgreich herumzuoperieren, wie nach einer Zeitungsnotiz es der Hühneraugenoperateur Eisenberg kürzlich bei Seiner Hochehrwürdigen Gnaden, dem Bischof von Tapioca, vollführte.

Und ich gestehe, daß, wenn diese hochwürdigen Prälaten mit ihren Testamenten in der Hand an die Pforten des Paradieses kommen, da denke ich, daß ich ihre Aussichten ... Aber es ist ein weiter Weg, um ihren Lordschaften bis an die Pforten des Paradieses zu folgen, so wollen wir also wieder niederwärts steigen, damit nicht auch an uns ärgerliche Fragen über unsere eigenen Lieblingslaster gestellt werden.

Und laßt uns nicht in das Allerweltsvorurteil verfallen, daß die Geistlichen überbezahlt und eine Luxuseinrichtung für die Menschheit seien. Der hervorragendste Asket, der verstorbene Sydney Smith (nebenbei bemerkt, aus welchem Naturgesetz heraus ist es zu erklären, daß so viele Smiths in der Welt Sydney Smith heißen?), lobte das System hoher Gehälter in der Kirche, ohne welches, wie er sagte, Gentlemen nicht würden bewogen werden können, den geistlichen Beruf zu erwählen. Er fügte noch sehr pathetisch hinzu, daß die Geistlichkeit im allgemeinen keinesfalls wegen ihrer weltlichen Güter beneidet werden könnte. Aus der Lektüre der Werke einiger neuerer Schriftsteller müßte man entnehmen, daß das Leben eines Pastors damit ausgefüllt würde, sich den Leib mit Plumpudding und Portwein zu füllen, und daß die dicken Backen Seiner Hochwürden stets fettig wären von der Schwarte seiner ihm als Zehnten zukommenden Ferkel. Die Karikaturisten ergötzen sich daran, ihn so darzustellen: rund, kurzhalsig, mit rotem Gesicht, zu Schlagfluß neigend, mit einem Wanst, der wie eine Blutwurst aus der Weste quillt, mit schaufelförmigem Hut und so recht wie ein unrasierter Silenus anzusehen. Wenn man ihn sich aber in der Wirklichkeit betrachtet, so sind die Fleischtöpfe des armen Tropfes nur sehr knapp mit Fleisch gefüllt. Für gewöhnlich arbeitet er für einen Lohn, den ein Schneiderobergeselle verachten würde. Dazu werden derartige Ansprüche an sein trauriges Einkommen gestellt, daß die meisten Philosophen murren würden, wenn ihnen ähnliches zugemutet würde. Manche Abgaben werden seiner Tasche – wohlgemerkt gerade von denjenigen auferlegt, die ihm die Mittel zu seinem Lebensunterhalt nicht gönnen. Er muß mit dem Gutsherrn speisen, seine Frau muß adrett angezogen gehen, er muß, wie man sagt, »wie ein Gentleman aussehen« und seine sechs großen, hungrigen Söhne dazu erziehen. Hierzu kommen, wenn er seine Pflicht erfüllen will, so viele Versuchungen, sein Geld auszugeben, wie es bei keinem Sterblichen sonst der Fall ist. Ja, kann man denn widerstehen, eine Kiste Zigarren sich zu Gemüte zu führen, wenn sie so gut sind, oder eine Stutzuhr aus Goldbronze bei Howell und James zu kaufen, weil es eine so billige Gelegenheit ist, oder eine Loge in der Oper zu nehmen, wenn Lablache und Grisi so göttlich in den »Puritanern« sind? Dann denkt daran, wie schwer es erst für einen Pastor sein muß, zu widerstehen, eine halbe Krone dafür auszugeben, wenn in der Familie von John Breakstone kein Brot im Hause ist, oder eine Flasche Portwein zu verweigern, wenn die arme Polly Rabbits ihr dreizehntes Kind bekommen hat, oder den Stoff dem kleinen Bob Scarecrow zu versagen, dessen Hosen zerrissen sind. Ihr Brüder, Moralprediger und Philosophen, denkt an diese Versuchung, und dann urteilt nicht mehr zu hart über die Pastoren! Aber was ist das? Anstatt die Pfarrer ordentlich vorzunehmen, bin ich im Gegenteil nachsichtig und ergehe mich in weinerlichen Lobeserhebungen über dieses monströse, schwarzröckige Geschlecht? Oh, seliger Franziskus, den schon lange der Rasen deckt, oh, Jimmy und Johnny und Willy, ihr Freunde meiner Jugend. Oh, du edler und teurer alter Elias! Wie sollte jemand, der euch kennt, euch und euren Beruf nicht achten! Nie soll ich mit dieser Feder mir je wieder einen Pfennig erwerben, wenn ich damit etwas schreibe, was euch lächerlich zu machen geeignet ist.

Zwölftes Kapitel

Über Geistliche Snobs und Snobtum

Da schreibt mir ein liebenswürdiger junger Mann, der sich selbst als Snobling unterzeichnet: »Geehrter Herr Snob, sollte nicht derjenige Geistliche, der auf Ersuchen eines edlen Herzogs kürzlich eine Trauhandlung, die zwischen zwei durchaus zur Eingehung einer legalen Ehe berechtigten Personen stattfinden sollte, abbrach, in die Kategorie der geistlichen Snobs versetzt werden?«

Das, mein lieber, junger Freund, ist keine einfache Frage. Eines der illustrierten Wochenjournale hat bereits den Geistlichen im Bilde festgehalten und ihn höchst unbarmherzig an den Pranger gestellt, indem es ihn im Priestergewand darstellt, wie er gerade die Trauhandlung verrichtet. Das mag eine genügende Strafe für ihn sein, und deshalb bitte ich Sie, nicht weiter auf der Frage zu bestehen.

Es ist sehr leicht möglich, daß, wenn Miß Smith mit dem Erlaubnisschein, Jones heiraten zu dürfen, zu unserem Pfarrer gekommen wäre und dieser nicht den alten Smith in ihrer Begleitung gesehen hätte, er eine Droschke mit dem Kirchendiener nach ihm ausgeschickt haben würde, um den alten Herrn zu unterrichten, was vor sich gehen sollte. Sicherlich würde er auch die Zeremonie bis zur Ankunft des alten Smith hinausgeschoben haben. Wahrscheinlich hält er es für seine Pflicht, alle heiratslustigen Damen, die ohne ihren Papa kommen, zu fragen, warum ihr Vater abwesend ist, und zweifellos wird er stets den Küster nach dem fehlenden Alten schicken.

Oder es ist auch sehr möglich, daß der Herzog von Coeurdelion mit Herrn – wie heißt er doch gleich? – intim befreundet ist und oft zu ihm gesagt hat, wie heißt du gleich, mein Junge, meine Tochter soll niemals den Kapitän heiraten. Sollte sie je in deiner Kirche den Versuch machen, so bitte ich dich in Anbetracht unserer intimen Freundschaft, sofort Rattan in einer Mietskutsche nach mir auszuschicken, um mich herbeizuholen. Obgleich in jedem dieser Fälle, mein lieber Snobling, der Pfarrer nicht berechtigt gewesen sein mag dazwischenzutreten, so wird man ihn dennoch dieserhalb zu entschuldigen vermögen. Er hat zwar nicht mehr Recht, meine Trauung zu verhindern wie mein Mittagessen, auf welch beide Dinge ich als freier Brite einen Anspruch habe, vorausgesetzt, daß ich dafür zahle. Ziehen Sie aber anderseits die pastorale Ängstlichkeit in Betracht, die einem tiefen Pflichtgefühl entspringt, und verzeihen Sie ihm seinen übel angebrachten, aber echten Eifer. Aber wenn der Geistliche im Falle des Herzogs etwas getan hätte, was er im Falle Smith nicht tun würde; und wenn er nicht bekannter mit der Familie Coeurdelion wäre wie ich mit dem Königlichen und Fürstlichen Hause Sachsen-Koburg-Gotha, dann, mein lieber Snobling, gestehe ich, daß Ihre Frage eine recht unliebsame Antwort herauslocken würde, und zwar eine, die ich mit allem Respekt zu geben ablehne. Ich bin neugierig, was wohl Sir George Tufto sagen würde, wenn eine

Schildwache ihren Posten verließe, weil ein edler Lord (der durchaus nichts mit dem Dienst zu tun hat) sie zu dieser Pflichtverletzung verleitet hätte.

Ach, daß der Küster, der kleine Jungen prügelt und aus der Kirche treibt, nicht auch die Weltlichkeit heraustreiben kann denn was ist Weltlichkeit anderes als Snobtum? Wenn ich beispielsweise in der Zeitung lese, daß Seine Hochwürden, der Lord Charles James, einen Teil der adligen Jugend in der königlichen Kapelle konfirmiert hat, als ob die königliche Kapelle eine Art kirchlicher »Almack-Club« wäre und die jungen Leute sich in kleinen, exklusiven, vornehmen, aristokratischen Gruppen für die andere Welt vorzubereiten hätten, um auf ihrer Reise dorthin nicht durch die Gesellschaft des gewöhnlichen Volkes gestört zu werden: wenn ich solch einen Erguß lese (und ein oder zwei solcher Stückchen erscheinen für gewöhnlich in der Saison), scheint mir dies der ekelhafteste, gemeinste und abgeschmackteste Teil dieser ekelhaften, gemeinen und abgeschmackten Veröffentlichung, genannt der Hofbericht, zu sein, durch den das Snobtum zu einer ganz schaudererregenden Höhe gebracht wird. Wie, meine Herren, könnten wir denn nicht einmal die Kirche als Republik ansehen? Dort wenigstens würde selbst das Herald College gestatten, daß wir alle uns gleichen Ursprungs fühlen und direkt von Adam und Eva herstammen dürfen, deren Erbe zwischen uns allen geteilt ist.

Bei dieser Gelegenheit fordere ich alle Herzöge, Grafen, Barone und andere Potentaten auf, nicht diesen schamlosen Skandal und Irrtum mitzumachen, ich richte die Bitte an alle Bischöfe, die diese Veröffentlichung lesen, diesen Fall einer ernsthaften Berücksichtigung zu unterziehen und gegen die Wiederholung dieser Übung einzuschreiten, indem sie erklären: »Wir werden den Lord Tomnoddy oder Sir Carnaby Jenks unter

Ausschließung anderer junger Christen weder gesondert konfirmieren noch gesondert taufen.« Wenn Ihre Lordschaften zu derartigen Erklärungen bewogen werden könnten, so würde ein großer Stein des Anstoßes beseitigt werden, und meine Aufzeichnungen über die Snobs würden nicht vergeblich geschrieben sein.

Eine Anekdote von einem berühmten Parvenü fällt mir ein, der Gelegenheit hatte, einem ausgezeichneten Prälaten, dem Bischof von Bullocksmithy, einen Gefallen zu tun, und der als Gegenleistung von Seiner Lordschaft sich erbat, daß er seine Kinder besonders in Seiner Lordschaft eigenen Kapelle konfirmieren möchte, was der gütige Prälat auch dementsprechend tat. Kann man die Satire weitertreiben? Ist von all den Lächerlichkeiten, die ich bis jetzt habe drucken lassen, dies nicht der allernaivste Unfug? Sieht es nicht so aus, als ob jemand nur dann in den Himmel kommen könnte, wenn er einen Extrazug benutzt, oder bildet er sich nicht zum mindesten ein, die Konfirmation wäre (wie es ja viele von der Kuhpockenimpfung glauben) dann wirksamer, wenn sie aus erster Hand erteilt würde?

Als jene hervorragende Persönlichkeit, die Begum Sumroo, starb, soll sie zehntausend Pfund dem Papst und zehntausend dem Erzbischof von Canterbury hinterlassen haben, um vor jedem Irrtum sicher zu sein und dadurch in jedem Falle die kirchlichen Autoritäten für sich zu haben. Dieser Fall ist wenigstens etwas offener und unverblümter snobhaft als die vorerwähnten. Ein Snob aus altem Hause wird in den Tiefen seiner Seele genau so stolz auf seinen Reichtum und seine Ehren sein wie ein Parvenü-Snob, der sie offensichtlich zur Schau stellt. Und eine hochgeborene Marquise oder Herzogin ist ebenso eitel auf sich und ihre Diamanten wie die Königin Quashyboo, die sich ein Paar Epauletten auf ihr Hemd nähen läßt und zu diesem Staatskleid noch einen Hahnenfederhut aufsetzt.

Nicht aus Mißachtung für mein Pairstum, das ich liebe und ehre (habe ich nicht tatsächlich bereits früher gesagt, daß ich bereit sein würde, aus meiner Haut zu fahren, wenn zwei Herzöge die Pall Mall mit mir auf und ab gehen wollten?)– nicht aus Mißachtung für die einzelne Person geht mein Wunsch darauf hinaus, daß diese Titel niemals erfunden worden sein möchten; man wolle aber berücksichtigen, daß es ohne Bäume auch keinen Schatten gibt. Um wieviel ehrbarer ginge es nicht in der Gesellschaft zu, um wieviel diensteifriger wäre nicht der Klerus (den wir ja gegenwärtig betrachten), wenn diese Versuchungen des Adels und die beharrlichen Lockungen der Welt nicht beständen, die ihn fortwährend umgarnen und auf Abwege zu führen drohen.

Ich habe so manches Mal miterlebt, wie es kam, daß Pfarrer um die Ecke gingen. Als zum Beispiel Tom Sniffle als Kurat für Herrn Fuddlestone, den Bruder von Sir Huddlestone Fuddlestone, der auf einer anderen Pfründe wohnte, aufs Land kam, konnte man sich kein gutmütigeres, arbeitsameres und trefflicheres Wesen als Tom vorstellen. Seine Tante wohnte bei ihm, sein Verhalten gegen die Armen war bewunderungswert. Er schrieb alljährlich Bücher voll der bestgemeinten, aber höchst faden Predigten. Als aber die Familie Lord Brandyballs aufs Land kam, ihn nach Brandyball-Park zum Mittagessen einlud, war Sniffle so aufgeregt darüber, daß er fast das Tischgebet zu sprechen vergaß und eine Schüssel mit Johannisbeergelee auf Lady Fanny Toffys Schoß fallen ließ.

Was war die Folge seiner Freundschaft mit dieser vornehmen Familie? Seine Tante zankte ihn aus, weil er jeden Abend auswärts aß. Das Ungeheuer vergaß seine Armen alle miteinander und trieb seinen alten Klepper durch das fortwährende Fahren nach Brandyball zu Tode, wo er in unsinniger Leidenschaft Lady Fanny anschwärmte. Er ließ sich die elegantesten neuen Kleidungsstücke und geistlichen Röcke aus London kommen; er erschien in Spitzenhemden, Lackstiefeln und parfümiert; er kaufte sich ein Vollblutpferd von Bob Toffy, wurde auf Schützenfesten, öffentlichen Essen und, ich erröte fast, es zu sagen, in einer Loge der Oper und später an der Seite Lady Fannys in Rotten Row sogar zu Pferde gesehen. Er fügte seinem Namen noch einen zweiten hinzu (wie es viele arme Snobs zu tun pflegen), und anstelle von T. Sniffle, wie früher, ließ er sich eine schöne glatte Karte drucken mit der Aufschrift: Rev. T. D'Arcy Sniffle, Burlington Hotel.

Das Ende all dieser Dinge kann man sich denken: als der Earl of Brandyball die Liebe des Kuraten für Lady Fanny erfuhr, bekam er den Schlaganfall, der ihn sobald darnach (zum unaussprechlichen Kummer seines Sohnes, des Lord Alicompayne) dahinraffte, und fiel über Sniffle mit jenen denkwürdigen Worten her, welche allen seinen Hoffnungen ein Ende machten. »Wenn ich nicht Achtung vor der Kirche hätte, Herr«, sagte Seine Lordschaft, »bei Gott, ich würde Sie die Treppe hinunterwerfen lassen.« Dann bekam der Lord den vorerwähnten Schlaganfall, und Lady Fanny heiratete, wie wir alle wissen, den General Podager.

Was den armen Tom betrifft, so war er bis über beide Ohren sowohl verschuldet wie verliebt.

Mr. Hemp aus der Portugalstraße ließ seinen Namen kürzlich als den eines wegen seiner Schulden abgesetzten Geistlichen veröffentlichen; seitdem hat man ihn in mehreren ausländischen Bädern gesehen, zuweilen hielt er noch Gottesdienst ab. Zuweilen paukte er zurückgebliebene Söhne reicher Eltern in Karlsruhe oder Kissingen für das Examen ein, zuweilen auch – müssen wir es sagen? – schlich er um die

Roulettetische, mit einem Kinnbart, wie ihn Aristokraten zu tragen pflegen.

Wenn die Versuchung nicht an diesen unglücklichen Menschen in der Gestalt des Lord Brandyball herangetreten wäre, so würde er noch seinem Beruf still und ergeben nachgehen. Er würde seine Kusine mit 4000 Mark Mitgift, die Tochter eines Weinhändlers, geheiratet haben (der alte Herr zürnte seinem Neffen, weil er nicht Aufträge auf Wein bei Lord B. für ihn eingeholt hatte), er würde sieben Kinder gezeugt und Pensionäre angenommen haben, er würde von seinen Einnahmen etwas erübrigt haben und würde leben und sterben wie ein rechter Landpfarrer.

Hätte er etwas Besseres tun können? Ihr, die ihr wissen wollt, wie groß und gut und edel ein solch charaktervoller Mensch sein kann, lest Stanleys »Leben des Doktor Arnold«!

Dreizehntes Kapitel

Über geistliche Snobs

Unter den Abarten des geistlichen Snobs muß auch noch des Universitäts-Snobs und des Schul-Snobs gedacht werden, bilden sie doch ein sehr starkes Bataillon in der schwarzen Armee.

Die Weisheit unserer Voreltern (die ich von Tag zu Tag mehr bewundere) scheint darin gegipfelt zu haben, daß die Erziehung der Jugend eine so unwichtige und untergeordnete Sache sei, daß fast jeder mit einer Rute, einem Talar und einem akademischen Grad ausgestattete Mensch sich dieser Aufgabe zu unterziehen vermöchte. Und bis zum heutigen Tage kann man manchen ehrbaren Landedelmann finden, der das größte

Gewicht beim Engagement seines Kellermeisters auf den Charakter legt und der kein Pferd ohne die sichersten Garantien und die genaueste Inaugenscheinnahme kauft, hingegen seinen Sohn, den jungen John Thomas, schickt er zur Schule, ohne Erkundigung über den Schulmeister einzuziehen, und besorgt ihm einen Platz in Switchester College unter Doktor Bloch, nur weil er (der gute alte Herr) vor vierzig Jahren in Switchester unter Doktor Buzwig gewesen ist.

Wir lieben alle kleinen Schuljungen; denn viele Zwanzigtausende von ihnen lesen den »Punch«; möge es ihm daher nie einfallen, ein abwegiges und nicht für sie passendes Wort zu schreiben. Will er doch seine jungen Freunde davor bewahren, daß sie in Zukunft Snobs werden oder von Snobs gequält und ihnen zur Erziehung überantwortet werden.

Unsere Beziehungen zur studierenden Jugend sind sehr enge und freundschaftliche. Der offenherzige, junge Student ist unser Freund. Der protzige, alte Halbgott-Professor dagegen zittert in seinem Hörsaal aus Besorgnis, wir könnten ihn angreifen und ihn als Snob bloßstellen.

Als die Eisenbahnen in das Land eindrangen, das sie sich seitdem erobert haben, möchte ich erinnern, was da für ein Geschrei und Geschimpfe von den Autoritäten in Oxford und Eton erhoben wurde, damit nicht die eisernen Scheusale diesen Sitzen reiner Gelehrsamkeit zu nahe kämen und die britische Jugend auf Abwege führten. Die Beschwörungen waren vergeblich, die Eisenbahn ist bis zu ihnen gedrungen, und die urweltlichen Einrichtungen liegen zerschmettert am Boden. Ich war aufrichtig beglückt, als ich neulich in den Zeitungen wörtlich die folgende, wenn auch etwas marktschreierische Annonce: »Hin und zurück zur Universität für fünf Schillinge« las.»Die Universitätsgärten (hieß es) werden aus diesem Anlaß geöffnet sein.

Die Universitätsjugend wird eine Regatta abhalten und die berühmte Kapelle des King's College dazu konzertieren.« Und das alles für fünf Schillinge! Die Goten drangen in Rom ein, Napoleon-Stephenson zieht seine republikanischen Schienenwege rund um die geheiligten Städte. Und die geistlichen großen Perücken, die dort in Garnison stehen, müssen sich darauf vorbereiten, ihren Schlüssel und ihren Krummstab vor dem eisernen Eroberer niederzulegen.

Wenn du, lieber Leser, darüber nachdenkst, welches tiefe Snobtum das Universitätssystem hervorgebracht hat, so wirst du mir zugeben, daß es hohe Zeit ist, einige dieser feudalen, mittelalterlichen Zöpfigkeiten zu bekämpfen. Wenn du für fünf Schillinge hinfährst, um dir die studierende Jugend anzusehen, so kannst du einen über den Hof streichen sehen, der keine Troddel an der Mütze hat, einen anderen mit einer goldenen oder silbernen Franse an seinem Sammetbarett. Ein dritter Jüngling spaziert gemächlich in der Robe und mit dem Magisterhut über die geheiligten Grasplätze des Kollegiums, die gewöhnliche Sterbliche nicht betreten dürfen.

Er darf es tun, weil er adlig ist. Weil der Jüngling ein Lord ist, verleiht ihm die Universität nach Ablauf von zwei Jahren einen Grad, zu dessen Erlangung ein anderer sieben Jahre braucht; als Lord hat er nicht nötig, ein Examen zu machen. Derjenige, der nicht selbst für fünf Schillinge hin und zurück zum College gefahren ist, hält es für unglaublich, daß solche Unterscheidungen an einem der Erziehung geweihten Ort gemacht werden, so verrückt und ungeheuerlich erscheinen sie ihm.

Die Jünglinge mit goldenen und silbernen Abzeichen sind die Söhne reicher Eltern und werden »feine Kerle« genannt. Sie haben ein Anrecht auf besseres Essen als die Pensionäre und auf Wein dazu, den die anderen nur auf ihren Zimmern erhalten können.

Die unglücklichen Jungen, welche keine Troddeln an ihren Mützen haben, werden »Schlepper« – in Oxford »Diener« – genannt (eine hübsche und gentlemanhafte Bezeichnung). Auch ein Unterschied in der Kleidung wird gemacht, weil sie arm sind. Aus diesem Grunde tragen sie ein Armutszeichen und dürfen ihre Mahlzeiten nicht mit ihren Kommilitonen einnehmen.

Als diese gottlose und schimpfliche Unterscheidung eingeführt wurde, bildete sie ein Überbleibsel, gewissermaßen ein Teil des rohen, unchristlichen, plumpen Feudalsystems. Damals bestand man noch so streng auf Standesunterschieden, daß es als Gotteslästerung angesehen worden wäre, sie zu leugnen, so gotteslästerlich es jetzt in einzelnen Staaten Amerikas für einen Neger ist, die Gleichberechtigung mit einem Weißen fordern zu wollen.

Ein Wüstling, wie Heinrich der Achte, redete so ernsthaft von den göttlichen Kräften, mit denen er begnadet sei, als ob er ein inspirierter Prophet gewesen wäre. Ein Scheusal, wie Jacob der Erste, glaubte nicht allein an die ihm innewohnende besondere Heiligkeit, sondern andere Leute glaubten es auch. Die Regierung erließ Verordnungen, wie lang der Schuh eines Kaufmannes sein dürfe, und mischte sich auch in seine Handelsgebräuche, seine Preise, seine Ausfuhrbedingungen und seinen technischen Betrieb. Sie hielt sich für berechtigt, einen Mann wegen seiner Religion zu verbrennen oder einem Juden die Zähne auszureißen, wenn er drückende Abgaben nicht bezahlen konnte, oder sie ordnete an, daß er einen gelben Kaftan tragen müsse, und wies ihm als Wohnung ein besonderes Stadtviertel an.

Jetzt darf ein Kaufmann Schuhe tragen, wie es ihm beliebt, und er hat auch ziemlich vollkommen das Privilegium erreicht, kaufen und verkaufen zu dürfen, ohne daß die Regierung ihre Tatze auf dem Handel hält. Der Brandpfahl für Ketzer ist verschwunden, der Pranger ist niedergerissen. Selbst Bischöfe erheben ihre Stimmen gegen die Überbleibsel der Verfolgung und sind bereit, mit den letzten katholischen Unduldsamkeiten aufzuräumen. Sir Robert Peel hat, so ungemein gern er auch möchte, keine Gewalt über Mr. Benjamin Disraelis Backenzähne, auch keine Mittel in den Händen, dieses Herrn Kinnbacken zu malträtieren. Den Juden wird nicht mehr befohlen, besondere Abzeichen zu tragen. Im Gegenteil, sie dürfen ganz nach ihrem Belieben in Piccadilly oder den Minories leben. Sie dürfen sich wie Christen kleiden und tun es auch in der Regel auf das eleganteste und vornehmste.

Warum muß nun immer noch der arme »Diener« im College seine Abzeichen tragen? Weil die Universitäten die letzten Stellen sind, in denen die Reform Einlaß findet. Aber nun, wo sie ins College für fünf Schillinge hin und zurück fahren kann, sollte man sie ja dorthin reisen lassen.

Vierzehntes Kapitel

Über Universitäts-Snobs

Allen, die je das Sankt-Bonifatius-College besucht haben, werden die Gestalten von Hugby und Crump im Gedächtnis geblieben sein. Zu meiner Zeit waren sie Lehrer, und seitdem ist Crump zum Präsidenten des College aufgestiegen. Damals schon war er das vollendetste Muster für einen Universitäts-Snob, und jetzt ist er es erst recht.

Mit fünfundzwanzig Jahren entdeckte Crump drei neue Versmaße und veröffentlichte die Ausgabe eines höchst unanständigen griechischen Lustspiels mit nicht weniger als zwanzig Verbesserungen des deutschen Textes von Schnupfenius und Schnapsius. Diese der Religion geleisteten Dienste bewirkten es, daß er sofort auf die Liste der Anwärter für die höheren Kirchenstellen gesetzt wurde, und nun hat er es bis zum Präsidenten von Sankt Bonifatius gebracht und ist nur gerade eben noch der Bischofsbank entwischt. Crump hält Bonifatius für das Zentrum der Welt und seine Stellung als Präsident für die höchste in England. Er erwartet, daß die Studenten und Lehrer ihm dieselbe Art von Verehrung erweisen wie die Kardinäle dem Papst. Ich bin mir sicher, daß Crawler ohne Widerrede ihm sein Barett nachtragen und Page ihm die Schleppe seines Talars halten würde, wenn er zur Kapelle stolziert. Dort brüllt er die Responsorien, als ob es eine Ehre für den Himmel wäre, daß der Präsident von Sankt Bonifatius persönlich am Gottesdienste teilnimmt. Als seinen einzigen Vorgesetzten sehen sein Haus und sein College nur den Landesherrn an.

Als die verbündeten Monarchen hinkamen, um zu Doktoren der Universität gemacht zu werden, wurde ein Frühstück zu Sankt Bonifatius gegeben. Bei dieser Gelegenheit gestattete Crump dem Kaiser Alexander den Vortritt, während er selbst vor dem König von Preußen und dem Fürsten Blücher einherging. Er hatte die Absicht, den Kosakenhetman Platow beim Essen an einen Nebentisch zu den Hilfslehrern des College zu setzen, wurde aber bewogen, hiervon abzusehen. Er unterhielt sich nun mit dem vornehmen Kosaken ausschließlich in dessen Sprache und machte es ihm unwiderleglich klar, daß er, der Hetman, keine Ahnung von ihr hätte.

Wir Studenten wußten von Crump nicht viel mehr als vom Dalai Lama. Ein paar bevorzugte Jünglinge wurden gelegentlich zum Tee bei ihm eingeladen. Aber sie durften nicht den Mund auftun, ehe nicht der Doktor zuerst das Wort an sie richtete. Und wenn sie sich setzen wollten, so flüsterte ihnen Mr. Toady, der Famulus Crumps, zu: »Meine Herren, haben Sie die Güte aufzustehen, der Präsident kommt« oder: »Meine Herren, der Präsident liebt es nicht, daß junge Leute sitzen« oder Worte von ähnlicher Wirkung.

Um Crump gerecht zu werden, müssen wir sagen, daß er vor Hochgestellten nicht kriecht; eher behandelt er sie gönnerhaft, und in London spricht er sehr leutselig mit einem Herzog, der früher einmal sein College besucht hat, oder gibt einem Marquis zwei Finger. Er verleugnet auch nicht seine Herkunft, sondern prahlt damit, indem er sich selbst beweihräuchert: »Ich war Zögling des Armenhauses«, sagt er, »und wie weit habe ich es gebracht, zum größten griechischen Professor am größten College der größten Universität des größten Reiches der Erde.« Woraus folgt, daß diese Welt eine für Bettler vortreffliche Welt ist, da er ja selbst einmal ein Bettler war und es nun so herrlich weit gebracht hat.

Hugby verdankt seine hervorragende Stellung seinem geduldigen Verdienste und seiner ergebenen Beharrlichkeit. Er ist ein sanftes, mildes, unschuldiges Geschöpf, mit gerade so viel Gelehrsamkeit, um ihn zu Vorlesungen oder zur Stellung von Examensfragen zu befähigen. Er machte seinen Weg durch Anbiederung beim Adel. Es ist köstlich zu sehen, wie dies arme Wesen vor einem Edelmann oder vor dem Neffen eines Lords zusammenklappt oder selbst nur vor irgendeinem lauten und sonst unangesehenen Bürgerlichen, sobald er mit einem Lord befreundet ist. Er pflegt jungen Edelleuten sorgfältig zubereitete und auserlesene Frühstücke zu geben, nimmt in ihrer Gesellschaft ein munteres, liebenswürdiges Wesen an und plaudert mit ihnen (obgleich er entschieden fromm ist) über die Oper oder die letzte Hetzjagd. Sehr schön ist es auch, ihn im Kreise der jungen »Bequasteten« zu beobachten mit seiner kriechenden, widerlichen, übereifrigen und unfreien Vertraulichkeit. Er schreibt gerne vertrauliche Briefe an ihre Eltern und hält es für seine Pflicht, sie aufzusuchen, wenn er nach London kommt, ihnen sein Beileid auszusprechen oder sie zu beglückwünschen bei Todesfällen, Geburten und Hochzeiten in ihren Familien und vor allem sie zu feiern, sobald sie einmal zur Universität kommen. Ich erinnere mich, daß ich auf seinem Pult in seinem Hörsaal ein ganzes Semester lang einen Brief habe liegen sehen, der anfing: »Mein Lord und Herzog!« Damit wollte er uns zeigen, mit was für Würdenträgern er in Briefwechsel stand.

Als der jüngst verstorbene und viel beklagte Lord Glenlivat, der im jugendlichen Alter von vierundzwanzig Jahren sich bei einem Hürdenrennen das Genick brach, noch die Universität besuchte, sah dieser liebenswürdige Jüngling frühmorgens auf dem Weg zu seinen Zimmern auf demselben Flur die Stiefel Hugbys vor dessen Tür stehen. Sorgfältig kleidete er ihr Inneres mit Schusterpech aus, und als Seine Hochwürden Mr. Hugby am selben Abend, ehe er zu einem Essen bei dem Vorsteher von St. Crispin ging, die Stiefel ausziehen wollte, verursachte ihm dies die fürchterlichsten Schmerzen.

Jeder schob die Schuld an diesem erleuchteten Dummenjungen-Streich dem Freunde Lord Glenlivats, Bob Tizzy, der berühmt wegen solcher Possen war, in die Schuhe, hatte er doch schon einmal den Pumpenschwengel im College abgedreht und die Nase des heiligen Bonifatius glatt an der Basis des Gesichtes abgefeilt, auch hatte er schon einmal die Figuren von vier Negerknaben aus den Läden von

Tabakhändlern entfernt und das Pferd des Universitäts-oberrichters erbsengrün angestrichen usw. usw. Bob aber (der zweifellos eingeweiht war und nicht aus der Schule plaudern wollte) hatte so viel auf dem Kerbholz, daß er seine Verweisung befürchten mußte, wodurch er das Familienstipendium, das er inne hatte, verloren haben würde. Da trat edelmütig Glenlivat vor, bekannte sich selbst als Urheber dieses geistvollen Anschlages, bat den Lehrer um Verzeihung und empfing die Relegation.

Hugby weinte, als ihn Glenlivat um Verzeihung bat; hätte ihn der junge Lord mit Fußtritten um den Hof herumgejagt, so glaube ich, würde dieser Lehrer ebenso glücklich gewesen sein, wenn nur eine Entschuldigung erfolgt wäre. Die Verzeihung würde dann ebenfalls unmittelbar auf dem Fuße gefolgt sein. In unserem Falle sagte er: »Mylord, in Ihrem Verhalten bei diesem wie bei allen anderen Vorkommnissen haben Sie sich als vollendeter Gentleman benommen. Sie waren eine Zierde der Universität, wie Sie es sicherlich auch für den Pairsstand sein werden, wenn die liebenswürdige Lebhaftigkeit der Jugend sich erst gelegt haben wird und Sie erst tätigen Anteil an der Regierung der Nation nehmen werden.«

Und als Seine Lordschaft Abschied von der Universität nahm, verehrte ihm Hugby ein Exemplar seiner »Predigten für adlige Familien« (Hugby war früher Hofmeister bei den Söhnen des Earl of Muffborough gewesen). Lord Glenlivat wiederum schenkte das Werk dem Mr. William Ramm, der in Sportkreisen unter dem Namen »der Liebling von Tutbury« bekannt ist, und jetzt liegt es auf dem Ziertisch von Mrs. Ramm hinter der Bar ihres Gasthauses zum »Kampfhahn und Sporn« bei Woodstock in Oxfordshire.

Mit dem Beginn der großen Ferien geht Hugby nach London und mietet sich ein hübsches Zimmer in der Nähe von St. James'

Square, reitet nachmittags im Park spazieren und freut sich unbändig, wenn er in den Morgenzeitungen seinen Namen unter denjenigen liest, die bei den Empfängen in Muffborough House oder auf den Abendgesellschaften des Marquis of Farintosh zugegen waren. Er ist auch Mitglied des Klubs, in dem Sydney Scraper verkehrt, trinkt aber im Gegensatz zu ihm einen Schoppen Rotwein.

Manchmal kann man ihn an Sonntagen sehen, zur Stunde, wenn die Kneipen aufgemacht werden, aus denen kleine Mädchen mit großen Krügen Porter herauskommen, wenn Armenhausschüler durch die Straßen gehen, die braune Schüsseln mit geschmorten Hammelkeulen und Bratkartoffeln tragen, wenn Sheeny und Moses in Seven-Dials mit ihren Pfeifen vor den herabgelassenen Rolläden ihrer Geschäfte sitzen, wenn eine Menge lächelnder Leute in sauberen Anzügen von fremdländischem Schnitt, mit wunderlichen Mützen und wehenden Kattungewändern oder in zerknitterten Tuch- und Seidenkleidern, die noch die Spuren der Falten tragen, in denen sie die ganze Woche hindurch in den Kommodenladen aufbewahrt waren, die High Street entlang auf und abgehen — manchmal, wie gesagt, kann man Hugby auf dem Rückweg von der Kirche St. Giles-in-the-Fields treffen. Am Arm führt er eine behäbige Dame, deren alte Züge einen Ausdruck größten Stolzes und höchsten Glückes erkennen lassen, wenn sie alle ihre Nachbarn und den Geistlichen selbst auf dem Wege nach Holborn mit einem Blick streift, wo sie an einem Hause, an dem ein Schild: Hugby, Schnittwarenhändler, angebracht ist, klingelt. Das ist die Mutter des Reverend F. Hugby, und sie ist so stolz auf ihren Sohn mit seiner weißen Halskrause, wie nur je es Cornelia in Rom auf ihre beiden Juwelen sein konnte. Hinter ihnen mit den Gesangbüchern geht der alte Hugby, und die alte

Jungfer an seiner Seite ist Betsy Hugby – ja, das ist der alte Hugby, Schnittwarenhändler und Gemeindekirchen-rat.

Im Vorderzimmer, wo auch das Mittagessen eingenommen wird, hängt eine Ansicht von Muffborough Castle und das Bild des Earl of Muffborough, Ritter unzähliger Orden und Gouverneur von Diddlesex; ferner ein Stich aus einem Almanach des St. Bonifatius College in Oxford und ein Bild in gesticktem Rahmen von Hugby in jungen Jahren, das ihn mit Barett und im Talar darstellt. Ein Exemplar seiner »Predigten für adlige Familien« steht auf dem Bücherbrett neben den »Pflichten der Menschheit«, den Berichten von Missionsgesellschaften und dem Oxforder Universitäts-kalender. Den letzteren kennt der alte Hugby teilweise auswendig. Er weiß den Namen jeder Pfründe von Sankt Bonifatius, weiß, wie jeder Lehrer, Ordinarius, Edelmann und Student heißt.

Ehe sein Sohn Geistlicher wurde, pflegte er selbst in Versammlungen zu predigen; kürzlich hat man aber den alten Herrn des Puseyismus verdächtigt, und seitdem kennt er kein Erbarmen mehr mit den Dissidenten.

Fünfzehntes Kapitel

Über Universitäts-Snobs

Ich hätte wohl Lust, mehrere Bände mit Geschichten über die verschiedensten Universitäts-Snobs zu füllen, so angenehme und zahlreiche Erinnerungen bewahre ich an sie. Ich hätte wohl Lust, von ihnen allen zu erzählen, auch von den Frauen und Töchtern einiger Universitätsprofessoren, von ihren Vergnügungen, Gewohnheiten und Eifersüchteleien, von ihren unschuldigen Kunstgriffen, junge Männer einzufangen, von ihren Picknicks, Konzerten und Abendgesellschaften. Ich möchte gerne wissen, was aus Emily Blades, der Tochter des Professors der Mandingo-Sprache, Blades, geworden ist? Noch heute erinnere ich mich an ihre Schultern, als sie inmitten einer Menge von etwa siebzig jungen Herren aus dem Corpus und Katharina Hall College saß, mit denen sie kokettierte, während sie französische Lieder zur Laute vortrug. Bist du verheiratet, schöne Emily mit den Schultern? Wie schön waren die Locken, die über sie fielen! Welche Taille! Welch berückend meergrünes Seidenkleid! – Was für eine herrliche Kamee von der Größe einer Semmel! Auf der Universität verliebten sich damals nicht weniger als sechsunddreißig junge Leute in Emily Blades. Und Worte sind nicht imstande, das Mitleid, die Sorge und das tiefe, tiefe Bedauern – will sagen den Zorn, die Wut und die Herzlosigkeit zu beschreiben, mit der Miß Trumps (die Tochter des Professors für Gallenerkrankungen, Trumps) sie betrachtete, weil sie nicht schielte und nicht durch Pockennarben entstellt war.

Was die jungen Universitäts-Snobs anlangt, so fühle ich mich zu alt, um mich besonders vertraulich über sie auszulassen. Meine Erinnerungen an sie liegen weit zurück, fast so weit wie des seligen Pelhams Zeiten.

Damals pflegten wir als Snobs diejenigen einfältig ausschauenden Jünglinge zu bezeichnen, die niemals einen Kirchgang versäumten, die keine Stege an ihren Hosen hatten, sondern Schaftstiefel trugen, die tagtäglich zwei Stunden lang auf der Trumpingtoner Chaussee spazieren gingen, die in den Kollegien fleißig Gelehrsamkeit sammelten und sich bei den gemeinsamen Mahlzeiten als etwas Besonderes vorkamen.

Wir waren damals bei Abgabe unseres Urteils über jugendliches Snobtum entschieden zu voreilig. Der Mann ohne Stege erfüllte seinen Beruf und seine Pflicht. Er machte seinem alten Herrn, dem Prediger in Westmoreland, das Leben behaglicher oder ermöglichte es seinen Schwestern, eine höhere Töchterschule zu begründen. Er gab je nach seiner Begabung ein Wörterbuch heraus oder schrieb eine Abhandlung über Kegelschnitte, erlangte Stipendien und bekam schließlich ein Weib und eine Pfarre. Nun steht er an der Spitze einer Gemeinde und kommt sich beinahe flott vor, weil er Mitglied des »Oxford-und-Cambridge-Clubs« ist. Seine Gemeindemitglieder lieben ihn und schnarchen bei seinen Predigten. Nein, nein, er ist sicher kein Snob. Nicht Stege allein machen den Gentleman aus, ebensowenig wie auch noch so plumpe Schaftstiefel ihn jemals ungeeignet dazu machen können. Mein Sohn, du allein bist ein Snob, wenn du jemanden deswegen über die Achsel ansiehst, weil er seine Pflicht tut, und wenn du dich weigerst, einem ehrbaren Mann die Hand zu geben nur deshalb, weil er baumwollene Handschuhe trägt.

Damals hielten wir es durchaus nicht für unehrenhaft, daß etliche junge Burschen, die noch vor drei Monaten ihre Prügel bekommen hatten und denen es im Elternhause niemals gestattet worden wäre, mehr als drei Gläser Portwein zu trinken, sich zu Leckereien und Eis auf ihren Buden gegenseitig einluden und dazu Champagner und Rotspon schlemmten.

Jetzt freilich denkt man einigermaßen mit Kopfschütteln an diese sogenannten Weingelage zurück. Etwa dreißig junge Leute saßen an einem Tisch, aßen schlechte Süßigkeiten und tranken schlechte Weine. Schlechte Witze wurden dabei erzählt und unanständige Lieder immer und immer wieder gesungen. Milchpunsch, Qualm, wüstes Kopfweh — entsetzliche Unordnung auf dem Frühstückstisch am nächsten Morgen — durchdringender Tabaksgeruch — und mitten in dieses Chaos hinein platzt der aufsichtsführende Geistliche. Er erwartet euch tief im Studium der Algebra zu finden und muß entdecken, daß der Stiefelputzer Sodawasser für euren Kater herbeiholt.

Ferner gab es junge Leute, die die Burschen geringschätzig ansahen, welche jene verwünschten Weingelage veranstalteten, und die sich nicht wenig darauf einbildeten, daß sie auserlesene kleine französische Diners gaben. Indessen beide Arten, sowohl die Gastgeber der Weingelage wie die der Diners, waren nichts anderes als Snobs.

Weiter gab es eine Sorte, die wir »Patent-Snobs« zu nennen pflegten. Da war Jimmy, den man schon um fünf Uhr wie aus dem Ei gepellt angekleidet sehen konnte, mit einer Kamelie im Knopfloch und in Lackstiefeln; zweimal täglich zog er neue Glacehandschuhe an; da war Jessamy, der wegen seiner Juwelen berüchtigt war, ein junger Esel, der vor lauter Ketten, Ringen und Hemdknöpfen glänzte; da war Jacky, der jeden Tag feierlich die Blenheimer Landstraße in Pumphosen, weißseidenen Strümpfen und mit gekräuseltem Haar entlangritt. Und alle drei schmeichelten sich, tonangebend für die Mode auf der Universität zu sein, und alle drei waren doch nichts weiter als höchst ekelhafte Snob-Abarten.

Natürlich hatten wir auch Sport-Snobs unter uns, eine Rasse, die niemals aussterben wird, glückliche Wesen, die von der Vorsehung mit einer unbezähmbaren Liebe für ein anderen Sterblichen unverständliches Kauderwelsch ausgestattet sind. Sie hielten sich mit Vorliebe in der Nähe der Ställe der Pferdevermieter auf, fuhren eigenhändig die Londoner Postkutschen bis zur ersten Station hin und zurück und stolzierten schon frühzeitig des Morgens in roten Reitfräcken auf den Höfen herum; an den Abenden dagegen beschäftigten sie sich mit dem Würfel- oder Kartenspiel. Niemals aber versäumten sie ein Rennen oder einen Boxkampf. Noch niedere Snobs sogar als die eben genannten waren jene armen Teufel, welche zwar nur höchst ungern Fuchsjagden mitritten, es aber durchaus nicht eingestehen wollten, und die eine wahre Todesangst vor jedem nur zwei Fuß breiten Graben hatten. Dennoch aber ritten sie mit, weil Glenlivat und Cinqbars dabei waren. Abarten dieser Snobs waren Billard- und Ruder-Snobs, die aber auch anderswo als nur auf der Universität zu finden sind.

Dann hatten wir philosophische Snobs, die in den Diskussions-Klubs bekannte Staatsmänner zu imitieren pflegten und die tatsächlich daran glaubten, daß die Regierung stets ein Auge auf die Universität hätte, um aus den Studenten die späteren Redner für das Unterhaus auszuwählen. Weiter hatten wir unter uns junge Freidenker, denen niemand und nichts heilig war, mit alleiniger Ausnahme vielleicht Robespierres und des Koran, und die den Tag herbeisehnten, an dem der Zorn einer aufgeklärten Welt den Priesterstand einfach abschaffen würde. Die übelsten von allen Universitäts-Snobs sind aber jene unseligen Wesen, die in dem Bestreben, es den Vornehmeren unter sich gleichzutun, sich zermartern und ruinieren. Smith lernt im College hochwohlgeborene Herren kennen und schämt sich, daß sein Vater Krämer ist. Jones macht vornehme Bekanntschaften, führt wie sie ein üppiges, leichtsinniges Leben, richtet damit seinen Vater zugrunde, raubt seinen Schwestern die Mitgift und bringt es fertig, seinem jüngeren Bruder die Aussicht, es zu etwas im Leben zu bringen, abzuschneiden. Und das alles um das Vergnügen, einen Lord eingeladen zu haben und neben Sir John haben reiten zu dürfen. Mag es schon für Robinson spaßig genug sein, sich gleicherweise daheim zu bezechen, wie er es auf dem College zu tun pflegte, und von dem Polizisten heimgebracht zu werden, den er gerade eben zu verprügeln versucht hatte – wie spaßhaft, das vergegenwärtigt euch, muß dieser ganze Aufzug erst für seine Mutter sein, jene treue, arme Seele, die Witwe eines pensionierten Kapitäns, die sich ihr ganzes Leben lang abgerackert hat, um es diesem sauberen Bürschchen zu ermöglichen, eine akademische Bildung zu genießen.

Sechzehntes Kapitel

Literarische Snobs

Was wird er über literarische Snobs sagen?« das sind wir, ich mache kein Hehl daraus, oft vom Publikum gefragt worden. »Wie kann er seinen eigenen Beruf auslassen? Wird dieses wilde und schonungslose Untier, das den Adel, die Geistlichkeit, die Armee, ja selbst die Damen erbarmungslos angreift, nicht zögern, wenn die Reihe des Erdrosselns an sein eignes Fleisch und Blut kommt?«

Mein teurer und hochverehrter Fragesteller, wen schlägt der Schulmeister wohl nachdrücklicher als seinen eigenen Sohn? Ließ nicht Brutus seine Sprößlinge köpfen? Sie haben wirklich eine sehr schlechte Meinung von dem gegenwärtigen Stand der Literatur und des Literaten selbst, wenn Sie glauben, daß einer von uns zögern würde, ein Messer seinem Kollegen von der Feder in den Leib zu stoßen, wenn dessen Tod dem Staate irgendwie von Nutzen sein könnte.

Tatsache ist es aber, daß es im literarischen Beruf keine Snobs gibt. Sehen Sie sich doch in der ganzen Zunft der britischen Schriftsteller um, und dann fordere ich Sie auf, mir unter ihnen ein einziges Beispiel von Gemeinheit, Neid oder Anmaßung namhaft zu machen.

Männer und Frauen, soweit ich sie in diesem Stand kennengelernt habe, sie alle sind bescheiden in ihrem

Benehmen, elegant in ihren Manieren, makellos in ihrem Leben und ehrbar in ihrem Verhalten der Welt und ihren Kollegen gegenüber. Gelegentlich, das ist richtig, mag es ja einmal vorkommen, daß ein Journalist auf seinen Bruder schimpft, aber warum wohl? Nicht im mindesten aus Bosheit und erst recht nicht aus Neid, sondern lediglich wegen seines Sinnes für Wahrheit und seiner Pflicht gegen die Öffentlichkeit. Nehmen Sie zum Beispiel an, daß ich in aller Freundschaft mir die Person meines Freundes Mr. Punch einmal vornehme und etwa sage, Mr. Punch hat einen Buckel und seine Nase und sein Kinn sind krummer, als ihre Gestaltung bei Apoll oder Antinous ist, die wir uns als Vorbilder für männliche Schönheit zu betrachten gewöhnt haben. Beweist dies Bosheit meinerseits gegen Mr. Punch? Nicht im geringsten. Die Pflicht des Kritikers ist es, sowohl die Fehler wie die Vorzüge zu enthüllen, und darum tut er unentwegt mit der größten Schonung und Offenheit seine Pfliche. Das Urteil eines klugen Ausländers über unsere Manieren ist stets von Wert, und ich halte in dieser Beziehung das Werk eines hervorragenden Amerikaners, des Mr. N.-P. Willis, für hervorragend wertvoll und unparteiisch. In seiner „Geschichte des Ernst Clay", eines Elitefeuilletonisten, erhält der Leser einen wahrheitsgetreuen Bericht über das Leben eines beliebten englischen Schriftstellers, der stets der Löwe der Gesellschaft gewesen ist.

Er nimmt den Rang von Herzögen und Grafen ein, der ganze Adel strömt herbei, um ihn zu sehen. Ich weiß nicht mehr, wie viele Baronessen und Herzoginnen sich in ihn verliebt haben. Hierüber will ich aber lieber schweigen. Die Bescheidenheit verbietet es mir, die Namen all der Gräfinnen und geknickten Herzen und der teuren Marquisen zu offenbaren, die jeden einzelnen Mitarbeiter unseres Blattes angeschmachtet haben.

Wenn jemand wissen will, wie innig die Beziehungen der Autoren zu der vornehmen Welt sind, so braucht er bloß die in ihren Kreisen spielenden Novellen zu lesen. Welche verfeinerte Bildung und was für ein Zartgefühl spricht nicht aus den Werken von Mrs. Barnaby! Welch auserlesene gute Gesellschaft trifft man nicht bei Mrs. Armytage an! In den seltensten Fällen tut sie es unter einem Marquis. Ich kenne nichts Entzückenderes als die Schilderungen vornehmen Lebens in »10 000 Pfund Einkommen jährlich«, die vielleicht nur noch übertroffen werden von dem »Jungen Herzog« oder von »Coningsby«. Eine bescheidene Anmut spricht aus ihnen und ein Zug hoher Lebensart, die nur dem blauen Blut zu eigen ist, mein verehrter Herr, – dem echten blauen Blut.

Und wie sprachgewandt sind doch viele unserer Schriftsteller! Lady Bulwer, Lady Londonderry, Sir Edward selbst – sie schreiben Französisch mit einer vornehmen Eleganz und Leichtigkeit, die sie himmelhoch über ihre kontinentalen Nebenbuhler stellt, von denen nicht einer (Paul de Kock ausgenommen) ein Wort Englisch versteht.

Und welcher Engländer empfindet nicht ausgesuchte Freude bei der Lektüre der Werke von James, die so bewundernswert flüssig geschrieben sind! Was sagt man aber erst zu dem liebenswürdigen Humor und der glänzenden Stegreifkunst und Leichtigkeit von Ainsworth! Unter den sonstigen Humoristen lohnt es sich, einen Blick auf Jerrold, den ritterlichen Anwalt der Torys, der Kirche und des Staates, zu werfen und auf Beckett, der so heiter in der Form ist, es aber so bitter ernst mit seinen Zielen meint, und schließlich auf James, dessen klarer Stil und Witz, der niemals mit Possenreißerei untermischt ist, einem kongenialen Publikum so recht mundet.

Was die Kritiker anlangt, so gibt es vielleicht kein Journal, das soviel für die Literatur getan hat wie die bewundernswürdige

»Quarterly Review«. Sie ist sicherlich nicht frei von Vorurteilen, wer aber könnte das von sich behaupten. Eigentlich gehört es ja nicht zu ihren Obliegenheiten, Größen herunterzureißen oder erbarmungslos über solche Leute, die, wie zum Beispiel Keats und Tennyson, die Anwartschaft haben, als Größen bezeichnet zu werden, herzufallen; aber andererseits ist sie die Freundin aller jungen Autoren und hat auf jedes aufstrebende Talent im Lande hingewiesen und es unterstützt. Daher wird sie auch von jedermann geliebt. Weiter haben wir »Blackwoods Magazine«, das berühmt ist wegen seiner bescheidenen Eleganz und seiner liebenswürdigen Satire. Diese Zeitschrift überschreitet selbst im Scherz niemals die Grenzen der Höflichkeit. Sie ist berufen zu einem Urteil über die guten Sitten, und obwohl sie die schwachen Seiten der Londoner Autoren (auf welche die Schöngeister Edinburghs mit so gerechtfertigter Geringschätzung blicken) geißelt, wird sie doch niemals grob in ihrem Spott. Der glühende Enthusiasmus des »Athenäums« ist nur zu gut bekannt, ebenso wie der beißende Witz der zu schwer verständlichen »Literary Gazette«. Der »Examiner« ist vielleicht zu schüchtern und der »Spectator« zu ungestüm mit seinem Lobe – aber wer wird über diese kleinen Fehler gleich spotten? Nein, nein, die Kritiker in England und die Autoren in England rivalisieren nicht miteinander, da sie einen festgefügten Block bilden. Und das ist der Grund, weshalb es uns unmöglich wird, Fehler an ihnen zu entdecken.

Überdies habe ich niemals einen Literaten kennengelernt, der sich seines Berufes geschämt hätte. Diejenigen, welche uns kennen, wissen, welch ein herzlicher und brüderlicher Geist unter uns allen herrscht. Manchmal macht einer der unsrigen Karriere, dann wird niemand ihn angreifen oder verspotten, sondern ihm von Herzen Glück zu seinem Erfolge wünschen. Wenn Jones bei einem Lord zu Mittag speist, so wird Smith nie deshalb sagen, Jones sei ein Höfling oder ein Kriecher. Andererseits wird Jones, der gewohnt ist, in hohen Kreisen zu verkehren, sich niemals in Anbetracht dieser Gesellschaft etwas einbilden, sondern er wird in Pall Mall den Arm eines Herzogs verlassen und auf die andere Seite der Straße gehen, um den armen Brown anzureden, den jungen Reporter, der einen Penny für die Druckzeile erhält.

Dieser Sinn von Gleichheit und Brüderlichkeit unter den Schriftstellern hat mich stets als eine der liebenswürdigsten Charaktereigenschaften unserer Kaste gerührt. Weil wir uns gegenseitig kennen und achten, achtet uns auch die ganze Welt so sehr, besonders auch, weil wir eine so gute Stellung in der Gesellschaft einnehmen und uns dort so vorwurfsfrei benehmen.

Die Literaten stehen in solcher Achtung bei der Nation, daß während der gegenwärtigen Regierung schon ganze zwei von ihnen bei Hofe eingeladen wurden, auch ist es wahrscheinlich, daß gegen Ende der Saison ein oder zwei bei Sir Robert Peel zur Tafel befohlen werden dürften.

Sie sind beim Publikum so beliebt, daß sie stets genötigt sind, ihre Bilder aufnehmen und veröffentlichen zu lassen; und einen oder zwei könnte ich namhaft machen, von denen die Nation jedes Jahr ein neues Bild zu haben wünscht. Nichts kann erfreulicher sein als dieser Beweis einer herzlichen Zuneigung, welche das Volk für seine Lehrer hat.

Die Literatur wird in England so hoch in Ehren gehalten, daß eine Summe von 1200 Pfund Sterling jährlich als Pensionen für verdiente Leute dieses Berufes ausgesetzt ist. Und das ist für die Berufsgenossen ein großes Kompliment und ein Beweis für ihren im allgemeinen gedeihenden und blühenden Stand. Denn sie sind fast durchweg so wohlhabend und sparsam, daß kaum je Geld zu Unterstützungszwecken für sie erbeten wird.

Da jedes meiner Worte wahr ist, so möchte ich in aller Welt wissen, was ich eigentlich über literarische Snobs schreiben soll?

Siebzehntes Kapitel

Etwas über irische Snobs

You do not, to be sure, imagine – Sie glauben doch wohl selbst nicht, daß es in Irland wirklich nur Snobs jener liebenswürdigen Sorte gibt, die keinen anderen Wunsch haben, als aus Eisenbahnschienen Piken zu schmieden (übrigens ein schöner Zug irischer Sparsamkeit), um damit den sächsischen Eindringlingen die Kehlen abzuschneiden. Diese Art gehört zu den Giftkröten; hätten sie bereits zu Zeiten des heiligen Patrick ihr Wesen getrieben, so würde er sie damals schon mit den anderen Giftschlangen aus dem Königreich verbannt haben. Ich glaube, bei den Vier Meistern oder bei Olaus Magnus, sonst aber sicherlich in O'Neill Daunts Katechismus der irischen Geschichte, kann man lesen, daß, als Richard der Zweite nach Irland kam, ihm die irischen Häuptlinge – jene einfachen Geschöpfe – huldigten, indem sie auf die Knie fielen und den König und seine Hofschranzen anbeteten und bewunderten. Da hätten, so wird berichtet, die englischen Edelleute sich darüber amüsiert und ihre ungeschlachten irischen Bewunderer verhöhnt, ihre Sprache und Bewegungen nachgemacht, sie an ihren armen alten Bärten gezupft und über den seltsamen Schnitt ihrer Gewänder gelacht. Bis auf den heutigen Tag ist das die Art des auf der Höhe stehenden englischen Snobs geblieben. Es gibt wohl kaum einen Snob, der eine so unbezähmbare Selbstüberhebung zur Schau trägt, der dich wie alle Welt verspottet und der alle Mitmenschen mit Ausnahme seiner Verwandtschaft – vielmehr alle Gesellschaftsklassen mit Ausnahme seiner eigenen – auf eine so unleidliche, wunderbare und törichte Weise verachtet. »Gwosser Gatt!«, was für Histörchen über die »Iwen« mögen diese jungen Gecken aus dem Gefolge König Richards bei ihrer Rückkehr in Pall Mall auf der Terrasse von White bei der Zigarre ihren Freunden zum besten gegeben haben.

Das irische Snobtum dokumentiert sich nicht so sehr durch Stolz als durch Servilität, gemeine Bewunderungssucht und durch geistlose Nachahmung dessen, was seine Umgebung tut. Ich wundere mich wirklich darüber, daß de Tocqueville und de Beaumont und der Herausgeber der »Times« das Snobtum Irlands noch nicht im Gegensatz zu dem unseren beleuchtet haben. Das unsrige ist das der normannischen Ritter Richards – hochmütig, roh, dumm und vollkommen eingebildet –, ihres dagegen ist das armer, bewundernder, kniender, anbetender Häuptlinge. Sie liegen vor der englischen Feinheit noch immer im Staube, diese einfachen, wilden Völkerschaften, und es ist wirklich schwer, bei einigen ihrer naiven Darbietungen ernst zu bleiben.

Als vor einigen Jahren ein gewisser großer Redner Lord Mayor von Dublin war, pflegte er einen roten Rock und einen aufgekrempten Hut zu tragen. Über den Glanz seiner Erscheinung war er ebenso entzückt, wie es die Königin Quasheeneaboo nicht mehr über einen neuen Nasenring oder über eine Glasperlenkette für ihre braunen Reize hätte sein können. In diesem Anzüge pflegte er Besuche zu machen, und bei Versammlungen, selbst wenn sie Hunderte von Meilen weit entfernt stattfanden, trug er ebenfalls den roten Sammetrock. Nach den Zurufen der Menge »Yes, me lard« und »No, me lard« und den spaltenlangen Berichten in den Zeitungen zu schließen,

99

scheinen das Volk sowohl wie er von diesem Talmiglanz gleich hingerissen gewesen zu sein. Talmipracht herrscht tatsächlich in ganz Irland und kann als Charakteristikum des Snobtums in diesem Lande betrachtet werden.

Wenn sich die Krämersfrau Mrs. Mulholligan in Kingstown zur Ruhe setzt, so läßt sie über die Tür ihres Hauses »Villa Mulholligan« hinmalen, und sie empfängt Sie an einer Tür, die nicht schließt, oder gafft Ihnen aus einem Fenster nach, an dem ein alter Unterrock die Stelle der Scheiben vertritt.

Niemand wird bekennen, daß das Ding, welches er sein eigen nennt, ein Laden sei, mag es auch noch so schäbig und trostlos aussehen. Ein Bursche, dessen Warenlager aus einer Groschensemmel oder aus einem Scherben mit Naschwerk besteht, nennt seine Bude »Amerikanisches Mehllager« oder »Niederlage für Kolonialprodukte« oder so ähnlich.

Gasthäuser gibt es in diesem Lande nicht, Hotels dagegen, die so gut ausgestattet sind wie die Villa Mulholligan, im Überfluß; auch Wirte und Wirtinnen sucht man vergebens. Der Wirt ist mit den Hunden auf der Jagd, und die gnädige Wirtin unterhält sich im Empfangszimmer mit dem Kapitän oder spielt Klavier.

Wenn ein Gentleman seiner Familie eine Rente von 100 Pfund Sterling jährlich hinterläßt, so werden aus allen Mitgliedern Gentlemen, alle halten sich einen Klepper, reiten hinter Hunden her, protzen im »Phaynix«-Park und lassen sich Kinnbärte wie so manche echte Aristokraten stehen.

Ein Freund von mir ist Maler, lebt aber nicht in Irland, weil man ihn dort so behandelt, als ob er durch die Wahl seines Berufes seine Familie diskreditiert hätte. Dabei ist sein Vater Weinhändler und sein ältester Bruder Apotheker.

Die Zahl derjenigen Leute, die man in London und auf dem Kontinent trifft und die in Irland einen Besitz haben, der ihnen die nette Kleinigkeit von 2500 Pfund Sterling jährlich abwirft, ist enorm; die Masse derer aber, die neuntausend Pfund Grundrente einmal nach dem Tode jemandes zu erwarten haben, ist noch weit größer. Ich selbst habe so viele Abkömmlinge von irischen Königen kennengelernt, daß man daraus eine Brigade formieren könnte. Wer aber hätte noch nicht einen Iren getroffen, der den Engländer imitiert, der sein Vaterland und seinen Dialekt zu verleugnen oder wenigstens den heimatlichen Tonfall zu ersticken sich bemüht? »Komm, iß mit mir, mein Junge«, sagt O'Dowd aus O'Dowdstown, »Du wirst Dich hier ganz unter uns Engländern finden.« Und das sagt er in seinem irischen Jargon, der so breit ist wie der Weg von hier zum Kingstown-Pier. Und haben Sie noch nie die Erzählung von Frau Kapitän Macmanus über »J—ar—land« und ihren Bericht über ihres »Vavters Riwterguwt« gehört?

Nur wenigen Leuten auf der Welt ist es vergönnt gewesen, nichts von diesen Hibernischen Phänomenen gehört noch sie in Betätigung ihres Talmiglanzes gesehen zu haben.

Und was sagen Sie zu dem Gipfel der Geselligkeit – dem Schloß – mit einem Scheinkönig und Scheinlords, die dort Dienst tun, und Scheinloyalität und einem Schein-Harun-al-Raschid, der in einer Scheinverkleidung ausgeht, um glauben zu machen, er wäre leutselig und prachtliebend? Dieses Schloß ist der Gipfel und der Stolz des Snobtums. Ein Hofbericht mit einem Artikel von zwei Druckspalten über die Taufe eines kleinen Kindes ist übel genug – nun stelle man sich aber ein Volk vor, das für einen Scheinhofbericht schwärmt!

Das Scheinwesen Irlands halte ich für schimpflicher als das irgendeines anderen Landes. Ein Bursche zeigt dir einen Hügel mit den Worten: »Das ist der höchste Berg von ganz Irland«; oder ein Herr erzählt, dir, er sei der Nachkomme von Brian Boroo und hätte seine 3500 Pfund Sterling jährlich zu verzehren; oder Mrs. Macmanus beschreibt ihres »Vavters

Riwterguwt«, oder der alte Dan versteigt sich zu der Behauptung, die irischen Frauen seien die lieblichsten, die irischen Männer die tapfersten und das irische Land sei das fruchtbarste der ganzen Welt. Und keiner glaubt auch nur irgendein Wort davon, der Erzähler glaubt seine Geschichte ebensowenig wie der Hörer. Aber sie reden es sich ein und geben dem Humbug Ehre.

O Irland, du mein Vaterland (denn ich zweifle kaum daran, daß auch ich von Brian Boroo abstamme), wann wirst du zugeben, daß zwei und zwei vier sind, ein Pikenstiel ein Pikenstiel ist? Mache den einzig richtigen Gebrauch davon! Dann werden die irischen Snobs dahinschwinden, und wir werden nie mehr etwas von erblichen Rentenempfängern hören.

Achtzehntes Kapitel

Gesellschaften-gebende Snobs

Oft hat unsere Auswahl von Snobs in den letztvergangenen Wochen einen zu ausschließlich politischen Charakter gehabt. Bei Wiederdurchsicht der betr. Manuskripte habe ich deren Inhalt so töricht, so persönlich – mit einem Wort, so snobhaft gefunden, daß ich sie aus dieser Sammlung zurückgezogen habe (Der Snob).

»Führen Sie uns Snobs in ihrem Privatleben vor«, verlangen die teuren Damen (vor mir liegt der Brief einer Schreiberin aus dem Fischerdorf Brighthelmstone in Sussex; wer vermöchte ihren Befehlen zu widerstehen?). »Berichten Sie uns mehr, geehrter Herr Snob, von Ihren Erfahrungen über das Verhalten der Snobs der Gesellschaft.« Gott bewahre mich vor diesen harmlosen Gemütern!

Nun haben sie sich schon an dieses Wort gewöhnt – dieses hassenswerte, gemeine, schreckliche und unaussprechliche Wort entschlüpft bereits mit der denkbar größten Geläufigkeit dem Gehege ihrer Zähne. Es sollte mich nicht wundern, wenn es nächstens sogar bei Hofe von den Ehrendamen gebraucht wird. In der besten Gesellschaft ist es schon, wie ich weiß, im Schwunge. Warum auch nicht! Das Snobtum ist gewöhnlich, das bloße Wort mitnichten; denn wollten wir das, was wir Snobtum nennen, mit einem anderen Wort bezeichnen, so würde dieses gleichwohl snobhaft ausfallen müssen. Nun denn zur Sache. Die Saison nähert sich ihrem Ende. Hunderte edler Seelen, die snobhaft oder anders fühlen, haben bereits London verlassen, viele gastliche Teppiche liegen bereits zusammengerollt, und die Fensterscheiben sind erbarmungslos mit dem »Morning Herald« verklebt. Die Herrschaftshäuser, sonst von liebenswürdigen Wirten bewohnt, sind nun der Sorge des traurigen Hausmeisterstellvertreters, irgendeines schnuddligen, alten Weibes, überantwortet, welches als Antwort auf dein hoffnungsloses Klingeln für einen Augenblick aus des Hauses Tiefen erscheint und dir durch einen Spalt der Entreetür eröffnet, daß die gnädige Frau die Stadt verlassen hat oder daß die Familie »aufs Land« oder nach »dem Rheind« gefahren ist oder was nicht alles. Da also die Saison und die Gesellschaften vorbei sind, warum soll ich nun nicht eine Zeitlang Gesellschaften-gebende Snobs einer Betrachtung unterziehen und das Benehmen einiger dieser Leute, die der Stadt für sechs Monate den Rücken gekehrt haben, Revue passieren lassen?

Einige dieser trefflichen Snobs erwecken den Glauben, daß sie verreist sind, um dem Segelsport zu huldigen, und sie verbringen auch ihre Zeit zwischen Cherbourg und Cowes in Teerjacken, mit Fernrohren bewaffnet. Andere leben mit den

103

Hühnern und Schweinen zusammen in dunklen, kleinen Hütten in Schottland, wo sie sich mit Suppen- und Kalbfleischkonserven verproviantiert haben und Haselhühner in den Mooren totschießen. Wieder andere suchen die Folgen der Saison in Kissingen abzuspülen und abzubaden oder beschäftigen sich damit, dem geistreichen Spiel Trente et Quarante in Homburg oder Ems zuzusehen. Nun, wo sie alle fort sind, können wir es uns leisten, sehr beißend über sie zu schreiben. Jetzt gibt es ja keine Gesellschaften mehr, nehmen wir also zuerst den Gesellschaft-gebenden, den Dinergebenden, den Ball-gebenden, den Déjeuner-gebenden und den Jours-gebenden Snob vor: O Gott, o Gott, welche Metzelei hätten wir unter ihnen anrichten können, wenn unsere Angriffe in der Hochsaison erfolgt wären. Ich hätte einen Schutzmann nötig gehabt, um mich gegen Musiker und Pastetenbäcker zu wehren, die es nicht gelitten haben würden, daß man ihren Gönnern ein Haar krümmt. Es wird mir bereits erzählt, daß infolge einiger geschwätziger und unvorsichtiger Bemerkungen, die als nachteilig für die Baker- und Harley Street angesehen werden können, die Mieten in diesen vornehmen Vierteln gefallen sein sollen. Und Komplotte sind geschmiedet, daß zum mindesten Mr. Snob zu Gesellschaften dorthin nicht mehr eingeladen werden darf. Schön – jetzt aber, wo alle fort sind, wollen wir nach Wohlgefallen springen und auf alles losgehen, wie der Ochse im Porzellanladen. Möglicherweise hören sie nichts von dem, was in ihrer Abwesenheit vorgeht, ist es aber doch der Fall, dann werden sie die Bosheit sechs Monate lang nicht mit sich herumtragen können. Im nächsten Februar werden wir die Sache beizulegen suchen, verschieben wir also unsere Sorgen bis zum neuen Jahr.
Wir werden keine Einladungen zu Diners mehr von den Dinersgebenden Snobs erhalten, keine zu Bällen von den Ballgebern,

keine zu Jours mehr (danke schön, Musje, wie James sagt) von dem Jours-gebenden Snob: Was kann uns also abhalten, die Wahrheit zu sagen?

Das Snobtum der Jour-Snobs ist sehr rasch abgetan, so rasch wie die Schale Spülicht, die dir im Teezimmer angeboten wird, oder wie der matschige Eisrest, den du im erstickenden Gedränge in den oberen Gesellschaftsräumen erwischst. Gott im Himmel, was denken sich bloß die Leute, die dorthin gehen? Was geht dort vor, daß jedermann in jene drei kleinen Zimmer sich hineindrängelt? Wird denn die Black-Hole als ein so angenehmer Versammlungsort betrachtet, daß die Engländer sie in den Hundstagen hierher zu verpflanzen suchen? Nachdem du in der Tür zu Mus gequetscht bist (wo du bemerkst, daß deine Füße eben die Rüsche von Lady Barbara Macbeths Unterrock abgetreten haben, wofür du einen Blick von dieser hageren und angemalten alten Harpyie erhältst, der im Vergleich mit dem Ugolinos sehr liebenswürdig gewesen sein muß); nachdem du deinen Arm aus der weißen Weste des armen schnaufenden Bob Guttleton glücklich befreit hast, aus dessen Polstern es fast unmöglich war, ihn wegzubringen, obgleich du wußtest, daß du durch einen Druck den armen Bob an den Rand eines Schlagflusses brachtest – befindest du dich schließlich dennoch im Empfangszimmer und machst den Versuch, einen Blick von Mrs. Botibol, der Jour-Geberin, zu erhaschen. Sobald dein Blick den ihren trifft, erwartet sie, daß du freundlich grinst, und sie lächelt dir als Antwort wieder zu, zum vierhundertsten Male heute abend. Und da sie »sehr« erfreut ist, dich zu sehen, fuchtelt sie mit ihrer kleinen Hand vor dem Gesicht hin und her, als ob sie dir eine Kußhand, wie die Redensart heißt, zuwerfen wollte.

Wie zum Teufel kommt Mrs. Botibol dazu, mir eine Kußhand zuzuwerfen?

105

Ich möchte sie um alles in der Welt nicht küssen. Warum grinse ich, als ob ich entzückt wäre, sie zu sehen? Bin ich es wirklich? Ich frage einen Quark nach Mrs. Botibol; ich weiß, wie sie über mich denkt; ich weiß, wie sie über meinen letzten Band Gedichte geurteilt hat (ich weiß es von einem gemeinsamen Freunde). Warum, mit einem Wort, blinken und telegraphieren wir uns in dieser blödsinnigen Weise zu? Weil wir beide die Formen beobachten, die von der großen Snob-Gesellschaft verlangt werden, deren Vorschriften wir alle befolgen.

Schön – die Begrüßungsarie ist vorüber, meine Backen haben wieder den gewöhnlichen englischen Ausdruck unterdrückten Stumpfsinnes und vollkommenster Ergebung angenommen, und die Botibol grüßt einen anderen und wirft einer Dame Kußhände zu, die sich soeben durch die Türöffnung quetscht, durch welche auch wir eingetreten sind. Es ist Lady Anne Clutterbuck, die am Freitagabend empfängt, wie die Botibol (Botty nennen wir sie) an ihrem Mittwoch. Da ist Miß Clementine Clutterbuck, jene leichenhaft aussehende junge Dame in Grün mit brandrotem Haar, welche einen Band Gedichte veröffentlicht hat (»Das Ächzen des Todes«, »Damian«, »Der Holzstoß der Jeanne d'Arc« und natürlich auch »Übersetzungen aus dem Deutschen«). Die Jour-Weiber begrüßen einander und nennen sich gegenseitig »Meine teure Lady Ann'« und »Meine teure, beste Eliza« und hassen sich doch dabei, wie sich nur Weiber hassen können, die ihre Jours mittwochs und freitags haben. Mit unaussprechlicher Qual sieht die beste Eliza, wie Ann' zu Abou Gosh, der eben von Syrien gekommen ist, tritt, mit ihm schwatzt, ihn umschmeichelt und bittet, er möge ja ihre Freitage verherrlichen.

Unterdessen, inmitten des Gedränges und Gestoßes, des fortwährenden Summens und Plauderns, des Flackerns der

Wachskerzen und des unerträglichen Moschusgeruches – was die armen Snobs in ihren vornehmen Romanen »den Glanz der Edelsteine, den Duft der Parfüms, den Schimmer unzähliger Lampen« nennen – singt ein ruppig aussehender Ausländer mit gelbem Gesicht und gewaschenen Handschuhen, den ein anderer begleitet, unhörbar in einer Ecke. »Der große Cacafogo« flüstert Mrs. Botibol im Vorbeigehen, »eine große Leuchte, Thumpenstrumpff sitzt am Klavier, der Hofpianist des Hetman Platow, wie Ihnen bekannt sein wird.«

Um diesen Cacafogo und Thumpenstrumpff zu hören, haben sich an hundert Personen versammelt, eine Schar molliger und magerer Witwen, ein Rudel blasser Misses; sechs mürrisch dreinschauende Lords, die ausgesucht korrekt und feierlich sind; prachtvolle exotische Grafen mit buschigen Barten, gelben Gesichtern und großen zweifelhaften Edelsteinen; junge Gecken von unbedeutendem Wuchs mit weit ausgeschnittenen Kragen, selbstzufriedenem blödem Lächeln und mit Blumen im Knopfloch; alte steife, dicke, kahlköpfige Jour-Roués, die man überall trifft und die keinen Abend versäumen, an dem diese köstlichen Vergnügungen stattfinden; die drei glücklich eingefangenen Löwen der Saison – Higgs, der Reisende, Biggs, der Novellist und Toffey, der durch seine Tätigkeit in der Zuckerfrage berühmt wurde, Kapitän Flash, der wegen seiner hübschen Frau eingeladen ist, und Lord Ogleby, der immer dahin gehen muß, wo sie will – Que sais-je? Wer kennt die Träger all dieser prächtigen Schals und weißen Halsbinden? Erkundigen Sie sich nur bei dem kleinen Tom Prig, der hier so recht in seinem Fahrwasser ist, jeden kennt und von jedem irgend etwas zu erzählen weiß; und wenn er nach Hause zu seiner Wohnung in der Jermyn Street mit seinem Zylinderhut und seinen glänzenden Lackschuhen trippelt, so tut er dies in

107

dem Bewußtsein, der feinste Junggeselle in der Stadt zu sein und einen Abend köstlichen Amüsements verlebt zu haben. Du wendest dich (mit deiner gewohnten lässigen Eleganz) an Miß Smith und plauderst mit ihr in einer Ecke. »Oh, Mr. Snob! Ich fürchte, Sie sind ein böser Spötter.« Das ist alles, was sie sagt. Wenn Sie ihr erzählen, daß es schönes Wetter sei, bricht sie in ein Gelächter aus, oder andeuten, es wäre sehr heiß, schwört sie, Sie wären zu komisch. Unterdessen lächelt Mrs. Botibol neuen Ankömmlingen zu, der Kerl an der Tür brüllt ihre Namen. Der arme Cacafogo trillert weiter im Musikzimmer, in der Überzeugung, daß er durch seinen unhörbaren Gesang in der Welt lanciert werden würde. Zu guter Letzt – welch eine Wonne, sich auf die Straße zu drücken, wo ein halbes Hundert Wagen warten und wo ein Bengel mit seiner ganz überflüssigen Laterne auf jeden Heraustretenden losschießt und durchaus den Wagen Seiner ehrenwerten Lordschaft bestellen will.

Und nach alledem denke man sich bloß, daß es Leute gibt, die tatsächlich am Freitag zur Clutterbuck gehen werden, trotzdem sie am Mittwoch bei der Botibol waren.

Neunzehntes Kapitel

Snobs bei Tisch

In England nehmen die Tischgesellschaftgebenden Snobs eine sehr wichtige Stellung ein, und es ist eine gewaltige Aufgabe, sie zu beschreiben. Es gab eine Zeit in meinem Leben, in der das Bewußtsein, Brot und Salz bei jemandem genossen zu haben, mich blind gegen seine Fehler machte, und wo ich es für eine

Gemeinheit und für einen Bruch der Gastfreundschaft gehalten hätte, über ihn herzuziehen.

Wie kann einen aber nur ein Hammelrücken blind machen oder ein Steinbutt mit Hummersauce einem den Mund auf ewig schließen? Mit zunehmendem Alter lernt man seine Pflichten deutlicher erkennen. Ich lasse mich nicht mehr durch ein auch noch so saftiges Wildbret täuschen. Und was mein Stummbleiben bei Steinbutt mit Hummersauce betrifft, so bin ich es natürlich zunächst; die guten Sitten erheischen es so lange, bis ich diese delikate Zusammenstellung verzehrt habe – länger aber nicht. Unmittelbar nach dem Gericht, und nachdem John die Teller abgenommen hat, beginnt meine Zunge sich zu regen. Ist das nicht bei Ihnen auch der Fall, wenn Sie eine amüsante Tischdame haben? Eine liebenswürdige Person von – sagen wir fünfunddreißig Jahren, deren Töchter noch nicht eingeführt sind, das sind die unterhaltendsten. Denn was die jungen Mädchen angeht, so werden sie gewissermaßen nur zur Dekoration der Tafel, ebenso wie die Blumen in den Aufsätzen, verwendet. Ihre knospende Jugend und natürliche Bescheidenheit macht sie noch nicht geeignet für den leichten, vertraulichen Plauderton, der den Verkehr mit ihren Müttern so anziehend gestaltet. An sie sollte sich der dinierende Snob wenden, wenn er Erfolge in seinem Berufe haben will. Stellen Sie sich vor, wie amüsant es ist, wenn Sie als Tischnachbar einer dieser Damen in den Essenspausen ihr gegenüber die Gerichte und den Gastgeber schlecht machen. Denn es ist ja doppelt pikant, sich über jemanden unter seinen eigenen Augen zu mokieren.

»Was ist ein Tischgesellschaft-gebender Snob?« mag wohl manch Unschuldsengel, der noch nicht in die große Welt eingeführt ist, und manch einfacher Leser, der noch keine Erfahrungen in London gesammelt hat, fragen.

Mein verehrter Herr, ich will Ihnen einige – wenn auch nicht alle Typen (denn das wäre unmöglich) von Tischgesellschaftgebenden Snobs vorführen. Nehmen wir zum Beispiel an, Sie, der Sie im Mittelstande leben, essen für gewöhnlich Hammelfleisch, und zwar dienstags gebratenes, mittwochs kaltes, donnerstags Frikassee usw. Nun kommen Sie, der Sie über einen schmalen Geldbeutel verfügen und nur einen bescheidenen Haushalt führen, plötzlich darauf, den ersteren zu plündern und in dem letzteren das Oberste zu unterst zu kehren, indem Sie unnatürlich teure Gesellschaften geben – und gelangen damit alsbald in die Klasse der Tischgesellschaftgebenden Snobs. Nehmen wir weiter an, Sie lassen sich von einem Stadtkoch billige Gerichte kommen, mieten sich ein paar Grünzeugkrämer oder Teppichklopfer, die als Diener figurieren sollen, geben der braven Molly, die Ihnen sonst aufwartet, den Abschied und putzen den Tisch (der für gewöhnlich mit Steingutgeschirr, das ein Weidenmuster trägt, geschmückt ist) mit billigem Birminghamer Geschirr heraus. Nehmen wir schließlich an, Sie erwecken den Glauben, reicher und vornehmer zu sein, als Sie es in der Tat sind – so sind Sie eben ein Tischgesellschaftgebender Snob. O Gott, ich zittere, wenn ich daran denke, wie viele diese Zeilen nächsten Donnerstag lesen werden!

Jemand, der derartige Gesellschaften veranstaltet – und ach, wie wenig Ausnahmen gibt es nur! – gleicht dem Burschen, der sich den Rock seines Nachbarn borgt, um darin Staat zu machen, oder einer Dame, die mit geliehenen Diamanten prunkt – mit einem Wort, solch ein Mann treibt Humbug, und deshalb muß er in die Zahl der Snobs eingereiht werden.

Jemand, der aus seinen natürlichen Kreisen heraustritt und Lords, Generale, Ratsherren und andere vornehme Leute zu sich einladet, aber knickerig mit seiner Gastfreundschaft gegen

Gleichgestellte ist, ist ein Tischgesellschaft-gebender Snob. Mein lieber Freund Jack Tufthunt zum Beispiel kennt einen Lord, den er in einem Badeorte traf, nämlich den alten Lord Mumble, der so zahnlos ist wie ein Säugling von drei Monaten und so einsilbig als Unterhalter und so salzlos wie – schön, ich mag nicht auf Einzelheiten eingehen: kurz, Tufthunt gibt kein Diner, ohne daß man diesen ehrwürdigen und zahnlosen Patrizier nicht rechts von Mrs. Tufthunt sehen könnte – Tufthunt ist demnach ein Tischgesellschaft-gebender Snob.

Der alte Livermore, der alte Soy, der alte Chutney, Direktor der Ostindischen Gesellschaft, der alte Arzt Cutler usw., die ganze Gesellschaft dieser feinen alten Knacker, die sich gegenseitig in der Runde herum zu Diners einladen und einzig nur zusammenkommen, um zu schlemmen, sind gleichfalls Tischgesellschaft-gebende Snobs.

Weiter, meine Freundin Lady Mac Screw, die von drei baumlangen, reich galonierten Lakaien bei Tisch bedient wird, läßt das Halsstück eines Hammels auf silbernen Platten anrichten und dazu schlechten Sherry und Portwein aus Gläsern von der Größe eines Fingerhutes anbieten – auch die ist ein Tischgesellschaft-gebender Snob von der übelsten Sorte; ich für meinen Teil gestehe, daß ich lieber bei dem alten Livermore oder dem alten Soy als bei Ihrer Lordschaft diniere.

Geiz ist snobhaft, Protzerei ist snobhaft, zu große Verschwendung ist snobhaft; die Jagd hinter Aristokraten her ist snobhaft; ich gestehe aber, daß es Leute gibt, die noch snobhafter sind als die, deren Fehler ich vorhin erwähnte, zusammengenommen, nämlich die Leute, welche Diners geben könnten und es doch nicht tun. Der Mann, der keine Gastfreundschaft übt, soll nie mit mir »sub iisdem trabibus« sitzen. Mag dieser traurige Kerl seine Knochen allein abnagen!

111

Was ist nun wahre Gastlichkeit? Ach, meine teuren Freunde und Mitsnobs! Wie selten ist sie doch nach alledem zu finden! Sind die Gründe, die eure Freunde veranlassen, euch zu Diners einzuladen, immer uneigennützig? Diese Frage kommt mir oft in den Sinn. Will euer Gastgeber etwas von euch erreichen? Ich bin gewiß nicht argwöhnisch, aber ist es nicht beispielsweise Tatsache, daß, wenn Hookey sein neues Werk erscheinen lassen will, er alle Kritiker rundherum zum Diner einladet? Daß, wenn Walker sein Gemälde für die Ausstellung vollendet hat, er auf einmal übertrieben gastfrei wird und alle Freunde von der Presse bei sich zu einem gemütlichen Kotelett und einem Glase Sillery sieht? Der alte Geizhals Hunks, der kürzlich starb (und sein Geld seinem Hausbesitzer hinterließ), lebte viele Jahre als Gast bei seinen Freunden auf dem Lande und wurde dafür gnädigst der Pate all ihrer Kinder. Mögen Sie nun immerhin ihre eigene Meinung über die Gastfreundschaft Ihrer Bekannten haben, und mögen diejenigen, die Sie aus unlauteren Beweggründen zu Diners einladen, ganz entschieden Tischgesellschaft-gebende Snobs sein, so bleibt es doch das Richtigste, nicht zu scharf über ihre Motive zu Gericht zu sitzen. Einem geschenkten Gaul sieht man nicht ins Maul. Und schließlich hat, wer Sie zum Diner einladet, ja nicht die Absicht, Sie zu beleidigen. Dennoch kenne ich in dieser Hinsicht einige sonderbare Heilige in der Stadt, die sich verletzt, ja beschimpft fühlen, wenn das Essen oder die Gesellschaft nicht nach ihrem Geschmacke gewesen sind. Da ist zum Beispiel Guttleton, der sich sein Essen für einen Schilling aus der Garküche holen läßt, der aber beleidigt ist, wenn er Ende Mai zu Diners eingeladen wird, auf denen es noch keine jungen Erbsen gibt, oder wenn er im März noch nicht Gurkensalat zu Steinbutt vorgesetzt erhält. »Großer Gott«, äußert er sich, »was denken sich nur die Forkers dabei, wenn sie mich zu einem Essen in der Familie einladen? Ich kann Hammel auch zu Hause essen.«Oder:»Was für eine bodenlose Unverschämtheit ist es doch von den Sponners, Vorgerichte vom Garkoch holen zu lassen und mich dabei mit Erzählungen von ihrem französischen Koch anzulügen!«Da ist ferner Jack Puddington – ich sah den braven Kerl neulich in Wut, weil er, wie es der Zufall nun manchmal mit sich bringt, zu Sir John Carver mit denselben Personen eingeladen war, die er tags zuvor bei Oberst Cramley getroffen hatte – und nun nicht auf eine neue Serie Anekdoten präpariert war, um den angenehmen Causeur spielen zu können. Ihr armen Tischgesellschaft-gebenden Snobs! Ihr wißt nicht, wie geringen Dank ihr für eure Opfer an Mühe und Geld erntet, wie wir dinierenden Snobs eure Küche bekritteln, uns vor eurem »Hochheimer« schütteln und kein Zutrauen zu eurem billigen Champagner haben. Wir wissen, daß die Vorgerichte vom gestrigen Diner wieder aufgewärmt worden sind und daß verschiedene Platten unangerührt von der Tafel zu verschwinden haben, um bei der Festlichkeit morgen wieder Verwendung zu finden. Ich für meine Person bitte mir, wenn ich den Lohndiener ängstlich mit einem Frikandeau oder einer Pastete wegschleichen sehe, erst recht energisch davon aus und wühle dann mit teuflischer Lust mit einem Löffel darin herum. Solches Benehmen macht einen natürlich bei den Tischgesellschaft-gebenden Snobs recht beliebt. Ich weiß, daß einer meiner Freunde kolossales Aufsehen in der guten Gesellschaft mit seinen Randbemerkungen erregte, wenn ihm gewisse Gerichte angeboten wurden. So sagte er, er äße Aspik nirgends, außer bei Lord Tittup, und Lady Jiminys Küchenchef wäre der einzige Mann in London, der ein *Filet en serpenteau* oder ein *Suprême de volaille aux truffes* zu komponieren verstände.

113

Zwanzigstes Kapitel

Fortsetzung der Betrachtungen über Tischgesellschaftgebende Snobs

Ihr meine Freunde, wenn ihr der jetzt herrschenden Sitte folgen wolltet, so meine ich, müßtet ihr mir für die Aufzeichnung über Tischgesellschaft-gebende Snobs, die ich gerade unter der Feder habe, ein Zeichen eurer Anerkennung verehren. Wie denkt ihr über ein hübsches silbernes Tafelservice (ohne Teller, denn ich halte silberne Teller für reinen Übermut und denke fast genauso über silberne Teetassen), ein paar zierliche Teekannen, eine Kaffeekanne, Servierbretter usw., alles mit einer Widmung für meine Frau, Mrs. Snob, graviert? Und dann noch zehn silberne Becher für die kleinen Snoblinge zur Verschönerung des häuslichen Tisches, an dem sie ihr tägliches Hammelgericht verzehren.

Wenn es nach mir ginge und meine Absichten zur Durchführung kommen könnten, so würde einerseits das Tischgesellschaftgeben zunehmen, andererseits aber die tischgesellschaftgebenden Snobs sich vermindern. Mit dieser Frage beschäftigt sich auch der nach meiner Meinung liebenswürdigste Teil des kürzlich erschienenen Werkes »Der Regenerator« von Alexis Soyer, meinem verehrten Freunde (wenn er mir diese Bezeichnung nach unserer nur zu kurzen Bekanntschaft gütigst gestatten will). Die saftigsten, schmackhaftesten und elegantesten Stellen darin (um in seinem edlen Stil zu sprechen) sind nämlich die, welche nicht voh den großen Banketten und feierlichen Diners, sondern von »seinen Diners zu Hause« handeln. »Das Diner zu Hause« sollte der Mittelpunkt des ganzen Dinersystems werden. Der gewöhnliche Zuschnitt und die Zubereitung deiner Mahlzeit, die du doch selbst mit Genuß zu verzehren wünschst, sollte so reichlich, einladend und so vollendet im Geschmack sein, daß du deine Freunde ohne Vorbereitung bei dir willkommen heißen könntest. Für welches weibliche Wesen auf der Welt sollte ich wohl eine höhere Achtung an den Tag legen als für die geliebte Genossin meines Lebens, Mrs. Snob? Wer sollte wohl meinem Herzen näher stehen als ihre sechs Brüder (drei oder vier von ihnen werden mit ziemlicher Sicherheit uns um sieben Uhr mit ihrer Gesellschaft beehren), als ihre engelgleiche Mama, meine hochgeschätzte Schwiegermutter? Für wen schließlich würde ich lieber die leckersten Sachen einkaufen als für Ihren ergebensten Diener, den Schreiber dieses? Nein, niemand kann verlangen, daß das Birminghamer Geschirr aufgedeckt wird, daß die verkleideten Teppichklopfer unser niedliches Hausmädchen verdrängen, daß die trostlosen Entrees vom Garkoch bezogen und die Kinder (wie man meinen könnte) in die Kinderstube geschickt werden, während sie sich in Wirklichkeit auf der Treppe aufhalten, deren Geländer sie während des Diners herunterrutschen, und wo sie den Speisen, welche herauskommen, auflauern und mit ihren Fingern runde Löcher in das Gelee bohren oder sich Markklöße aus der Suppe fischen. Niemand, sage ich, kann verlangen, daß wir uns das behagliche »Diner zu Hause« durch schreckliches Zeremoniell, närrische Pracht und Protzerei zerstören, wie sie unsere Bankette an großen Festtagen kennzeichnen.

Ein solcher Gedanke ist gräßlich. Ebensogut könnte ich mir vorstellen, meine teuerste Bessy säße mir tagtäglich gegenüber in einem Turban aus Paradiesvogelfedern und ließe ihre schönen, rosigen Arme aus den durchbrochenen Spitzenärmeln ihres berühmten rotseidenen Kleides scheinen; oder daß täglich Mr. Toole in weißer Weste hinter mir schrie: »Silentium für den Präsidenten!«

115

Wenn ich nun also recht habe! Wenn dieser Prunk mit unechten Silbertellern und die Umzüge verkleideter Lakaien im täglichen Leben schon verabscheuungswürdig und närrisch sind, warum denn nicht immer? Wie sollten Jones und ich, die wir im Mittelstande leben, dazu kommen, unsere Lebensweise zu ändern und uns ein Ansehen anzumaßen, das sich für uns nicht paßt – indem wir unsere Freunde (die, wenn wir ehrlich sein wollen, doch gleichfalls dem Mittelstande angehören und sich nicht im geringsten von unserem zeitweise angenommenen Glanz blenden lassen werden) bewirten und die uns genau denselben faulen Zauber vormachen, wenn sie uns zum Diner einladen?

Zweifellos ist es angenehm, seine Freunde lieber zweimal als einmal zum Essen bei sich zu sehen, wie ich es von allen Menschen, die einen guten Magen haben und freigebig sind, voraussetze. Nun ist es aber Leuten mit bescheidenen Mitteln unmöglich, fortgesetzt für jeden Freund, der an ihrem Tische sitzt, fünfundzwanzig bis dreißig Schilling auszugeben. Sicherlich essen diese Leute sonst billiger. Ich selbst sah in meinem Lieblingsklub (dem »Senior United Service«) Seine Hoheit den Herzog von Wellington höchst zufrieden vor einem Stück Braten für fünfzehn und vor einem Schoppen Sherry für neun Pence; wenn das Seiner Hoheit genügt, warum nicht dir und mir?

Folgendes habe ich mir zur Regel gemacht und es für gut befunden: stets, wenn ich einige Herzöge und Marquis zum Mittagessen bei mir einlade, setze ich ihnen ein Stück Rindfleisch oder eine Hammelkeule mit Gemüse vor. Die hohen Herren sind für eine derartige Einfachheit dankbar und wissen sie zu schätzen. Mein lieber Jones, frage nur diejenigen, die du zu kennen die Ehre hast, ob es sich nicht so verhält.

Ich bin weit davon entfernt zu wünschen, daß ihre Hoheiten mich ebenso aufnehmen sollten. Der Glanz ist nun einmal mit ihrer Stellung verbunden wie bescheidene Behaglichkeit (daran wollen wir festhalten) mit der deinen oder meinen. Das Schicksal hat goldene Teller nur einigen wenigen vorbehalten und den anderen geheißen, sich mit dem weidengemusterten Steingut zu begnügen. Da ich nun durchaus zufrieden damit bin (wirklich tief dankbar – denn sieh dich nur um, lieber Jones, wieviel Myriaden nicht so begütert sind), ehrbares Leinen tragen zu dürfen, während die Großen der Welt mit Batist und geklöppelten Spitzen geschmückt sind, so sollten wir die vermaledeiten Gecken, die sonst nichts als eine Spitzenkrause sehen lassen, für elende, neidische Narren halten.

Die armen, albernen Krähen, die eine Pfauenfeder im Schwanz haben und denken, es nun dem prächtigen Vogel gleichtun zu können, in dessen Natur es begründet ist, auf Terrassen von Palästen zu stolzieren und sein prächtiges Rad in der Sonne leuchten zu lassen!

Die Krähen mit den Pfauenfedern sind die Snobs dieser Welt, und nie seit den Tagen des Aesop sind sie in einem Lande zahlreicher gewesen als gegenwärtig in unserem freien Reiche. Welche Nutzanwendungen kann man aus dieser uralten Fabel auf unsere vorliegende Betrachtung – die Tischgesellschaftgebenden Snobs – ziehen? In unserer Stadt sucht, man allgemein es den Großen gleichzutun, von den Palästen in Kensington und Belgravia an bis zum allerentlegensten Winkel des Brunswick Square. Pfauenfedern stecken in den Schwänzen der meisten Familien. Unter uns Hausvögeln gibt es kaum einen, der nicht den wiegenden, stolzierenden Tritt und den schrillen, vornehm kreischenden Ton nachzuahmen suchte. Oh, ihr irregeleiteten Tischgesellschaft-gebenden Snobs, wenn ihr doch nur einsehen wolltet, wie vieler Freuden ihr verlustig geht

117

und wieviel Unheil ihr mit eurer verrückten Großmannssucht und eurer Heuchelei anrichtet! Ihr stopft euch gegenseitig mit gepfefferten Gerichten voll und bewirtet euch gegenseitig bis zur Vernichtung der Freundschaft (der Gesundheit gar nicht zu denken) und bis zur Zerstörung jeder Gastlichkeit und guter Kameradschaft. Ihr, die ihr ohne die Pfauenfeder im Schwanz so behaglich plaudern und so harmlos glücklich sein könntet!

Wenn jemand in eine große Staatsgesellschaft von Tischgesellschaft-gebenden und Tischgesellschaft-empfangenden Snobs geht, so wird er, falls er philosophisch veranlagt ist, die ganze Geschichte bald als einen ungeheuren Humbug betrachten, sowohl die Speisen und Getränke, die Dienerschaft und das Silber, den Wirt wie die Wirtin, die Unterhaltung wie die Gäste und mit eingeschlossen auch sich selbst – den Philosophen.

Der Wirt lächelt, neigt verbindlich den Kopf hierhin und dorthin und spricht mit jedem von der Tafelrunde, obwohl mit Angst im Herzen, daß der Wein, den er aus dem Keller hat heraufholen lassen, vielleicht nicht reichen, daß eine nach dem Korken schmeckende Flasche seine Berechnungen zerstören oder daß unser Freund, der Teppichklopfer, durch irgendeine Dummheit in seiner wirklichen Eigenschaft als Grünkramhändler sich offenbaren könnte, womit seine Rolle als Haustafeldecker ausgespielt wäre.

Die Wirtin lächelt unentwegt alle Gänge des Diners hindurch, sie lächelt trotz ihrer Todesangst, trotzdem ihr Herz in der Küche ist und sich ausmalt, daß dort irgendein Unheil passiert sein könnte. Daß das Souffle zusammengefallen sein oder daß Wiggins das Eis nicht zur rechten Zeit geschickt haben könnte. – Diese lächelnde, heitere Frau fühlt sich so, als ob sie Selbstmord verüben könnte. Die Kinder oben kreischen, weil das Mädchen ihre trostosen Locken mit heißen Eisen prädentabel machen will, dabie Miß Emmys Haar mit den Wurzeln ausreist und Miß Pollys Stumpfnase mit Küchenseife abschhruppt, bis die kleine Range einen Schreikrampf bekommt. Die Bengel der Familie sind, wie wir bereits festgestellt haben, auf dem Kriegsprade, um die herausgetragene Kriegsbeute zu untersuchen.

Die Diener sind keine Diener, sondern die vorerwähnten Grünkrämer. Das Geschirr ist kein Silber, sondern nur so aussehende lackierte Talmiware. So ist auch die Gastfreundschaft und alles andere beschaffen. Die Unterhaltung ist Talmiunterhaltung. Der Witzbold der Gesellschaft läßt, obwohl mit Groll in seinem Herzen, da ihn seine Wäscherin, die ihn wegen unbezahlter Rechnungen gedrängt hatte, im Stich ließ, seine schönen Geschichten springen, und der Oppositionswitzbold ist wütend darüber, daß er noch nicht an die Reihe kommen kann. Jawkins, der größte Causeur, ist über beide ungehalten, weil er außer Gefecht gesetzt ist. Der junge Muscadel, dieser Talmidandy, erzählt von der großen Welt und den Bällen des »Almack-Club« nach den Berichten der »Morning Post« und ödet damit seine Nachbarin Mrs. Fox an, die ihm nichts darauf antworten kann, weil sie dieselben nie mitgemacht hat. Diese Witwe hat sowieso ihr Gleichgewicht verloren, aus Ärger darüber, daß ihre Tochter neben den jungen Cambric, den Kuraten, der keinen Pfennig Vermögen hat, gesetzt ist und nicht neben den Obersten Goldmore, den reichen indischen Witwer. Die Frau des Doktors ist verschnupft, weil sie nicht den Vortritt vor der Frau des Anwaltes gehabt hat; der alte Doktor Cork schimpft auf den Wein, und Guttleton mokiert sich über das Essen.

Und nun vergegenwärtige man sich, daß all diese Leute so glücklich, zufrieden und gemütlich sein könnten, wenn man sie natürlich und anspruchslos bewirtet hätte und nicht nur wegen

119

der unseligen englischen Leidenschaft für Pfauenfedern. Ihr freundlichen Schatten Marats und Robespierres, wenn ich sehe, wie unsere ganze ehrbare Gesellschaft durch die elende Anbetung der Vornehmheit verdorben ist, so ärgere ich mich ebensosehr wie die eben erwähnte Mrs. Fox, und ich bin bereit, ein allgemeines Abschlachten der Pfauen zu veranstalten.

Einundzwanzigstes Kapitel

Einige Festland-Snobs

Nun, wo der September ins Land gezogen ist und unsere Pflichten vorüber sind, ist vielleicht keine Klasse von Snobs so in Flor wie die der Festlands-Snobs. Ich beobachte sie täglich, wenn sie ihre Wanderungen vom Strande bei Folkestone aus antreten. Ich sehe Scharen von ihnen abreisen. (Vielleicht nicht ohne das mir angeborene Verlangen, mit diesen glücklichen Snobs zugleich die Insel verlassen zu dürfen.) Lebt wohl, teure Freunde, sage ich, ihr könnt schwerlich ahnen, daß die Person, die euch vom Strande aus nachsieht, euer Freund, Historiograph und Bruder ist!

Ich begegnete heute unserem ausgezeichneten Freunde Snooks an Bord der »Königin der Franzosen«; eine große Anzahl Snobs waren gleichfalls auf dem Deck dieses schönen Schiffes, die ihre Reise in all ihrer Pracht und Stattlichkeit antraten. In vier Stunden werden sie in Ostende sein und von da aus nächste Woche den Kontinent überschwemmen; sie werden das berühmte Bild des britischen Snobs in ferne Länder tragen. Ich werde sie dort nicht sehen, aber ich werde im Geist bei ihnen sein; denn in Wirklichkeit gibt es kaum ein Land in der bekannten und zivilisierten Welt, in dem meine Augen sie nicht schon ergattert haben.

Ich habe Snobs in roten Röcken und Jagdstiefeln über die römische Campagna streifen sehen und habe ihre Flüche und ihre mir nur zu gut bekannten Sportausdrücke in den Galerien des Kolosseums gehört. Ich habe einen Snob auf einem Kamel in der Wüste getroffen und sah ihn vor der Pyramide des Cheops frühstücken. Ich möchte wohl gerne wissen, wie viele artige britische Snobs sich gerade in dieser Minute, wo ich über sie schreibe, aus jedem Fenster nach dem Hof von Hotel Meurice in der Rue de Rivoli hinauslehnen oder hinausbrüllen: »Garsong, du päng«, »Garsong, du väng«; oder wie viele über den Toledo in Neapel stolzieren, oder selbst nur wie viele auf dem Ostender Pier nach Snooks Ausschau halten – nach Snooks und den übrigen Snobs an Bord der »Königin der Franzosen«. Sieh dort den Marquis von Carabas mit seinen beiden Wagen. Die gnädige Marquise kommt gerade an Bord und sieht sich dort mit jener glücklichen Mischung von Entsetzen und Unverschämtheit um, welche die gnädige Frau auszeichnet; dann eilt sie zu ihrer Equipage, denn es ist für sie ein Ding der Unmöglichkeit, sich unter die anderen Snobs auf Deck zu mengen. Da sitzt sie nun, um in der Einsamkeit die Seekrankheit auszukosten. Die Erdbeerblätter in dem Wappen auf ihrem Wagenschlag haben sich auch in das Herz der gnädigen Frau eingeprägt. Wenn die Reise nach dem Himmel anstatt nach Ostende ginge, so würde sie, wie ich fest annehme, für sich reservierte Plätze verlangen und die besten Zimmer im voraus bestellen. Ein Kurier mit umgehängter Geldtasche, ein großer, finster dreinblickender Lakai, eine unverschämt aussehende französische Kammerfrau (deren wundervoll plundriges Kostüm einer reisenden Kammerzofe nur eine weibliche Feder deutlich zu beschreiben vermöchte) und eine unglückselige

Gesellschafterin umgeben sie, um den Wünschen der gnädigen Frau und ihres King Charles Spaniel nachzukommen. Sie rennen hin und her mit Eau de Cologne und Taschentüchern aus Spitzen und Batist und stopfen geheimnisvolle Kissen hinten und vorn in jede nur mögliche Ecke des Wagens. Der kleine Marquis, ihr Gemahl, geht mit verängstigtem Gesicht, an jedem Arm eine dürre Tochter, auf dem Deck auf und ab. Die Hoffnung der Familie, mit mohrrübenfarbenem Kinnbart, raucht bereits auf dem Vorderdeck; er trägt ein großkariertes Reisekostüm, kleine Zeugschuhe mit Lackspitzen und ein Hemd mit eingestickten Riesenschlangen. Woher kommt nur der wunderbare Hang der reisenden Snobs, in solchem Anzüge loszuziehen? Warum kann er nicht in gewöhnlichem Rock usw. reisen? Warum hält er es für passend, sich wie ein trauernder Hanswurst zu kleiden? Sieh, selbst Jung Aldermanbury, der Talghändler, der soeben an Bord geht, trägt einen Reiseanzug, der über und über von Taschen klafft; und der kleine Tom Tapeworm, der Anwaltsschreiber aus der City, der nur drei Wochen Urlaub hat, zieht mit Gamaschen und einem nagelneuen Jagdjackett los und läßt sich wahrlich einen Schnurrbart auf seiner kleinen, sonst nur Schnupftabakspuren tragenden Oberlippe stehen.

Pompejus Hicks gibt seinem Diener weitschweifige Anordnungen und ruft laut: »Davis, wo ist der Kasten mit dem Rasierzeug?« und »Davis, Sie hätten lieber den Pistolenkasten in die Kajüte nehmen sollen.« Der kleine Pompejus reist mit Rasiermessern, aber ohne Bart; wer kann mir aber sagen, wen in aller Welt er mit seinen Pistolen erschießen will? Und was er mit seinem Diener anfangen will, außer auf ihn zu warten, kann ich wirklich nicht ahnen.

Sieh da den ehrlichen Nathan Houndsditch mit seiner Frau und ihrem kleinen Sohn.

Was für ein Ausdruck aufgeblasener Befriedigung leuchtet doch aus den Zügen dieser Snobs von der orientalischen Rasse! Was hat er bloß für einen Anzug an! Wieviel Ringe und Ketten, wieviel Stöcke mit goldenen Knöpfen und Diamanten, und was für einen Kinnbart der Schuft nicht gar trägt! (Dieser Schuft versagt sich doch wirklich kein noch so billiges Vergnügen!) Der kleine Houndsditch hat einen kleinen Stock mit vergoldetem Knopf und Mosaikverzierungen, was ihm einen besonderen Anstrich verleiht. Und nun zu der Frau – sie erglänzt in allen Farben des Regenbogens; sie trägt einen roten Sonnenschirm mit weißem Futter, einen gelben Hut, smaragdgrünen Schal und einen in allen Farben schillernden Umhang; ferner gelbe Stiefel und rhabarberfarbene Handschuhe; bunte Glasknöpfe funkeln und glänzen von der Größe eines Vierpennystückes bis zu einer Krone an der ganzen Vorderseite ihres prachtvollen Kostüms. Wie schon gesagt: ich sehe »unsere Leute« gern an ihren Gala-Tagen, sie sehen so pittoresk und so über die Maßen prächtig und glücklich aus. Dort kommt der Kapitän Bull, adrett und nett, rein und fein, der jedes Jahr seines Lebens vier bis sechs Monate auf Reisen ist; er fällt nicht durch den Luxus seiner Kleidung auf, auch nicht durch Unverschämtheit oder unangenehmes Benehmen, aber dennoch halte ich ihn für einen ebenso großen Snob wie nur irgendeinen an Bord. Bull verlebt die Saison in London, schmarotzt dort auf Diners herum und schläft in einer Dachkammer in der Nähe des Klubs. Überall im Auslande ist er gewesen, er weiß, wo es in jeder Hauptstadt auf dem Kontinent den besten Wein gibt; in den ersten Hotels verkehrt er mit der ersten englischen Gesellschaft, er kennt jeden Palast und jede Bildergalerie von Madrid bis Stockholm, er spricht ein entsetzliches Kauderwelsch, das mit Brocken aus fünf oder sechs Sprachen untermischt ist und weiß nichts – aber auch rein gar nichts.

Bull macht auf dem Kontinent Jagd nach Aristokraten und ist eine Art von Amateurkurier. Er wird sich, noch ehe sie Ostende erreichen, die Bekanntschaft mit dem alten Carabas erdienert haben und wird Seine Lordschaft daran erinnern, daß er ihn schon einmal vor zwanzig Jahren in Wien getroffen hat und daß er den Vorzug hatte, ihm auf dem Rigi ein Glas Schnaps anzubieten. Wir haben vorhin gesagt, daß Bull nichts weiß; dennoch aber kennt er das Geschlecht, das Wappen und den ganzen Stammbaum sämtlicher Pairs. Mit seinen kleinen Augen hat er alle Equipagen an Bord untersucht – sich die Wappen gemerkt und die Helmzier studiert. Er kennt die Skandalgeschichten sämtlicher auf dem Kontinent lebenden Engländer – wie der Graf Towrowski zu Neapel mit Miß Baggs durchging – wie furchtbar intim Lady Smigsmag mit dem jungen Cornichon von der französischen Gesandtschaft in Florenz war – er kennt die genaue Summe, die Jack Deuceace dem jungen Greengoose in Baden abgewonnen hat – die genaue Höhe der Hypothekenbelastung des Besitzes der O'Goggartys usw. Wenn er keinen Lord einfangen kann, angelt er sich wenigstens einen Baron, sonst aber sucht das alte Untier einen bartlosen jungen Fant von Stand zu keilen, um ihm das »Leben« in verschiedenen vergnüglichen und schwer zugänglichen Stadtvierteln zu zeigen. Pfui über den alten Sünder! Alle Laster zügelloser Jugend kleben ihm an; zu seinem Glück kennt er aber nicht die leisesten Gewissensbisse. Er ist unglaublich dumm, dabei aber ein ganz gemütlicher Kerl. Er hält sich für ein durchaus nützliches Mitglied der Gesellschaft, vielleicht war aber die einzige gute Tat, die er je in seinem Leben vollbrachte, die, daß er durch seine Person ein unfreiwilliges Beispiel gibt, wie man nicht sein soll, und daß er dadurch der Gesellschaft zeigt, wie hassenswert das Bild eines alten Wüstlings ist, der zwar als äußerlich anständiger Faun sein Leben verbringt, eines Tages aber allein, reuelos und unbemerkt in seiner Dachkammer stirbt, bloß zum Erstaunen seiner Erben, die plötzlich erfahren, daß dieser liederliche, alte Unglücksrabe ein Vermögen hinterlassen hat. Sieh da! Jetzt steht er schon bei dem alten Carabas! Das habe ich ja gleich gesagt.

Dann ist da noch die alte Lady Mary MacScrew, und die jungen, im mittleren Alter stehenden Damen sind ihre Töchter. Sie werden sich durch Belgien und den Rhein aufwärts durchhandeln und durchfeilschen, bis sie eine Pension finden, wo sie für weniger Geld leben können, als sonst die gnädige Frau ihren Dienern Lohn zu geben pflegt. Aber sie erwartet von den Snobs, die den gleichen Badeort besuchen, den sie sich als Sommerresidenz auserkoren hat, den vollkommensten Respekt, da sie eine Tochter des Earl of Haggistoun ist. Jener breitschultrige Geck mit dem großen Schnurrbart und den gewaschenen Glacéhandschuhen ist Mr. Phelim Clancy aus Poldoodystown; er nennt sich selbst Mr. de Clancy und bemüht sich, seinen heimatlichen Dialekt durch die wunderbarste Nachahmung des Englischen zu verheimlichen; wenn du Billard oder Ecarté mit ihm spielst, so stehen die Chancen für dich so, daß du die erste Partie gewinnen wirst, er dafür aber die folgenden sieben oder acht.

Jene überlebensgroße Dame mit den vier Töchtern und dem jungen Dandy von der Universität, ihrem Sohn, ist Mrs. Kewsy, die Gattin des hervorragenden Advokaten, die lieber sterben würde, als nicht für vornehm gehalten zu werden. Sie hat den Pairskalender in ihrer Reisetasche, darauf kannst du Gift nehmen; sie wird aber von Mrs. Quod ausgestochen, der Gattin des Staatsanwaltes, deren Kutsche mit dem ganzen Drum und Dran von Dienersitzen und Verdecken an Glanz kaum der des Marquis von Carabas nachsteht. Ihr Kurier hat sogar einen größeren Schnurrbart und eine größere lederne Geldtasche als der junge Mann des Marquis. Beachte die Dame wohl, sie spricht gerade mit Mr. Spout, dem neuen Abgeordneten für Jawborough, der ins Ausland reist, um die Tätigkeit des Zollvereins zu studieren, damit er in der nächsten Session einige ernsthafte Anfragen über die Haltung Englands in Sachen des preußischen Bauholzhandels, der Neapler Seifenausfuhr und der deutschen Feuerschwamm-Industrie usw. an Lord Palmerston richten kann.

Spout wird den König Leopold mit seiner Gunst in Brüssel beehren; er wird vom Ausland aus Berichte für den »Jawborough Independent« schreiben, und in seiner Eigenschaft als »Member du Parlamang Britannique« erwartet er von jedem Herrscher, dessen Land er mit seinem Besuch beehrt, zum Familiendiner eingeladen zu werden.

Die nächste Person ist – aber horch! Die Abfahrtsglocke ertönt. Noch einen herzlichen Händedruck für Snooks, dann rasch zurück auf die Landungsbrücke; ein Tücherschwenken, wenn das edle schwarze Schiff kühn die azurblauen, sonnigen Wogen durchschneidet! Da zieht es hin mit seiner für das Ausland bestimmten Ladung von Snobs!

Zweiundzwanzigstes Kapitel

Fortsetzung der Betrachtungen über Festland-Snobs

Wie oft lachen wir über die Franzosen wegen ihres Hanges zur Prahlerei und wegen ihrer unleidlichen Eitelkeit auf *la France, la gloire, l'empereur* und ähnliches; und dennoch glaube ich im Grunde meiner Seele, daß der britische Snob in bezug auf Dünkel, Selbstzufriedenheit und Prahlerei auf seine Art nicht seinesgleichen hat.

In dem Dünkel der Franzosen liegt immer etwas Unfreies. Er prahlt mit solchem Ungestüm, Stimmenaufwand und solchen Gestikulationen, er schreit laut heraus, daß der Franzose das Haupt der Zivilisation, der Mittelpunkt des Denkens usw. ist, daß man dem armen Kerl seinen innerlich nagenden Zweifel anmerken kann, ob er auch wirklich das Wunder ist, welches er zu sein vorgibt.

Der britische Snob im Gegenteil macht keinen Lärm, prahlt auch nicht so laut, zeigt aber die Ruhe tiefster Durchdrungenheit: »Wir sind besser als die ganze Welt, das steht ein für alle Male fest, darüber brauchen wir gar nicht mehr zu streiten.« Und wenn ein Franzose brüllt: »*La France, monsieur, la France est à la tête du monde civilisé*«, so lachen wir gutmütig über den exaltierten armen Teufel. Wir aber stehen obenan in der Welt. Die Tatsache ist so fest in unsere Herzen gegraben, daß ein Anspruch, der von anderer Seite darauf gemacht würde, einfach lächerlich wäre. Mein lieber Bruder Leser, sage mir als Mann von Ehre, ob das nicht auch deine Meinung ist? Hältst du einen Franzosen dir für ebenbürtig? Du tust es nicht – du galanter britischer Snob du – und der Snob, dein ergebener Bruder und Diener, tut es vielleicht ebenfalls nicht. Ich neige der Ansicht zu, daß diese Überzeugung und das konsequente Verhalten des Engländers gegen die Ausländer, die er mit seinem Besuche beehrt, dieses Vertrauen auf seine Überlegenheit, welches den Eigentümer jeder englischen Hutschachtel von Sizilien bis Sankt Petersburg den Kopf so hoch tragen läßt, uns in ganz Europa so verhaßt gemacht hat, wie wir es nun einmal sind. Und zwar hierdurch in höherem Grade als durch alle unseren kleinen Siege, von denen viele Franzosen und Spanier nie etwas gehört haben – ich meine diesen erstaunlichen und unbezähmbaren Insularstolz, der den Lord in seiner Reisekutsche wie den Johann auf seinem Bock beseelt.

Wenn man die alten Chroniken über die Kriege in Frankreich liest, so trifft man darin schon genau auf denselben Charakter des Engländers, und die Scharen Heinrichs V. legten die nämliche kühle und herrische Art an den Tag wie unsere Veteranen, die in Frankreich und Spanien gekämpft haben. Haben Sie nie den Oberst Cutler nach Tische mit dem Major Slasher über den Krieg sich unterhalten hören? Oder die Beschreibung des Kapitän Boarder über sein Gefecht mit dem »Indomptable«? »Die Teufelskerle schlugen sich sehr gut, ich wurde dreimal abgeschlagen, ehe ich das Schiff nahm.« »Donnerwetter, die Milhaudschen Karabiniere«, sagt Slasher, »haben unserer leichten Reiterei tüchtig zugesetzt!« In diesen Ausdrücken liegt eine Art Überraschung, daß die Franzosen überhaupt den Briten standzuhalten wagten, ein gutmütiges Erstaunen, daß die verblendeten, verrückten, von eitler Ruhmsucht beseelten, tapferen, armen Teufel wirklich den Mut gehabt haben, einem Engländer Widerstand zu leisten. Legionen solcher Engländer zeigen Europa in diesem Augenblick ihre Gönnerschaft, indem sie gütig gegen den Papst und gutmütig gegen den König von Holland sind oder indem sie sich dazu verstehen, die preußischen Paraden anzusehen.

Als der Kaiser Nikolaus zu uns kam, der morgens zum Frühstück schon immer eine Heerschau über eine Viertelmillion Schnurrbarte abhält, nahmen wir ihn mit nach Windsor hinaus und zeigten ihm zwei ganze Regimenter, sechs- oder achthundert Mann stark, mit einer Miene, als ob wir sagen wollten: »Hier, mein Junge, sieh dir mal das an; dies sind Engländer, dies sind gefälligst Eure Herren und Meister« – wie es in dem bekannten Ammenliede heißt. Der britische Snob ist lange, ach wie lange schon über jeden Zweifel erhaben und kann es sich leisten, über die dünkelhaften Yankees oder über die törichten, kleinen Franzosen zu lachen, die sich als Vorbilder für die Menschheit hinstellen. Ausgerechnet diese!

Zu dieser Abschweifung bin ich durch einen alten Knaben gekommen, den ich in Boulogne im »Hotel du Nord« belauschte und der augenscheinlich vom Schlage der Slashers war. Er kam aus seinem Zimmer und setzte sich mit finstrer Miene an den Frühstückstisch; sein Gesicht war dunkelrot und seine Augen blutunterlaufen, da er von einer karierten, engen Halsbinde fast erdrosselt wurde. Seine Wäsche und seine Kleidung waren so steif und fleckenlos, daß ihn jeder sofort als teuren Landsmann erkannte. Nur unser Portwein und andere bewunderungswürdige Einrichtungen konnten ein so unverschämtes, dummes und doch auch wieder gentlemanartiges Äußere hervorgebracht haben. Nach einer Weile wurde unsere Aufmerksamkeit auf ihn gelenkt, als er mit einer Stimme, die. übermäßige Wut auszudrücken schien, »O« brüllte.

Jeder drehte sich bei dem »O« herum, da wir bei dem ganzen Gebaren des Obersten annehmen mußten, daß er äußerste Schmerzen zu ertragen hätte. Aber die Kellner wußten es besser, und anstatt Unruhe an den Tag zu legen, brachten sie dem Oberst einen Teekessel. »O«, wie es scheint, ist im Französischen die Bezeichnung für heißes Wasser. Der Oberst glaubt, er spräche die Sprache, die er gleichwohl in seinem Innern herzlich verachtet, ganz besonders gut. Während er noch den dampfenden Tee trank, der rollend und zischend durch seine Gurgel glitt, was sich so anhörte, als ob das auf das Kupferantlitz dieses alten Kriegers gegossene Wasser zum Zischen gebracht worden wäre, setzte sich ein Freund mit vertrocknetem Antlitz und sehr schwarzer Perücke an seinen Tisch – offenbar gleichfalls ein Oberst. Die beiden alten Krieger steckten ihre alten Köpfe zusammen, frühstückten und fingen danach an sich zu unterhalten, wodurch wir den Vorzug genossen, etwas über den letzten Krieg und einige erbauliche Konjekturen über den nächsten zu hören, den sie für unmittelbar bevorstehend hielten. Sie verlachten die französische Marine und prusteten über die französische Handelsflotte; sie legten dar, wie im Fall eines Krieges ein Kordon (ein Cordong, zum –) von Dampfern an unserer Küste gezogen werden würde, der, zum –, jede Minute bereit sein würde, irgendwo an der jenseitigen Küste zu landen und die Franzosen, zum –, ebenso zu verprügeln, wie es schon im letzten Kriege der Fall war, zum – – –! Wirklich, eine donnernde Kanonade von Flüchen wurde während der ganzen Unterhaltung von den beiden Veteranen abgefeuert.

Auch ein Franzose befand sich im Zimmer, der aber, da er sich nur zehn Jahre in London aufgehalten hatte, natürlich unsere Sprache nicht verstand und so des Vergnügens der Unterhaltung verlustig ging. Ich aber sagte zu mir:»O du mein Vaterland, es ist kein Wunder, daß du so geliebt wirst. Wäre ich ein Franzose, wie wollte ich dich hassen!«

Dieser rohe, unwissende, mürrische und prahlerische Engländer zeigt sich in jeder europäischen Hauptstadt. Er ist eins der ödesten Geschöpfe unter der Sonne, er tritt Europa mit Füßen, drängt sich rücksichtslos durch Galerien und Kathedralen und tobt durch die Paläste in seiner steifleinenen Uniform. In der Kirche wie im Theater, bei Galavorstellungen wie in der Gemäldegalerie – niemals verändern sich seine Züge. Tausend entzückende Aussichten gehen an seinen blutunterlaufenen Augen vorüber, ohne ihn freudig zu bewegen. Unzählige reizvolle Lebens- und Sittenbilder bieten sich ihm dar, rühren ihn aber nicht. Er geht in die Kirchen und nennt die Zeremonien, die er dort sieht, herabwürdigend und abergläubisch; als ob sein Altar der einzig annehmbare wäre.

Er geht in die Gemäldegalerien und weiß von Kunst nicht mehr als ein französischer Schuhputzer. Kunst und Natur ziehen an ihm vorüber, ohne daß eine Spur der Bewunderung in seinem stumpfsinnigen Auge wahrzunehmen wäre. Nichts bewegt ihn, außer wenn ein sehr vornehmer Herr in seine Nähe kommt. Dann kann der steife, stolze, selbstbewußte, unbeugsame britische Snob so untertänig wie ein Lakai und so geschmeidig wie ein Hanswurst werden.

Dreiundzwanzigstes Kapitel

Englische Snobs auf dem Festlande

»Was für einen Zweck hat Lord Rosses Teleskop?« fragte eines Tages mein Freund Panwiski. »Sie sind imstande, damit hunderttausend Meilen weit zu sehen. Was sich als bloßer Nebel zeigte, entpuppt sich nunmehr unserem Auge als ein deutlich erkennbares Sternensystem. Höher am Himmel sehen Sie wieder andere Nebel, welche, durch ein noch stärkeres Glas betrachtet, ebenfalls als Sterne erkannt werden. Und glitzernd und flimmernd verfolgen sie ihre Bahn bis in alle Ewigkeit.« Bei diesen Worten entfuhr meinem Freunde Pan ein tiefer Seufzer, wie wenn er damit seinem Unvermögen, die Unendlichkeit zu begreifen, Ausdruck verleihen wollte; entmutigt lehnte er sich zurück und leerte ein großes Glas Rotspon.

Ich (der ich mir wie alle großen Männer meine Gedanken mache) dachte bei mir, daß es sich mit den Sternen genau ebenso wie mit den Snobs verhält: je länger man diese Lichtspender anblickt, um so mehr sieht man sie in nebelhafter Ferne – bald kaum erkennbar – bald hell umgrenzt, bis sie in nebelhaftem Scheine verflimmern und in unermeßliche

Dunkelheit tauchen. Ich bin nur ein Kind, das am Meeresstrande spielt. Aber ein mit einem Teleskop bewaffneter Philosoph, ein großer Verkünder der Snoblehre, wird eines Tages auftreten, der die Gesetze der großen Wissenschaft ergründet, die wir vorerst nur spielend behandeln, der das, was gegenwärtig erst vage Theorie und schwache, wenn auch elegante Behauptung ist, genau bestimmen, festlegen und ordnen wird.

Ja: ein einzelnes Auge kann nur sehr wenige und einfache Abarten des unendlichen Snobuniversums ergründen. Schon öfters habe ich daran gedacht, mich an die Öffentlichkeit zu wenden und eine Vereinigung von Gelehrten, ähnlich der in Southampton tagenden, einzuberufen, damit jeder seine Beiträge liefern und seine Abhandlungen über den großen Gegenstand vorzutragen in der Lage wäre. Denn wie könnten einige wenige den vorliegenden Gegenstand erschöpfen? Obgleich englische Snobs auf dem Kontinent einige hunderttausend Male weniger zahlreich vertreten sind als auf ihrer Heimatinsel, so sind diese wenigen doch noch zu viel. Man kann nur hin und wieder einen Wanderer stellen. Nur den einzelnen kann man festhalten – die Tausende hingegen entwischen. Ich habe mir nur drei merken können, die ich heute früh auf meinem Spaziergang durch die schöne Seestadt Boulogne getroffen habe.

Da ist Raff, der Typus eines englischen Snoblumpen, der Kneipen und Kabaretts besucht und der mit seinem grölenden Gesang in korrumpiertem Englisch:

»Nach Hause gehn wir nicht,
Bis daß der Tag anbricht!«

ein mitternächtliches Echo in den Straßen der stillen Festlandsstadt erweckt. Der betrunkene, unrasierte Kerl macht die Gegend der Kais unsicher, wenn die Dampfer ankommen, und trinkt seine verschiedenen Gläschen in Schenken, in denen er Kredit bekommt. Er spricht mit größter Ungeniertheit ein Kauderwelsch, welches Französisch sein soll; er und seinesgleichen füllen die Schuldgefängnisse auf dem Kontinent. In den Billardhäusern macht er eine Poule, und schon am Vormittage kann man ihn Domino oder Karten spielen sehen.

Seine Unterschrift befindet sich auf zahlreichen Wechseln; einst gehörte er sicherlich einer ehrbaren Familie an, denn der Engländer Raff begann seine Laufbahn wahrscheinlich als Gentleman und hat jenseits des Kanals wohl einen Vater, der sich schämt, wenn er seinen Namen hört. Er hat den »Alten« in besseren Tagen wiederholt betrogen, hat seinen Schwestern die Mitgift abgeschwindelt und seine jüngeren Brüder bestohlen. Jetzt lebt er vom Verdienste seiner Frau, die sich in eine dunkle Dachkammer zurückgezogen hat, wo sie sich bemüht, ihren schäbigen Putz zu flicken und die alten Kleider ihrer Kinder zu stopfen – sie, die so unglückliche und ach, so schlampige Frau.

Manchmal geht die arme Frau mit ihren Töchtern ängstlichen Schrittes aus, um englische Stunden oder Klavierunterricht zu erteilen oder auch um insgeheim sich Stick- oder Näharbeit zu holen, damit sie die Mittel für den täglichen Lebensunterhalt erhält, während Raff auf dem Kai herumbummelt oder einige Kognaks im Kaffeehause genehmigt. Das unglückliche Wesen bekommt noch jedes Jahr ein Kind. Beharrlich sucht sie ihren Töchtern vorzuheucheln, daß ihr Vater ein ehrenwerter Mann ist, und schiebt den rohen Menschen geschickt beiseite, wenn er betrunken nach Hause kommt.

Arme, zugrundegerichtete Geschöpfe wie sie finden sich und bilden eine eigene Gesellschaft in der Stadt, die rührend zu beobachten ist. Diese schüchternen Ansprüche auf Vornehmheit, diese schwachen Versuche, fröhlich zu sein, diese jammervolle Munterkeit und das alte, verstimmte Klavier! Oh, das Herz zieht sich einem zusammen, wenn man sie sieht und hört. Wenn Mrs. Raff und ihre Töchter Mrs. Diddler zu einem anspruchslosen Tee gebeten haben, so sprechen sie von vergangenen Zeiten und den schönen Gesellschaften, die sie mitmachten; sie singen zaghaft Lieder aus alten abgegriffenen Gesangbüchern; während sie sich noch so unterhalten, kommt wohl plötzlich der Kapitän Raff mit seinem, schmierigen Hut auf einem Ohr ins Zimmer, und sogleich ist der ganze dunkle Raum mit einem Geruch nach Tabak und Branntwein erfüllt.

Hat nicht jeder, der im Ausland lebt, schon einmal den Kapitän Raff getroffen? Sein Name wird hin und wieder von dem Verweser des Sheriffs Mr. Hemp veröffentlicht. In Boulogne, Paris und Brüssel sind so manche seiner Art, daß ich darauf wetten möchte, man wird mich bezichtigen, ich sei mit meiner Beschreibung seiner Person zu persönlich geworden. Mancher nicht so unverbesserliche Lump wird deportiert, mancher ehrbare Mann sitzt gegenwärtig im Zuchthause, und obwohl wir das edelste, frömmste, größte und moralischste Volk der Welt sind, möchte ich doch gern wissen, wo mit Ausnahme der Vereinigten Königreiche Schuldenmachen als eine spaßhafte Sache und das Betrügen von Kaufleuten als ein Sport angesehen werden, den Gentlemen sich gestatten dürfen. In Frankreich gilt es als unehrenhaft, Geld schuldig zu sein. Nirgends in anderen Ländern kann man hören, daß jemand damit prahlt, seine Mitmenschen beschwindelt zu haben; aber sieh dir das Gefängnis einer großen festländischen Stadt an, ob es nicht mehr oder minder von englischen Halunken bevölkert ist.

Ein noch widerwärtigerer und gefährlicherer Snob als der eben erwähnte durchsichtige und untätige Taugenichts ist auf dem europäischen Festland häufig zu finden, und meine jungen Snob-Freunde, die hinüberreisen, seien ganz besonders vor ihm gewarnt ... Kapitän Legg ist ein Gentleman wie Raff, obwohl vielleicht besserer Art. Er hat seine Familie ebenfalls bestohlen, aber in noch weit erheblicherem Maße, und hat kühn Wechsel über Tausende nicht eingelöst, während Raff schon erbleichte, wenn man ihm einen Wechsel in der lumpigen Höhe von zehn Pfund präsentierte. Legg lebt nur in den feinsten Restaurants; er hält auf feine Kleidung, gepflegten Schnurrbart, fährt in Britschkas feinster Aufmachung, während der arme Raff sich mit Branntwein beduselt und schlechten Tabak raucht. Es ist erstaunlich, daß es Legg, dessen Treiben man schon so häufig an den Pranger gestellt hat und der bekannt ist wie ein bunter Hund, dennoch so gut geht. Wäre nicht die beharrliche und glühende Liebe des britischen Snobs zum Adel unausrottbar, so würde er in das äußerste Elend geraten. So mancher junge Mann aus dem Mittelstande müßte Legg als Schuft und Betrüger erkennen; aber sein Wunsch nach vornehmem Umgang, seine Bewunderung für tadellos gekleidete und tonangebende Elegants und sein Ehrgeiz, sich in der Begleitung eines Lordsprößlings einen besonderen Anstrich zu geben, ermöglichen es Legg immer wieder, solche Leute auszunutzen. Ist solch junger Grünschnabel doch glücklich, bezahlen zu dürfen, wenn er nur in so guter Gesellschaft bezahlen darf. Mancher würdige Familienvater fühlt sich geschmeichelt, wenn er hört, daß sein Sohn mit Kapitän Legg, dem Sohn Lord Levants, ausreitet, und freut sich, daß der Stolz seiner Familie sich in so guter »Gesellschaft« befindet.

Legg und sein Freund, Major Macer, machen Geschäftsreisen durch ganz Europa und sind stets zur rechten Zeit und am rechten Ort zur Stelle. Im vorigen Jahr hörte ich von einem meiner jungen Bekannten, Mr. Muff aus Oxford, der etwas vom

Leben auf einem Pariser Karnevalball kennenlernen wollte, daß er dort von einem Engländer angesprochen worden sei, der vorgab, nichts von der verfl... Sprache zu verstehen, und da er höre, daß Muff so ausgezeichnet französisch spreche, so bäte er ihn, in dem Streit, in den er mit dem Kellner wegen der Getränke geraten sei, den Dolmetscher abzugeben. Es wäre eine Wohltat, hätte der Fremde gesagt, endlich ein ehrliches englisches Gesicht zu sehen, und ob Muff wisse, wo man gut zur Nacht speisen könne? So gingen die beiden also gemeinschaftlich soupieren, und wer in aller Welt hätte sich wohl dazu einfinden können als Major Macer? Legg stellte natürlich Macer vor, und bald waren die drei so vertraulich miteinander, daß man Kümmelblättchen zu spielen anfing usw. usw. – Jahr für Jahr kommen Scharen von Muffs nach den verschiedensten Orten der Welt und werden von Legg und Macer ausgebeutet. Die Geschichte ist so abgedroschen, die Verführungskunst so uralt und plump, daß man sich wirklich wundert, wie jemand noch darauf hineinfallen kann; aber die Versuchungen des Lasters im Verein mit denen des Adels sind zu groß für junge englische Snobs, und deshalb werden täglich von neuem junge grüne Opfer eingefangen. Wenn es nur vornehme Herren sind, die ihn schlecht behandeln und betrügen, so wird der wahre britische Snob sich dennoch stets für die Ehre bedanken.

Ich habe wohl nicht nötig, hier noch auf den ganz gemeinen britischen Snob anzuspielen, der verzweifelte Versuche macht, um mit den großen festländischen Aristokraten intim zu werden, wie zum Beispiel der alte ehemalige Bäcker Rolls, der sein Quartier im Faubourg Saint Germain aufgeschlagen hat und nur noch Karlisten und französische Adlige – aber nicht unter einem Marquis – bei sich empfangen will. Wir können zwar über solche Anmaßung nicht herzlich genug lachen – wir, die wir vor einem Edlen unserer eigenen Nation zittern. Aber du bemerkst sehr richtig, mein tapferer und ehrlicher John Bull Snob, daß ein französischer Marquis mit zwanzig Ahnen etwas ganz anderes ist als ein englischer Pair. Eine Bande bettelarmer deutscher Fürsten oder italienischer Principi erwecken den Spott eines erfahrenen Briten. Aber unsere eigenen Aristokraten – ja, das ist ganz etwas anderes. Sie sind die wirklichen Führer der Welt – – der uralte und untadelige Adel! Hut ab, Snob, nieder auf die Knie, Snob, und kusch dich!

Vierundzwanzigstes Kapitel

Handelt von einigen Snobs auf dem Lande

Total stadtmüde war ich: der Anblick der herabgelassenen Jalousien an den Häusern des Adels, meiner Freunde, machte mir auf meinen Spaziergängen das Herz schwer. Auch verursachte es mir geradezu Unbehagen, in der großen Einsamkeit der verlassenen Klubs in Pall Mall zu sitzen und die Klubdiener anzuöden, die gewiß, wenn ich nicht da säße, gern aufs Land zur Jagd gegangen wären. So dachte ich schließlich selbst daran, eine kleine Reise in die Provinz zu unternehmen und einige Besuche zu machen, die ich bereits längst schuldig war.

Mein erster Besuch galt meinem Freunde, dem Major Ponto (H. P. von der reitenden Marine) in der Grafschaft Mangelwurzelshire. Der Major erwartete mich mit seinem kleinen Phaeton am Bahnhof. Das Gefährt war nicht gerade glänzend, es war aber für einen einfachen Mann (als solchen bezeichnete sich Ponto) und für eine zahlreiche Familie angemessen.

Wir fuhren an schönen, frischen Feldern und grünen Hecken vorüber durch eine liebliche englische Landschaft. Die Chaussee war so glatt und gut gehalten wie die Wege im Park eines Edelmannes, und kühler Schatten wechselte angenehm mit goldenem Sonnenschein ab. Landleute in schneeweißen kurzen Jacken rissen lächelnd die Hüte herunter, als wir vorbeikamen. Kinder mit Backen so rot wie die Äpfel im Obstgarten standen an den Türen der Bauernhäuschen und machten ihre Knixe vor uns. Hier und da tauchten in der Ferne blaue Kirchturmspitzen auf. Und als die dralle Gärtnersfrau das weiße Tor, das neben dem kleinen mit Efeu bedeckten Häuschen zum Besitztum des Majors führte, öffnete und wir durch die hübsche Pflanzung von Tannen und Immergrün nach dem Hause fuhren, fühlte ich in meiner Brust eine Freude und Erleichterung, wie man sie unmöglich in der rauchigen Stadtatmosphäre empfinden kann.»Hier«, klang es in meinem Innern,»ist alles Freude, Überfluß und Glück, hier werde ich die Snobs loswerden; auf diesem lieblichen arkadischen Fleckchen Erde kann es keine geben.«

Pontos»Immergrün«, so hat es Mrs. Ponto getauft, ist ein vollkommenes Paradies. Es ist mit Schlinggewächsen überzogen und hat eine Fülle von Bogenfenstern und Veranden. Ein wogender Rasen mit wunderhübsch geformten Blumenbeeten, Zickzackwegen und schönen Myrten- und Lorbeerbaumgebüschen sind der Grund, weshalb man den Namen des Gutes geändert hat, denn zur Zeit des alten Doktor Ponto hieß es der»kleine Ochsenstall«.

Aus den Fenstern meines Schlafzimmers, in welches mich Ponto führte, hatte ich Aussicht auf das schöne Gut, den Stall, das Nachbardorf mit der Kirche und den großen jenseits gelegenen Park. Mein gelbes Schlafzimmer war sicherlich das schönste und netteste aller Schlafzimmer; die Luft duftete nach einem großen Blumenstrauß, der auf meinen Schreibtisch gestellt war, und das Bettzeug duftete nach Lavendel aus dem Wäscheschrank. Die Bettvorhänge und das große Sofa dufteten zwar nicht nach Blumen, waren aber mit Blumen über und über bedruckt. Der Tintenwischer auf dem Tisch war die Nachbildung einer gefüllten Georgine, und als Uhrständer diente eine imitierte Sonnenblume auf dem Kamin. Schlingpflanzen mit scharlachroter Blüte umwanden die Fenster, durch welche die sinkende Sonne eine Flut goldenen Lichtes goß. Alles war voller Blumen und Frische. Oh, welch ein Abstand gegen die schwarzen Schornsteine auf dem St. Albans-Platz in London, auf den meine Augen sonst zu sehen gewohnt waren.

»Hier muß das Glück wohnen, Ponto«, sagte ich, indem ich mich in das bequeme Sofa fallen ließ und einen so köstlichen Zug frischer, aromatischer Luft einsog, wie all die tausend Wohlgerüche im Laden Atkinsons ihn nicht auf dem kostbarsten Taschentuch hervorzuzaubern vermögen. »Netter Ort, nicht wahr?« sagte Ponto, »ruhig und anspruchslos, wie ich es liebe. Haben Sie keinen Diener mitgebracht? Aber warten Sie, Stripes soll Ihnen Ihre Kleider zurechtmachen.« Gleichzeitig trat auch schon dieses Faktotum ein und begann, meinen Mantelsack auszupacken. Er legte meine schwarzen Kaschmirbeinkleider und die Genueser Sammetweste, die weiße Halsbinde und andere zierliche Dinge, die zu einem Gesellschaftsanzug gehören, mit großer Feierlichkeit zurecht. »Eine große Tischgesellschaft«, sagte ich zu mir, als ich diese Vorbereitungen sah (und war vielleicht nicht einmal unangenehm berührt bei dem Gedanken, daß einige der angesehensten Leute aus der Umgegend nur deshalb kämen, um mich kennenzulernen). »Horch, da läutet es schon zum erstenmal«, sagte Ponto und verließ mich.

139

Und wirklich, dieser laute Verkünder der Essenszeit fing an, seine Stimme vom Stallturm aus zu erheben, und zeigte damit die angenehme Tatsache an, daß das Mahl in einer halben Stunde bereit sein würde. »Wenn das Mittagessen so groß ist wie die Mittagsglocke«, dachte ich, »so bin ich gottlob in ein gutes Quartier geraten.« Ich hatte nun während der halbstündigen Pause nicht allein Muße, mich mit der größten Eleganz, die ich zu entwickeln fähig bin, fein zu machen, den Stammbaum der Pontos, der über dem Kamin hing, und ihr Wappen und den Helmschmuck zu bewundern, mit denen das Waschbecken und der Krug geziert waren, sondern auch meinen eigenen zu Tausenden auf mich einstürmenden Gedanken über das Glück des Landlebens und des harmlosen und herzlichen ländlichen Verkehrs nachzuhängen. Die Sehnsucht, mich bei guter Gelegenheit ebenso wie Ponto zurückziehen zu können, überkam mich, ich wünschte mir, einen eigenen Besitz zu haben, eigenen Wein und Feigenbäume zu ziehen, eine »placens uxor in domo« zu haben und ein halbes Dutzend süßer junger Liebespfänder, die um meine väterlichen Knie in herzlicher Zuneigung spielten.

Horch die Glocke! Die dreißig Minuten sind vorüber, und die Dinerglocke Numero zwei dröhnt vom benachbarten Türmchen. Ich eilte hinunter und glaubte eine Schar gesunder Agrarier im Empfangszimmer versammelt zu finden. Es war indessen nur eine Person dort, eine große Dame mit römischer Nase und mit einem über und über mit Jet garnierten Trauerkleide. Sie erhob sich, ging mir zwei Schritte entgegen, neigte majestätisch den Kopf, wobei der ganze Jetschmuck in ihrem schrecklichen Kopfputz zu zittern anfing, und sagte dann mit einem tiefen Seufzer: »Mr. Snob, wir freuen uns, Sie im ›Immergrün‹ willkommen zu heißen.«

Das also war die Majorin Ponto; ich machte ihr meinen schönsten Diener und erwiderte, daß ich stolz sei, ihre Bekanntschaft und die eines so entzückenden Landsitzes wie »Immergrün« machen zu dürfen.

Wieder ein Seufzer. »Wir sind miteinander verwandt, Mr. Snob«, sagte sie und schüttelte traurig den Kopf, »der arme Lord Rubadub!«

»Oh«, bedauerte ich und wußte nicht, was zum Teufel die Majorin meinte. »Major Ponto erzählte mir, daß Sie von der Linie der Leicestershire stammen und mit Lord Snobbington, der sich mit Laura Rubadub, meiner Kusine, verheiratete, verwandt seien, und um ihren armen lieben Vater sind wir in Trauer. Welch ein herber Schlag! Er war erst dreiundsechzig Jahre, als er am Schlagfluß, der sonst nicht in unserer Familie herrscht, starb. Im Leben sind wir des Todes, Mr. Snob. Wie trägt Lady Snobbington den Verlust?«

»Wie meinen, gnädige Frau – ich – ich kann es wirklich nicht sagen«, stotterte ich in wachsender Verwirrung.

Während sie sprach, hörte ich einen mir wohlbekannten Ton, der so klang, als wenn jemand eine Flasche Wein aufzöge, und Mr. Ponto trat herein mit großer weißer Halsbinde und in einem etwas abgetragenen Anzug.

»Mein Lieber«, sagte die Majorin Ponto zu ihrem Gatten, »wir sprechen gerade von unserem Vetter – dem armen, teuren Lord Rubadub. Sein Tod hat einige der ersten englischen Familien in Trauer versetzt. Wissen Sie wohl, ob Lady Rubadub das Haus in der Hill Street behalten wird?«

Ich wußte es natürlich nicht, sagte aber auf gut Glück: »Ich glaube wohl«, und als ich meine Blicke zufällig auf den Salontisch heftete, gewahrte ich dort den unvermeidlichen, abscheulichen, irrsinnigen, abgeschmackten und widerwärtigen Grafenkalender aufgeschlagen bei dem Artikel

»Snobbington« liegen und entdeckte zahlreiche handschriftliche Anmerkungen ...

»Das Essen ist angerichtet«, meldete Stripes, indem er die Flügeltüren öffnete, und ich bot der Majorin Ponto meinen Arm.

Fünfundzwanzigstes Kapitel

Ein Besuch bei einigen Snobs auf dem Lande

O nein, an der Mahlzeit, zu der wir uns hinsetzten, will ich nicht zu strenge Kritik üben. Der Tisch eines Gastfreundes ist mir unverletzlich. Aber das eine darf ich wohl sagen, daß ich lieber Sherry als Marsala trinke, wenn ich ihn haben kann, und zweifellos war es der letztere, den ich vor Tische hatte aufziehen hören. Er war zwar nicht von der besten Sorte, indessen schien die Majorin Ponto den Unterschied zwischen den Weinsorten überhaupt nicht zu kennen, da sie ihn konsequent während der ganzen Mahlzeit Amontillado nannte, auch nur ein halbes Glas davon trank, so daß der Rest für den Major und seinen Gast übrigblieb.

Stripes bediente in der Livree des Pontoschen Hauses, die, zwar etwas schäbig schon, doch von übertriebener Eleganz strotzte und mit einer Menge kostbarer Schnüre und übergroßer Wappenknöpfe besetzt war. Die Hände des braven Burschen waren, wie ich bemerkte, sehr groß und schmutzig, auch durchzog ein leichter, von ihm ausgehender Stallduft das Zimmer, wenn er, um anzubieten, hin und her ging. Ich würde zwar ein sauberes Hausmädchen vorgezogen haben, aber die Ansichten der Londoner sind in dieser Beziehung vielleicht ein wenig zu scharf, denn ein treuer Diener ist, alles in allem genommen, doch vornehmer.

Nach der Zusammenstellung der Mahlzeit zu schließen, die aus Mockturtlesuppe (aus Schweinskopf bereitet), aus Schweinebraten und aus gerösteten Schweinerippchen bestand, mußte kurz vor meiner Ankunft wohl eins der schwarzen Hampshire-Borstentiere geopfert worden sein. Es war ein ausgezeichnetes und gut zubereitetes Essen, das gewiß nur durch seine Einförmigkeit etwas beeinträchtigt wurde. Eine ähnliche Erfahrung machte ich auch am folgenden Tage.

Während des Essens richtete Mrs. Ponto eine Menge Fragen an mich, die meine adligen Verwandten betrafen. »Wann Lady Angelina Skeggs in die Gesellschaft eingeführt werden würde, und ob die Gräfin, ihre Mama (das sagte sie unter Kichern mit viel Schalkhaftigkeit) noch immer ihre unnatürlich rote Hautfarbe trüge? Ob Mylord Guttlebury außer seinem französischen Küchenchef und seinem englischen Bratenwender sich noch einen Italiener für die Konfitüren hielte? Wer auf Lady Clapperclaws Jours zu sehen sei? Und ob die Donnerstag-Déjeuners bei Sir Champignon amüsant wären? Und ob es wahr wäre, daß Lady Carabas beim Versetzen ihrer Diamanten hätte erfahren müssen, daß sie unecht seien und der Marquis die echten Steine bereits vorher verkauft habe? Aus welchem Grunde der große Tabakhändler Snuffin die Verlobung seiner zweiten Tochter aufgehoben habe, und ob es wahr sei, daß eine Mulattin aus Havanna gekommen wäre, die gegen die Verbindung Einspruch erhoben hätte?«

»Auf mein Wort, gnädige Frau«, begann ich und wollte fortfahren, daß ich auch nicht eine Silbe von all den Sachen wüßte, die Mrs. Ponto so zu interessieren schienen, als der Major mich unter dem Tisch mit seinen großen Füßen trat oder vielmehr stampfte und sagte: »Machen Sie keine Ausflüchte,

143

mein alter Snob, wir wissen alles, wir wissen, daß Sie einer der vornehmsten Leute in London sind, wir lesen, daß Sie auf Lady Clapperclaws Soireen und den Déjeuners von Champignon waren, und was die Rubadubs betrifft, so werden Sie bei ihnen als Verwandten natürlich ...«

»Ja, natürlich, ich bin zweimal wöchentlich bei ihnen zu Tisch«, fiel ich ein, denn ich erinnerte mich, daß mein Vetter Humphry Snob von den Mittleren Templern ein eifriger Besucher vornehmer Gesellschaften war und daß ich oft seinen Namen in der »Morning Post« ganz am Ende der Teilnehmerliste verschiedener Gesellschaften gelesen hatte. Ich schäme mich zu gestehen, daß ich den Wink benutzte und Mrs. Ponto mit ziemlich reichlicher Auskunft über die ersten englischen Familien versorgte, die jene hohen Herrschaften in Verwunderung versetzt haben würde, wenn sie sie hätten hören können. Ich beschrieb ihr ganz genau die drei herrschenden Schönheiten auf den Almack-Bällen der letzten Saison, erzählte ihr im Vertrauen, daß Seine Hoheit der D*** von W*** sich am Tage nach der Enthüllung seines Denkmales verheiraten wolle; daß Seine Hoheit der D von D gleichfalls im Begriff stünde, die vierte Tochter des Erzbischofs Stephan zu Hymens Altar zu führen – kurz, ich erzählte ihr genau in dem Stil der letzten Novellen Gores.

Die Frau Majorin war entzückt von meiner glänzenden Unterhaltung. Sie fing an, mir französische Allerweltsbrocken vorzureiten, wie es in den Novellen geschieht, warf mir sehr graziös eine Kußhand zu und sagte mir, als sie wie eine ältliche Fee hinaustrippelte, ich möchte bald zum »Kaffy« in den »Salong« kommen, wo »öng pö de Musick« gemacht würde.

»Soll ich eine Flasche Portwein aufziehen, oder trinken Sie lieber auch so was wie Genever mit Wasser?« fragte Ponto und warf mir einen kläglichen Blick zu.

Das klang ja ganz anders, als ich nach seinen Gesprächen im Rauchzimmer des Klubs hatte vermuten können. Dort pflegte er mich auf die Schulter zu klopfen und zu sagen:»Kommen Sie nur erst einmal nach Mangelwurzelshire, mein lieber Snob, da sollen Sie Jagden erleben und einen so wunderbaren Rotspon bekommen, wie es in der ganzen Grafschaft so leicht keinen gibt.« – »Schön«, sagte ich,»ich trinke lieber Genever als Portwein und noch lieber Gin.« Das war ein Glück. Denn es gab Gin, und Stripes brachte heißes Wasser auf einem prächtigen neusilbernen Teebrett.

Das Klimpern einer Harfe und eines Klaviers ließen bald erkennen, daß Mrs. Pontos »öng pö de Musick« angefangen hatte, und der Stallduft, der nun wieder in der Person von Stripes ins Zimmer drang, forderte uns auf, dem »Kaffy« und dem kleinen Konzert näherzutreten. Mrs. Ponto nötigte mich mit einem gewinnenden Lächeln auf das Sofa, auf dem sie mir Platz machte und von wo wir eine schöne Aussicht auf die Rückseiten der jungen Damen hatten, die für die musikalische Unterhaltung sorgten. Wirklich, es waren sehr breite Hinterfronten, genau nach der gegenwärtig neuesten Mode, denn Krinolinen, oder was sonst deren Stelle vertritt, sind kein kostspieliger Luxus, und junge Damen auf dem Lande können es sich leisten, diese Mode mit sehr geringen Ausgaben mitzumachen. Miß Emily am Klavier und ihre Schwester Maria an der Harfe, die sich ja schon etwas überlebt hat, waren in hellblauen Kleidern, die sich heftig bewegten und bauschten wie Greens gefüllter Luftballon.

»Was für einen wundervollen Anschlag Emily hat – und welch schönen Arm Maria«, bemerkte Mrs. Ponto in guter Laune, indem sie die Vorzüge ihrer Töchter herausstrich und ihren eigenen Arm so hin- und herbewegte, als ob sie nicht wenig Genugtuung über die Schönheit dieses Gliedes empfände.

Ich bemerkte, daß sie neun mit Sicherheitsschlössern versehene Armbänder trug, deren Anhängsel das Miniaturbild des Majors enthielten, außerdem schlängelten sich Messingschlangen in unzähligen Windungen mit feurigen Rubin- oder sanften Türkishaufen bis zu ihrem Ellenbogen herauf.

»Erinnern Sie sich an diese Polkas? Sie wurden am 23. Juli, dem Tage der großen Fête in Devonshire-House, gespielt?«»Ja«, sagte ich wiederum,»ich kenne sie genau«, und fing an, den Kopf zu wiegen, als ob ich diese alten Bekannten wiedererkannt hätte.

Als ihr Musikprogramm erledigt war, hatte ich das Glück, den beiden langen und mageren Misses Ponto vorgestellt zu werden und mich mit ihnen zu unterhalten, während sich nun ihre Gouvernante, Miß Wirt, an das Klavier setzte, um uns mit Variationen über das Thema»Nun wollen wir mal die Treppe raufgehn« zu ergötzen. Sie hielten also wirklich gleichen Schritt mit der Mode.

Für den Vortrag des die»Treppe-rauf-Gehens« habe ich keine andere Bezeichnung, als daß er verblüffend war. Zuerst holte Miß Wirt die originelle und schöne Melodie, so wie sie wirklich war, mit viel Hingebung aus dem Instrument heraus und hackte jede Note so scharf abgerissen und laut ab, daß es Stripes im Stall sicherlich gehört haben muß.

»Sehen Sie nur ihre Finger«, sagte Mrs. Ponto, und wahrhaftig, sie hatte Finger so dick wie Truthahnbeine und so lang, daß sie die ganze Klaviatur umspannen konnten. Als sie die Melodie langsam heruntergepaukt hatte, fing sie an, auf eine andere Weise»die Treppe raufzugehen«, und tat es mit geradezu unglaublicher Raserei und Schnelligkeit, sie wirbelte die Treppen rauf, sie galoppierte die Treppen rauf, sie rasselte die Treppen rauf, und als sie endlich die Melodie nach oben gebracht hatte, drehte sie sie wieder um und eilte mit ihr quietschend bis in den Hausflur runter, wo sie gleichsam mit einem Krach, ganz erschöpft durch die atemlose Hast des Runtersteigens, umfiel. Darauf spielte Miß Wirt »das Treppenrauf-Gehen« mit der pathetischsten und berückendsten Feierlichkeit. Klägliches Stöhnen und Schluchzen drang aus den Tasten, und man weinte und zitterte, wenn man »die Treppen rauf« ging. Die Hände der Miß schienen in den Variationen zu ermatten, zu jammern und zu sterben, dann kamen sie wieder mit einem wilden Schrei und Trompetengeschmetter zu sich, als ob Miß Wirt eine Bresche stürmen wollte. Obgleich ich nichts von Musik verstehe, saß ich mit offenem Munde da und lauschte diesem wundervollen Spiel so andächtig, daß der »Kaffy« kalt wurde, und ich wunderte mich, daß die Fenster nicht platzten und der Kronleuchter beim Dröhnen dieses an ein Erdbeben gemahnenden Musikstücks nicht von der Decke fiel.

»Ein großartiges Geschöpf! Nicht wahr?« sagte Mrs. Ponto, »die Lieblingsschülerin von Squirtz – unschätzbar, solch ein Wesen zu haben! Lady Carabas würde ihre Augen um ihren Besitz hergeben, ein Wunder von Ausbildung! Vielen Dank, Miß Wirt.« Die beiden jungen Damen holten Luft und stießen einen Seufzer der Bewunderung aus, und es war ein überschwenglicher Klang aus tiefster Seele, wie man ihn nur in der Kirche zu hören bekommt, wenn der Prediger eine eindrucksvolle Kunstpause macht.

Miß Wirt schlang ihre beiden überknochigen Hände um die Taillen ihrer beiden Schülerinnen und sagte: »Meine lieben Kinder, ich hoffe, ihr werdet bald imstande sein, das Stück ebenso gut zu spielen wie eure arme kleine Gouvernante. Als ich bei den Dunsinanes war, war es das Lieblingsstück der teuren Herzogin, und Lady Barbara und Lady Jane Macbeth

147

mußten es lernen. Ich erinnere mich, daß Lord Castletoddy sich in sie verliebte, als er es zum ersten Male von ihr spielen hörte. Und obwohl er nur ein irischer Pair mit nicht mehr als fünfzehntausend Pfund Jahreseinkommen war, überredete ich Jane doch, ihn zu nehmen. Kennen Sie Castletoddy, Mr. Snob? Runde Türme – süßes Besitztum in der Grafschaft Mayo. Der alte Lord Castletoddy (der jetzige Lord hieß damals Lord Inishowan) war ein sehr exzentrischer alter Herr – es hieß sogar, er wäre verrückt. Ich hörte Seine Königliche Hoheit, den armen Herzog von Sussex (welch ein Mann, meine Lieben, aber ach, dem Rauchen ergeben) – – ich hörte Seine Königliche Hoheit zu dem Marquis von Anglesea sagen, ›ich glaube wirklich, Castletoddy ist verrückt!‹ Aber Inishowan war es gewiß nicht, als er meine süße Jane heiratete, obgleich das liebe Kind nur ihre zehntausend Pfund ›pour tout potage‹ hatte.«

»Eine ganz unschätzbare Person«, flüsterte mir die Majorin Ponto zu, »hat in der allerhöchsten Gesellschaft gelebt.« Und ich, der ich es zu sehen gewohnt war, daß Gouvernanten in der Welt beiseite geschoben werden, war entzückt, eine zu finden, die die Situation beherrschte und vor der sich selbst die majestätische Ponto beugte.

Mein Licht war, wie man zu sagen pflegt, auf einmal verlöscht. Gegenüber einer Dame, die mit einer Herzogin aus dem roten Buch intim war, wagte ich meinen Mund nicht zu öffnen. Sie war zwar keine Rosenknospe, hatte aber neben einer gestanden. Sie hatte ihre Schultern an denen der Großen dieser Welt gerieben, und über diese sprachen wir nun unaufhörlich, den ganzen Abend, und über das, was vornehm ist, und über den Hof, bis es endlich Zeit wurde, ins Bett zu gehen.

»Gibt es Snobs in diesem Paradies?« rief ich aus, als ich in das lavendelduftende Bett sprang. Das Schnarchen Pontos aus dem Schlafzimmer nebenan dröhnte mir als Antwort.

Sechsundzwanzigstes Kapitel

Handelt weiterhin von Snobs auf dem Lande

So etwas wie ein Tagebuch über das Leben auf »Immergrün« wird für diejenigen meiner ausländischen Leser von Interesse sein, welche gern die Sitten und den Haushalt einer feinen englischen Familie kennenlernen möchten. Ich habe ja genug Zeit, ein Tagebuch zu schreiben. Beginnt doch das Klaviergehämmer schon früh um sechs Uhr, um unausgesetzt bis zum Frühstück mit Unterbrechung von nur einer Minute zu dauern, wenn nämlich der Platz am Klavier gewechselt wird und Miß Emily anstelle ihrer Schwester Maria zu üben beginnt. Tatsächlich kommt das verwünschte Instrument nie zur Ruhe. Wenn die jungen Damen bei ihren Schularbeiten sind, drischt Miß Wirt ihre verblüffenden Variationen weiter und hält ihre großartigen Finger in Übung.

Ich fragte dieses große Geschöpf, in was für anderen Zweigen der Wissenschaft sie sonst noch ihre Schülerinnen unterrichte.

»In den neueren Sprachen«, sagte sie bescheiden, »in Französisch, Deutsch, Spanisch und Italienisch, Lateinisch, und wenn es gewünscht wird, auch in den Anfangsgründen des Griechischen. Natürlich auch im Englischen, in Redeübungen, Geographie und Astronomie, im Gebrauch des Globus, in der Algebra (aber nur bis zu den quadratischen Gleichungen), denn von einem armen unwissenden weiblichen Wesen kann man nicht erwarten, daß es alles weiß. Das wissen Sie ja auch, Mr. Snob. Aber ohne alte und neue Geschichte darf eine junge Dame nicht sein, und hierin bilde ich meine jungen Schülerinnen zu vollendeten Meisterinnen aus. Botanik, Geologie und Mineralogie treibe ich mit ihnen nebenher zum Vergnügen. Mit einem so ausgestalteten Lehrpian verbringen wir, des mögen Sie versichert sein, die Zeit auf ›Immergrün‹ recht vergnüglich.«

Weiter nichts? dachte ich bei mir ... Was für eine Erziehung! Ich sah aber einmal in ein handschriftliches Liederbuch von Miß Ponto hinein und entdeckte fünf Fehler in vier französischen Worten; und in übermütiger Laune fragte ich einmal Miß Wirt, ob Dante Algiery seinen Beinamen deshalb hätte, weil er in Algier geboren sei, worauf ich lächelnd eine bejahende Antwort erhielt, die mich denn doch etwas in meinem Glauben an die Gediegenheit von Miß Wirts Wissen erschütterte.

Wenn die oben erwähnten kleinen morgendlichen Übungen beendet sind, so treiben diese unseligen jungen Damen im Garten das, was sie kallisthenische Übungen zu nennen pflegen. Heute sah ich sie krinolinenlos die Gartenwalze schieben.

Auch die teure Mrs. Ponto war im gleichen Negligé im Garten wie ihre Töchter; sie trug die Haare in einem zerschlissenen Netz, hatte einen zerdrückten Hut auf, stand in Hängerschürze und Pantoffeln auf einem zerbrochenen Stuhl und schnitt verwelktes Weinlaub ab. Abends mißt Mrs. Ponto viele Ellen in der Runde. Gott im Himmel, was war sie aber für eine Vogelscheuche in diesem Morgenanzug, der sie zu einem Skelett machte!

Außer Stripes stand noch ein Bursche, der Thomas oder Tummus gerufen wurde, in ihren Diensten. Tummus arbeitet im Garten oder im Schweine- und Pferdestall. Thomas dagegen trägt das Kostüm eines Pagen mit ungeheuerlichen Knöpfen.

Wenn jemand vorspricht und Stripes ist gerade nicht zur Stelle, so fliegt Tummus wie besessen in Thomas' Kleider und erscheint verwandelt wieder auf der Bildfläche wie der Hanswurst im Puppenspiel. Heute, als Mrs. Ponto den Wein beschnitt und die jungen Damen an der Walze waren, kam Tummus wie ein brausender Wirbelwind mit den Worten angelaufen: »Missus, Missus, nu kommt Besuch!« Die jungen Damen scheuchen von der Walze auf, Mrs. Ponto springt von dem alten Stuhl herunter, Tummus fliegt, um seine Kleider zu wechseln, und geradezu unglaublich kurze Zeit darnach werden Sir John Hawbuck, Mylady Hawbuck und Master Hugh Hawbuck von Thomas in den Garten geführt, der mit der ehernsten Stimme von der Welt sagt: »Bitte, Sir John und Mylady, mühen Sie sich diesen Weg, soviel ich weiß, ist die Missus im Rosengarten.«

Und richtig, da war auch schon Mrs. Ponto. In einem netten kleinen Gartenhut mit einer frischen Zierschürze und neuen perlgrauen Handschuhen flog diese staunenerregende Frau in die Arme ihrer teuersten Lady Hawbuck.

»Teuerste Lady Hawbuck, wie lieb von Ihnen! Wie Sie sehen, immer unter meinen Blumen, kann ohne sie nicht leben!«

»Die Lieblichste unter den Lieblichen! Hum – aha – hau!« sagte Sir John Hawbuck, der sich auf seine Galanterie etwas einbildet und nichts ohne »A – hum – ha – a – hau!« herausbringt!

»Wo ist denn deine Hängerschörze«, schreit Master Hugh, »wir haben dich doch darin desehen, dawohl, durch den Zaun durch, nicht wahr, Pa'chen?«

»Hum – a – ha – a – hau«, brach Sir John in größtem Entsetzen los. »Wo ist eigentlich Ponto? War er nicht auf dem letzten Kreistage? Was machen seine Hühner? – Haben in diesem Jahre auch nicht die Carabasschen Fasanen seinem Weizen geschadet? A – hum – aha – a – hau«, und währenddem macht er seinem jungen Erben die wildesten und verzweifeltsten Zeichen.

»Doch, sie war in ihrer Hängerschörze, nicht wahr, Ma'chen?« sagte Hugh, der nicht einzuschüchtern war. Diese Frage umging Lady Hawbuck mit einer unvermittelten Erkundigung nach den lieben, herzigen Töchtern, und das Enfant terrible wurde von

151

seinem Vater beiseite gebracht. »Ich hoffe, Sie sind durch die Musik nicht gestört worden«, sagte Ponto. »Meine Töchter, wissen Sie, üben täglich vier Stunden, wissen Sie, müssen soviel üben, wissen Sie ..., absolut nötig das. Was mich angeht, wissen Sie, so bin ich Frühaufsteher, und jeden Morgen um fünf in der Wirtschaft – nein, nein, Faulheit ist nichts für mich.«

In Wirklichkeit ist es so: Ponto schläft abends unmittelbar nach Tisch, sowie er in den Salon kommt, ein und wacht erst gegen zehn Uhr auf, wenn die Damen zu üben aufhören. Von sieben bis zehn und von zehn bis fünf ist ein recht anständiges Schlafmaß für jemanden, der sagt, daß er kein Faulenzer ist. Nach meiner eigenen Meinung schläft Ponto, auch wenn er sich in sein sogenanntes Studierzimmer zurückzieht. Dort schließt er sich täglich zwei Stunden mit seiner Zeitung ein.

Ich beobachtete die Szene mit den Hawbucks vom Fenster des Studierzimmers aus, das nach dem Garten hinausgeht. Ein komisches Ding, dieses Studierzimmer. Pontos Bibliothek besteht in der Hauptsache aus Stiefeln. Er und Stripes haben hier des Morgens wichtige Konferenzen, in denen der Stand der Kartoffeln besprochen oder das Schicksal eines Kalbes besiegelt oder das Todesurteil über ein Schwein ausgesprochen wird usw. Alle Rechnungen, die der Major erhält, werden auf den Studiertisch gelegt und liegen dort ausgebreitet wie die Akten eines Verteidigers. Hier liegen auch seine Angelgeräte, Messer und sonstigen Gartenwerkzeuge, seine Pfeifen und Schnüre und sorgfältig aufgehobenen Knöpfe. Eine Schublade ist mit den unglaublichsten Mengen braunen Packpapiers gefüllt, eine andere enthält eine enorme Masse unerschöpflichen Bindfadens. Wo jemand mit soviel Wagenpeitschen hin will, werde ich niemals begreifen lernen. Dies und Angelruten und Netze und Sporen und Stiefelleisten und Pillen für Pferde und chirurgische Instrumente für Pferde und seine Lieblingsschachteln mit Glanzwichse, mit denen er seine Schuhe eigenhändig auf höchst elegante Weise putzt, und wildlederne auf Leisten gezogene Handschuhe und sein Ringkragen, seine Schärpe und Säbel von der reitenden Marine, die mit einem darunter aufgehängten Stiefelknecht nach Art einer Trophäe dekoriert sind, und die Hausapotheke und in einer Ecke noch die Rute, mit der er seinen Sohn Wellesley Ponto, als dieser noch ein Knabe war, züchtigte (Wellesley durfte das Studierzimmer stets nur zu diesem peinlichen Zweck betreten), das alles im Verein mit Moggs Straßenkarte und der Gartenchronik und einem Puffspiel bilden die Bibliothek des Majors. Unter der Trophäe hängt ein Gemälde von Mrs. Ponto in hellblauem, taillenlosem Schleppkleide aus der ersten Zeit ihrer Ehe. Ein Fuchsschwanz liegt oben auf dem Rahmen und dient dazu, den Staub von diesem Kunstwerk zu wischen.

»Meine Bibliothek ist zwar klein, aber sehr auserlesen, mein alter Junge«, sagte Ponto mit der größten Unverschämtheit, »sehr auserlesen. Ich habe heute den ganzen Morgen schon in der ›Geschichte Englands‹ studiert.«

Siebenundzwanzigstes Kapitel

Ein Besuch bei einigen Snobs auf dem Lande

Am folgenden Tage gab es den Fisch, den ich, wie sich der freundliche Leser erinnern wird, Mrs. Ponto als zarte Aufmerksamkeit mitgebracht hatte; er war dazu ausersehen, Abwechslung in das Einerlei des Menüs zu bringen; so wurde uns also Kabeljau mit Austernsauce und als zweiter Gang gesalzener Kabeljau mit gebackenen Austern vorgesetzt, woraus ich zu schließen geneigt war, daß das Haus Ponto die

153

gleiche Vorliebe für diesen trockenen Fisch wie unser verewigter all verehrter König Georg II. hat. Und da nunmehr das Schwein vertilgt war, kam ein Hammel an die Reihe.

Wie sollte ich aber je den Glanz eines zweiten Gerichtes vergessen, das mit großem Pomp von Stripes, der eine Serviette um seine schmutzigen Daumen gewickelt hatte, auf einer silbernen, verdeckten Schüssel angeboten wurde! Es bestand aus einer Wachtel, die nicht größer als ein gut genährter Spatz war.

»Meine Liebe, nimmst du etwas Wildbret?« fragte Pontomit ungeheurer Gravität und steckte eine Gabel in den kleinen Bissen, der sich wie eine Insel in der silbernen See ausnahm. Dazu tröpfelte Stripes in gemessenen Zwischenpausen und mit einer Feierlichkeit, die dem Kellermeister eines Herzogs Ehre gemacht haben würde, Marsala ein. Das Mahl, welches die Barmeciden dem Shacabac gegeben haben, stand noch um einiges hinter diesem feierlichen Bankett zurück.

Viele schöne Güter und eine ansehnliche Landstadt, in der gute und gebildete Familien wohnten, ein schönes altes Pfarrhaus neben der Kirche, in die wir zu gehen pflegten (und wo die Carabas ihren erblichen, monumental geschnitzten, gotischen Kirchenstuhl haben), lagen ganz in unserer Nähe; auch sonst hatte es den Anschein, als ob es leicht sei, guten Verkehr zu pflegen. Deshalb wunderte es mich einigermaßen, daß die Nachbarn nicht auf »Immergrün« vorsprachen, und ich erkundigte mich nach dem Grunde.

»Wir in unserer Lebensstellung können doch nicht – wir können doch nicht gut mit der Familie des Anwalts verkehren, wie Sie sich gewiß denken können«, sagte Mrs. Ponto vertraulich zu mir.

»Natürlich nicht«, erwiderte ich, obwohl ich nicht wußte, weshalb nicht. »Und wie steht es mit dem Arzt?« fragte ich.

»Eine ganz ausgezeichnete, ehrenwerte Person«, sagte Mrs. Ponto, »rettete Maria das Leben – wirklich ein kenntnisreicher Mann; aber was soll man in unserer Stellung tun? Man kann wohl den Arzt zu sich zu Tisch bitten, gewiß; aber seine Familie, lieber Herr Snob!«

»Ein halbes Dutzend kleine Salbentöpfe!« schaltete Miß Wirt, die Gouvernante, ein: Hi, hi, hi, und die jungen Damen lachten im Chorus mit.

»Wir verkehren nur mit dem adligen Großgrundbesitz«, fuhr Miß Wirt fort, Seitdem hörte ich, daß der Vater der aristokratischen Dame Knopfmacher für Livreen in St. Martins-Lane war, wo er Mißerfolg hatte und wo seine Tochter sich ihre Vorliebe für die Heraldik erwarb. Zu ihrer Ehre muß aber gesagt werden, daß sie aus ihren Einnahmen den alten bettlägerigen Bankrotteur recht anständig und verborgen in Pentonville versorgt hat. Sie sorgte auch für die Equipierung ihres Bruders, des Kadetten, dem diese Stelle ihr Gönner, der Lord Swigglebiggle, verschafft hatte, als er Marineinspekteur war. Ich verdanke diese Auskunft einem Freunde. Wenn man Miß Wirt selbst hört, so müßte man glauben, daß ihr Papa ein Rothschild gewesen sei und daß die Börsen Europas wild erregt waren, als die Zeitungen sein Fallissement berichteten. indem sie den Kopf in den Nacken warf. »Der Herzog ist im Auslande, mit den Carabas sind wir verfehdet, die Ringwoods kommen erst zu Weihnachten zurück. Bis die Jagd wieder angeht, ist tatsächlich niemand hier – – ausgesprochen niemand.«

»Wem gehört denn das große, rote Haus dicht vor den Toren der Stadt?« – »Meinen Sie das Kattunschloß? Hi, hi, hi! Dem Geldprotzen, dem ehemaligen Leinenhändler Yardley mit seinen Dienern in gelber Livree und seiner Frau in rotem Samt. Wie können Sie nur so satirisch sein, mein lieber Herr Snob?

155

Die Unverfrorenheit dieser Leute hat wirklich etwas Überwältigendes!«

»Nun, dann ist doch noch der Pfarrer da, Doktor Chrysostom. Der ist doch gewiß ein Gentleman?«

Bei diesen Worten guckte Mrs. Ponto Miß Wirt an. Nachdem sich ihre Augen begegnet und sie gegenseitig ihre Köpfe geschüttelt hatten, blickten sie auf gen Himmel. Das gleiche taten die jungen Damen. Augenscheinlich hatte ich etwas Schreckliches gesagt. Also noch ein schwarzes Schaf innerhalb der Kirche? dachte ich nicht ohne Besorgnis, denn ich muß gestehen, daß ich vor dem geistlichen Gewand Achtung habe.

»Ich – ich hoffe doch, daß er nichts auf dem Kerbholz hat.«

»Nichts auf dem Kerbholz?« sagte Mrs. Ponto und schlug ihre Hände mit trauriger Gebärde ineinander.

»Oh«, machte Miß Wirt, und die beiden Mädchen seufzten zur Gesellschaft mit. »Nun«, sagte ich, »es tut mir sehr leid, denn ich sah nie einen gütiger blickenden alten Herrn noch eine bessere Schule, noch hörte ich auch je eine bessere Predigt.«

»Früher pflegte er seine Predigten im Chorhemd zu halten«, zischte Mrs. Ponto hervor. »Er ist ein Puseyist, Mr.Snob!«

»Allmächtiger«, sagte ich voll Bewunderung des heiligen Eifers dieser weiblichen Theologen.

Stripes kam herein und brachte den Tee; er war so schwach, daß es kein Wunder war, wenn Pontos Schlaf durch ihn nicht beunruhigt wurde.

*

Morgens pflegten wir auf die Jagd zu gehen. Zur Ausübung unseres Sportes dienten uns die Felder Pontos (dort hatten wir auch die Wachtel geschossen) und der nicht eingezäunte Besitz der Hawbucks. Eines Abends stießen wir auf einem Stoppelfeld, das an den Wald der Carabas' angrenzte, auf einige Fasanen, und wir hatten endlich einmal wirklichen Anlauf.

Ich schoß zu meinem großen Vergnügen eine Henne. »Stecken Sie sie ein«, rief Ponto in einiger Verwirrung, »da kommt jemand.« Ich steckte also den Vogel in meine Jagdtasche.

»Ihr verfluchten Wilddiebe«, brüllte uns ein Mann in der Tracht eines Försters von der Hecke aus entgegen. »Ich wollte, ich hätte euch auf meiner Seite der Hecke attrappiert, dann hätte ich euch wahrhaftig ein paar Schrotkörner auf den Pelz gebrannt.« »Verdammter Snapper«, sagte Ponto im Weggehen, »er lauert mir stets wie ein Spion auf.«

»Nehmt nur die Vögel mit, ihr Schleicher, und verkauft sie nach London«, brüllte der Kerl von neuem, der, wie es schien, Aufseher bei Lord Carabas war, »ihr bekommt sechs Schillinge für das Stück!«

»Du kennst den Preis ja ganz genau, du Schuft, und dein Herr auch«, sagte Ponto, sich weiter zurückziehend.

»Wir schießen sie auch auf unserem Grund und Boden«, schrie Mr. Snapper, »wir stellen keine Fallen für anderer Leute Vögel, wir halten keine Lockvögel, wir sind keine Wilddiebe. Wir schießen keine Hennen wie der Londoner Piefke dort, dem noch der Schwanz von einer Henne aus der Tasche hängt. Kommt nur über die Hecke, das sage ich bloß!«

»Ich will dir auch was sagen«, hob Stripes an, der uns an diesem Tage als Jagdgehilfe diente (er ist in der Tat Jagdgehilfe, Kutscher, Gärtner, Diener und Büttel in einer Person, mit Tummus unter seinen Befehlen), »wenn du rüberkommst, John Snapper, und deine Jacke ausziehst, dann will ich dir das Fell so versohlen, wie es dir, seit ich dich das letztemal auf der Guttleburier Messe verprügelte, nicht wieder passiert ist.«

»Verprügele nur einen Schwächling deiner Sorte«, gab Mr. Snapper zurück, pfiff seinen Hunden und verschwand im Walde. So gingen wir aus diesem Streit also beinahe als Sieger

157

hervor; ich aber begann meine vorgefaßte Meinung über ländliches Glück zu ändern.

Achtundzwanzigstes Kapitel

Handelt von weiteren Snobs auf dem Lande

Beelzebub soll euch Aristokraten holen«, meinte Ponto bei einem Gespräch, welches wir inbezug auf die Familie Carabas hatten, mit der die »Immergrüner« verfeindet waren. »Als ich zum erstenmal hierher in die Grafschaft kam – es war im Jahr, ehe Sir John Buff im Interesse der ›Blauen‹ kandidierte –, erwies der Marquis, damals Lord St. Michaelis, der natürlich ›Gelb‹ bis auf die Knochen war, meiner Frau und mir derartige Aufmerksamkeiten, daß ich mich, ich will es ehrlich gestehen, durch, seinen abgebrauchten Firlefanz einnehmen ließ und glaubte, ich hätte an ihm einen ganz einzigen Nachbarn. Jawohl, Herr, wir erhielten damals ganz regelmäßig Ananas von den Carabas, und es hieß: ›Ponto, wann wollen Sie einmal zu mir zur Jagd kommen?‹ und ›Ponto, unsere Fasanen müssen abgeschossen werden‹ – und die gnädige Frau bestand darauf, daß ihre liebe Mrs. Ponto über Nacht bei ihr bleiben müsse, und veranlaßte mich, ich weiß nicht mehr zu was für Ausgaben für Turbane und Sammetkleider für meine Frau. Also gut, die Wahl fand statt, und obwohl ich stets liberal war, gab ich natürlich meine Stimme für St. Michaelis ab, der auch aus der Urne hervorging. Im nächsten Jahr besteht Mrs. Ponto darauf, daß wir nach London gehen und in Clarges Street Wohnung für zehn Pfund wöchentlich und einen Brougham mieten müssen. Dazu kamen dann neue Kleider für sie und die Mädchen, und der Teufel weiß, was ich noch alles bezahlen mußte.

Unsere ersten Karten gaben wir bei den Carabas ab; die Gnädige läßt aber die ihre durch einen großen, dicken Diener wieder schicken. Sie werden sich den Ärger meiner armen Betsy über diese Abweisung denken können, als das Zimmermädchen die Karten hereinbrachte, während inzwischen schon Lady St. Michaelis fortfuhr, obwohl sie uns tatsächlich am Fenster des Salons hatte stehen sehen. Ist es wohl zu glauben, Herr, daß, obwohl wir später noch viermal diese verdammten Aristokraten besucht haben, unser Besuch doch niemals erwidert wurde? Daß, obwohl Lady St. Michaelis neun Diners und vier Déjeuner-Gesellschaften in jener Saison gab, sie uns niemals zu einer eingeladen hat, daß sie uns in der Oper absolut schnitt, obwohl Betsy ihr den ganzen Abend zunickte?! Wir baten sie um Karten für die Almack-Bälle; sie schrieb uns zurück, daß die ihnen zur Verfügung stehenden bereits sämtlich vergeben wären, und sagte in Gegenwart ihrer Kammerzofe Wiggins, die es dem Mädchen meiner Frau, Diggs, wiedererzählt hat, sie könne nicht begreifen, wie Leute in unserer Lebensstellung sich so weit vergessen könnten, daß sie an solchem Ort zu erscheinen wünschten! Gehen Sie nur ruhig auf das Schloß der Carabas, ich sterbe lieber, als daß ich meinen Fuß in das Haus dieses unverschämten, insolventen und frechen Dummkopfes setze – ich strafe ihn mit Verachtung!« Hierauf gab mir Ponto einigen privaten Aufschluß über die Vermögensverhältnisse der Carabas: Wie er überall in der Grafschaft Geld schuldig wäre, daß durch ihn der Zimmermeister Jukes vollständig zugrunde gerichtet sei und auch nicht einen Schilling von ihm bekommen könne, daß aus demselben Grunde sich der Schlächter Biggs aufgehängt habe, daß die sechs großen Lakaien nie eine Guinee von ihrem Lohn erhielten und daß der Galakutscher Snaffle tatsächlich seine Staatsperücke aus gesponnenem Glas heruntergerissen und sie

159

der Lady Carabas auf der Schloßterrasse vor die Füße geworfen hätte. Und noch mehr solcher Geschichten, die ich aber, weil privater Natur, zur Verbreitung nicht für geeignet halte. Indessen vermochten diese Einzelheiten bei mir nicht den Wunsch zu ersticken, den berühmten Bau des Schlosses der Carabas kennenzulernen, im Gegenteil machten sie mein Interesse nur reger, mehr über dieses Herrenhaus und seine Bewohner zu erfahren.

*

Am Eingang des Parkes stehen ein paar große, mit Stockflecken durchsetzte Pförtnerhäuser, luftig nach der Art dorischer Tempel mit schwarzen Schornsteinen im besten klassischen Stil erbaut, während die Tore natürlich als Krönung die gestiefelten Kater, das bekannte Emblem derer von Carabas, tragen. »Geben Sie der Pförtnerfrau einen Schilling«, sagte Ponto, der mich bis hierher in seinem vierrädrigen Marterkasten gefahren hatte, »ich schwöre drauf, es ist das erste wirkliche Geldstück, das sie seit langer Zeit zu sehen bekommen hat.« Ich weiß nicht, ob Grund zu diesem Spott vorhanden war, aber das Trinkgeld wurde mit einem Knicks in Empfang genommen, und das Tor öffnete sich, um mich einzulassen. »Arme alte Pförtnersfrau«, dachte ich bei mir, »ahnst du es wohl, daß du den Historiographen der Snobs eingelassen hast?« Das Tor schloß sich hinter mir; eine feuchte, grüne Parkanlage breitete sich nach rechts und links scheinbar unermeßlich aus und wurde von einer kahlen, grauen Mauer eingefaßt. Eine nasse, gerade Allee, auf deren Seiten Reihen großer und düsterer Linden standen, führte nach dem Schloß hin. In der Mitte des Parkes befindet sich ein großer, schwarzer, seeartiger Teich, der von Binsen starrt und über und über mit Entengrün bedeckt ist. Ein altersschwacher Tempel erhebt sich auf einer Insel inmitten dieses ergötzlichen Sees, zu dem man auf einem vermoderten

Boot gelangen kann, welches in einem verfallenen Bootshause liegt. Gruppen von Ulmen und Eichen neigen sich über die weite grüne Fläche. Diese Bäume wären gewiß schon lange gefällt worden – aber der Marquis darf kein Nutzholz schlagen lassen. Einsam durchwandelte der Snobograph diese lange Allee. Am neunundsiebzigsten Baum links hatte sich der zahlungsunfähige Schlächter aufgehängt; ich staunte kaum ob dieser unseligen Tat, so trostlos waren die ganzen mit der Örtlichkeit verbundenen Eindrücke. So ging ich wohl anderthalb Meilen für mich hin in Gedanken – an den Tod.

Ich vergaß zu sagen, daß man fast auf dem ganzen Wege die Aussicht auf das Herrenhaus hat, nur die Bäume auf der trostlosen Insel im See entziehen es hin und wieder dem Blick.

Das Haus ist ein ungeheurer viereckiger Ziegelbau, öde und düster, mit steinernen Rundtürmen an allen vier Ecken, auf denen Wetterfahnen angebracht sind. Die Mitte der großen Fassade nimmt ein ionischer Säulenbau ein, zu dem man auf einer mächtigen, einsamen und unheimlichen Freitreppe hinansteigt.

Rechts und links davon befinden sich auf jeder Seite Reihen schwarzer Fenster mit Steinkreuzen – im ganzen erblickt man durch drei Stockwerke Fronten von je achtzehn Fenstern. Eine Abbildung des Palastes mit der Freitreppe kann man in den Ansichten aus England und Wales sehen. Vier reich geschnitzte, vergoldete Karossen warten auf der Rampe, und verschiedene Gruppen von Herren und Damen in Perücken und Reifröcken halten die steifen Linien der Freitreppe besetzt.

In vornehmen Häusern sind indessen diese Treppen nicht zum Hinaufsteigen erbaut. Wenn die erste Lady Carabas (sie stehen erst seit achtzig Jahren im Pairskalender) bei einem Regenguß aus ihrer vergoldeten Kutsche ausgestiegen wäre, so hätte sie bis auf die Haut naß werden müssen, ehe sie nur halbwegs die

Treppe zur Ionischen Säulenhalle hinaufgekommen wäre, wo die vier traurigen Statuen des Friedens, des Reichtums, der Frömmigkeit und der Vaterlandsliebe die einzigen Schildwachen sind. Der Eingang zu solchen Palästen führt durch Hintertüren. »Durch diese haben die Carabas auch Einlaß in den Pairskalender gefunden«, sagte mir nach Tisch einmal der menschenfeindlich angehauchte Ponto.

Nun – ich klingelte also an einer kleinen, niederen Seitentür – es bimmelte, läutete und widerhallte lange Zeit im ganzen Hause, bis schließlich der Kopf einer Art von Kastellansfrau durch die Tür guckte, die sie sich erst dann zu öffnen herbeiließ, als sie mich mit vielsagender Gebärde nach der Westentasche langen sah. »Unselige, verlassene Kastellansfrau«, dachte ich bei mir, »kann Miß Crusoe wohl einsamer auf ihrer Insel gewesen sein?« Die Tür schloß sich hinter mir, und ich befand mich im Schlosse derer von Carabas.

»Der Seiteneingang und die Halle«, erklärte die Kastellansfrau. »Der Halligator über dem Kamin wurde von Hadmiral St. Michaelis von einem Jagdausflug mit Lord Hanson mitgebracht. Das Vappen auf den Stiehlen ist das Vappen der Familie Carabas.« Die Halle konnte man beinahe gemütlich nennen. Nun stiegen wir eine saubere, steinerne Hintertreppe hinauf und gelangten durch einen lieblich mit zerlumpten lichtgrünen Teppichen belegten Korridor in

»die große Halle«.

»Die große Halle ist zweiundsiebzig Fuß lang, sechsundfünfzig Fuß breit und achtunddreißig Fuß 'och. Die Figuren am Hofen stellen die Burt von Venus und Erkules dar, der Ilas ist von van Chislum, dem berühmtesten Bildhauer seiner Zeit und seines Landes. Auf dem Deckengemälde von Calimanco sehen Sie die Malerei, Harchitektur und Musik (jene nackte Figur auf der Drehorgel), dann den hersten Lord Carabas, Georg, den die

Musen in den Tempel geleiten. Die Fensterverzierungen sind von Vanderputty. Der Boden ist aus Patagonischem Marmor; der Kronleuchter in der Mitte wurde dem zweiten Marquis, Lionel, von Ludwig dem Sechzehnten, dessen 'Aupt in der französischen Revalation abgeschlagen wurde, geschenkt. Nun treten wir in die

›Süd-Galerie‹

ein: ›Undertachtundvierzig Fuß lang und zweiunddreißig Fuß breit. Sie ist verschwenderisch herausgeschmückt durch die hauserlesensten Gunstwerke. Sir Andrew Katz, der Stammvater der Familie Carabas, der Bankier des Fürsten von Horanien, ist von Kneller. Die gegenwärtige gnädige Frau von Lawrence. Von demselben Künstler ist auch Lord St. Michaelis gemalt. Er ist auf einem Fels sitzend in Samthosen dargestellt. Moses auf der Hochsenweide – der Hochse namentlich ist sehr gut gelungen – von Paul Potter. Die Toilette der Venus von Fantaski. Zechgelage Flemischer Bauern von van Ginnums. Jupiter und Europia von De Horn. Der Canale Grande in Venerig von Candleetty und Italienische Banditen von Slavata Rosa.« Und in diesem Tempo fuhr diese wortreiche Frauensperson Zimmer für Zimmer fort. Vom Blauen zum Grünen, vom Grünen zum Großen Salon, vom Großen Salon zur Gobelin-Kammer, überall haspelte sie ihr Programm von Gemälden und sonstigen Herrlichkeiten herunter und hob auch die braunen Leinwandüberzüge an einer Ecke auf, damit man die Farbe der alten, verblaßten, schäbigen, modernden und zerfetzten Wandbekleidungen sehen konnte.

Zuletzt gelangten wir in das Schlafzimmer der gnädigen Frau. In der Mitte dieses öden Raumes befindet sich ein Bett von der Größe eines jener luftigen Tempel, in denen der Genius im Puppentheater zu erscheinen pflegt. Stufen führen zu diesem kolossalen vergoldeten Gebäude hinan, das so hoch ist, daß man es bequem in Stockwerke abteilen könnte, wodurch man Schlafräume für die ganze Carabassche Familie bekommen würde. Ein schauderhaftes Bett; an seinem einen Ende könnte ein Mord passieren, ohne daß man es am anderen Ende merkte! Himmlische Mächte! Stellt euch den kleinen Lord Carabas mit einer Nachtmütze vor, wie er die Stufen hinaufsteigt, nachdem er das Licht gelöscht hat!

Der Anblick dieser zerschlissenen und unbewohnten Pracht war zu viel für mich. Ich an der Stelle dieser einsamen Kastellansfrau würde verrückt werden – in diesen riesigen Galerien, in dieser einsamen Bibliothek, die mit fabelhaften Folianten, die niemand zu lesen wagt, angefüllt ist, mit einem Tintenfaß von der Größe eines Kindersarges auf dem Mitteltisch und den traurigen Porträts, die einen von den schwarzen Wänden mit ihren feierlichen, vermoderten Augen anstarren! Kein Wunder, daß Carabas nicht oft hierher kommt. Zweitausend Lakaien gehören dazu, um das Haus zu beleben. Kein Wunder, daß der Kutscher seine Perücke zu Boden schmetterte, daß die Herren zahlungsunfähig sind und daß die Diener in diesem ungeheuren, traurigen und abgelegenen Steinkasten umkommen.

Eine einzelne Familie hat nicht die Berechtigung, sich einen derartigen Tempel zu bauen, ebensowenig wie sie sich einen Turm zu Babel errichten wird. Dennoch glaube ich aber, daß der arme Carabas keine andere Wahl hatte. Das Schicksal stellte ihn dorthin, wie es Napoleon nach St. Helena sandte. Angenommen, du und ich wären von der Natur dazu ausersehen, Marquis zu sein? Vermutlich würden wir nicht nein sagen, sondern Schloß Carabas mit allem Drum und Dran, mit seinen Schulden, Gläubigern, unangenehmen Notbehelfen, schäbigem Stolz und seiner schwindelhaften Pracht übernehmen.

Wenn ich in der nächsten Saison von den glänzenden Festen der Lady Carabas in der »Morning Post« lesen und den armen alten ruinierten Marquis durch den Park galoppieren sehen werde – dann will ich ein innigeres Mitgefühl als bisher mit diesen großen Leuten haben. Armer, alter, schäbiger Snob! Reite nur und erwecke weiter den Glauben, daß die Welt noch immer vor dem Hause der Carabas auf den Knien liegt! Hänge nur weiter deinen Einbildungen nach, armer, alter, bankerotter Grande! Wie mußt du dich doch selbst unter den Schulden, die du bei deinen Lakaien hast, winden! Wie tief bist du gesunken, daß du dich dazu verstehen mußt, arme Kaufleute zu beschwindeln?!

Und nun zu uns, meine Mitbrüder und Snobs! Sollten wir uns nicht glücklich schätzen, daß unser Weg durch dies Leben ebener geht und daß wir außerhalb des Bereiches dieser unverständigen Anmaßung und dieser erstaunlichen Gemeinheit uns befinden, zu der dieses ungeheuerliche alte Standesopfer sich hinaufschwingen oder herabwürdigen muß!

Neunundzwanzigstes Kapitel

Ein Besuch bei einigen Snobs auf dem Lande

Nun, so bewunderungswürdig auch mein Empfang (infolge des Irrtums von Mrs. Ponto, den aufzuklären ich mir versagen mußte, daß ich nämlich ein Verwandter von Lord Snobbington sein sollte) gewesen war, so verblaßte er doch vollständig gegenüber dem Willkommen, das unter Bücklingen, Ersterben und Verwirrung einem wirklichen, leibhaftigen Lord und dem Sohne eines Lords, dem Regimentskameraden des Fähnrichs Wellesley Ponto von den 120er Husaren, bereitet wurde.

165

Ich meine den Lord Gules, den Enkel und Erben von Lord Saltire, der mit dem jungen Fähnrich von Guttlebury herüberkam, wo ihr vornehmes Regiment im Quartier lag. Es war ein junger, semmelblonder und tabakrauchender Edelmann, der noch nicht sehr lange der Zucht des Kindermädchens entwachsen sein konnte. Obwohl er die Einladung des Majors nach »Immergrün« in einem Briefe angenommen hatte, der von der Hand eines Schuljungen geschrieben zu sein schien und von orthographischen Schnitzern strotzte, so mußte er dennoch ein höchst klassisch gebildeter Schüler gewesen sein, da er seine Ausbildung in Eton genossen hatte; wo er und der junge Ponto unzertrennlich voneinander gewesen waren.

Konnte er auch nicht ordentlich schreiben, so war er doch in einer Anzahl anderer Künste wohl bewandert, die in Anbetracht seines Alters und seiner Größe als bewunderungswürdig bezeichnet werden müssen.

Er ist einer der besten Schützen und Reiter von ganz England. Neulich steuerte er sein Pferd Abracadabra in der berühmten Guttleburier Steeple Chase selbst zum Siege. Es startete fast auf der Hälfte der inländischen Rennen (allerdings unter anderem Namen, denn der alte Lord hat strenge Grundsätze und will nichts von Spiel oder Wetten wissen). Er hat so große Summen gewonnen und verloren, daß selbst Lord George stolz daraufgewesen wäre. Er kennt sämtliche Ställe, alle Jockeis und hat die sichersten Tips, so daß er mit den gewiegtesten Wettlegern in Newmarket konkurrieren könnte. Man kennt niemanden, der ihm »über« wäre, sowohl in Wetten wie im Pferdeverständnis. Obwohl ihm sein Großvater nur einen mäßigen Zuschuß gibt, kann er doch mit Hilfe von freigebigen Freunden und vermöge seiner Wetteinnahmen ein glänzendes Leben, wie es seinem Stande zukommt, führen.

Er hat sich zwar nicht durch Verprügeln von Nachtwächtern ausgezeichnet, da er dafür nicht stark genug ist, aber für ein Leichtgewicht steht seine Geschicklichkeit doch in höchster Form. Im Billardspiel soll er erstklassig sein. Im Trinken und Rauchen nimmt er es mit seinen zwei stärksten Regimentskameraden auf. Wer weiß, wie weit er es nicht noch mit solch hervorragenden Talenten bringen kann? Möglicherweise wirft er sich zur Erholung auf Politik und wird Premierminister als Nachfolger von Lord George Bentinck.

Mein junger Freund Wellesley Ponto ist ein hagerer, knochiger Jüngling mit blassem, über und über mit Pickeln besätem Gesicht. Daraus, daß er sich fortwährend ans Kinn faßt, schließe ich, daß er in dem Wahn lebt, es wüchse ihm dort etwas, was man einen Aristokratenbart nennt. Beiläufig bemerkt, ist dieses nicht der einzige Adelsvogel, dem die Familie nachjagt. Natürlich kann er nicht den kostspieligen Vergnügen frönen, die seinen aristokratischen Kameraden so angesehen machen. Wenn er bei Kasse ist, wettet auch er ziemlich hoch und reitet, wenn ihm jemand sein Pferd zur Verfügung stellt (denn sonst kann er nur den Aufwand für seine Dienstpferde bestreiten). Auch im Trinken steht er seinen Mann. Aber warum hat er wohl seinen Freund, Lord Gules, mit nach »Immergrün« gebracht? Warum anders, als um seine Mutter zu bestimmen, daß sie dem Vater befiehlt, seine Schulden zu bezahlen: sie wird sich dessen in so vornehmer Gegenwart nicht weigern. Mit größtem Freimut gab mir der junge Ponto diesen Aufschluß. Sind wir doch alte Freunde; denn als er sich noch auf der Schule befand, pflegte ich ihm öfters etwas zuzustecken.

»O Gatt«, sagte er, »unser Re— — —ment is blödsinnig teuer. Viel Adel, wissen Sie. Man kann nich im Re— — —ment bleiben, wenn man nich mit tut. Essen im Kadsino is enorm teuer, müssen im Kadsino essen. Müssen Dsekt und Rotspon trinken.

167

Bei uns geht's eben nich zu wie bei Infanterie, wo sie Sherry und Portwein läppern. Uniform kodstet schauderhaft viel Geld. Unser Oberst Fitzstultz will's so haben. Soll 'ne Auszeichnung sein, wissen Sie. Für Mannschaften hat Fitzstultz aus eigener Tasche Federbüsche und Bärenmützen ändern lassen. (Ihr nennt sie ja wohl Rasierpinsel, mein verehrter Snob, übrigens sehr dummer und ungerechter Angriff von euch.) Kodstet ihn allein fünfhundert Pfund, diese Änderung. Vorjes Jahr hat er das Re– – –ment neu beritten gemacht un in furchbare Unkosten gestürzt, nu werden wir aber auch ›Ihrer Majestät Isabellfarbene‹ genannt. Schon mal bei Parade jesehen? Der Kaiser Nikolaus vergoß Tränen vor Neid, als er unds in Windsor dsah. Un nun dsehen Dsie«, sagte mein junger Freund, »weil der Alte immer dso furchtbar öde is, wenn man ihn andzapft, brachte ich Gules mit, damit er Mutter bearbeiten dsoll, die mit Vater alles anstellen kann. Gules hat ihr erzählt, daß ich im Re– – –ment der Liebling von Fitzstultz bin; und – Jotte doch, sie jlaubt, daß die Jardereiter mir 'ne Schwadron für umsonst jeben werden. Un dem Alten hat er vorjemacht, daß ich der jrößte Knickstiebel in der Armee bin. Feiner Witz, nich?«

Mit diesen Worten verließ mich Wellesley und ging nach den Ställen, um dort eine Zigarre mit Gules zu rauchen und sich über die Viecher lustig zu machen, die unter Stripes' Oberaufsicht standen. Der junge Ponto lachte mit seinem Freund über den ehrwürdigen vierrädrigen Marterkasten, schien aber sehr erstaunt, daß dieser einen anderen alten Wagen noch lächerlicher fand, der im Geschmack des Jahres 1824 gebaut und mit den riesig großen Wappen der Pontos und der Snailys bemalt war, aus welch letzterer Familie Mrs. Ponto stammt.

Ich fand den armen Pon in seinem Studierzimmer inmitten seiner Stiefel in so niedergeschlagener Verfassung, daß es mir auffallen mußte.

»Sehen Sie bloß«, sagte der arme Kerl, indem er mir ein Schriftstück einhändigte, »das ist nun schon die zweite neue Garnitur von Uniformstücken während seiner kurzen Militärzeit, und man kann gewiß nicht behaupten, daß er verschwenderisch veranlagt ist. Lord Gules hat mir gesagt, daß er einer der sparsamsten Junker im Regiment ist. Gott erhalte ihn mir so! Aber sehen Sie bloß, Snob, um Himmels willen, sehen Sie bloß, und dann erklären Sie mir, wie jemand mit neunhundert Pfund Jahreseinkommen noch dem Schuldenturm entrinnen kann.« Er seufzte, als er mir das Papier über den Tisch hin reichte, und sein altes Gesicht, seine alten, abgetragenen Hosen, seine verschrumpelte Jagdjoppe und seine dünnen Beine sahen, als er so sprach, noch trostloser, hagerer, bankrotter und fadenscheiniger aus.

Rechnung
für Herrn Wellesley Ponto in Ihrer Majestät Isabellfarbenem 120sten Husaren-Regiment
von Knopf und Stecknadel, Conduit Street, London.

	£		
Gala-Attila mit goldenen Schnüren	35	-	-
Do- Dolman mit goldenem Schnürer Und mit Zobel verbrämt	60	-	-
Dienst-Dolman	30	-	-
Dienst-Hosen	12	-	-
Dienstbeinkleider m. gold. Tresse	6	6	-
Dienstbeinkleider 2 m. gold. Tresse	5	5	-
Blauer Schnürrock	14	14	-
Manövermütze	3	3	-

Galabärenmütze m. goldenen Passepoils, Federbusch u. Fangschnüren	25	25	-
Golddurchwirkte Schärpe	11	8	-
Säbel m. Koppel und Säbeltasche	11	11	-
Säbel m. Koppel und Säbeltasche	16	16	
Patronentasche	15	15	-
Portepee	1	4	-
Mantel	13	13	-
Satteltasche	3	13	-
Dienstsattel	7	17	-
Dienstzaumzeug, vollständig	10	10	-
Gala-Schabracke	30	-	-
Ein Paar Pistolen	10	10	-
Schwarze Astrachandecke Mit Einfassung	10	10	-

347

An diesem Abend ließen sich Mrs. Ponto und ihre Familie von ihrem Liebling Wellesley einen umfassenden, wahrheitsgetreuen und detaillierten Bericht über alles geben, wie es bei Lord Fitzstultz zuging, wie viele Diener beim Diner aufwarteten, was für Kleider die Ladies Schneider angehabt hätten, was Seine Königliche Hoheit auf der Jagd gesagt und wer an ihr teilgenommen hätte. »Was für eine Freude mir doch mein Junge macht«, sagte Mrs. Ponto zu mir, als mein junger pickliger Freund sich mit Lord Gules in die nun leere Küche begab, um seine Rauchübungen mit ihm wieder aufzunehmen. Und werde ich wohl je wieder den traurigen und verzweifelten Blick des armen Ponto vergessen?

O ihr Eltern und Erzieher! O ihr vernünftigen englischen Männer und Frauen! O ihr Gesetzgeber, die ihr euch im Parlamente versammelt! Lest die hier abgedruckte Schneiderrechnung, lest diese unsinnige Liste albernen Tandes und hirnverbrannter Narrheit! – und dann sagt mir, wie je das Snobtum ausgerottet werden kann, solange die Gesellschaft so viel zu seiner Ausbildung beiträgt!

Dreihundertvierzig Pfund für Sattelzeug und Beinkleider eines jungen Fants! Beim Heiligen Georg, ich möchte lieber ein Hottentotte oder ein Hochländer sein. Wir lachen über den armen Affen Jocko, der in Uniform tanzt, oder über den armen Lakaien James mit seinen bibbernden Waden und seinen Plüschhosen oder über den Neger Marquis de Marmelade, der in Säbel und Epauletten herumstolziert und sich das Ansehen eines Feldmarschalls gibt. Sieh! Ist nicht aber jeder von Ihrer Majestät Isabellfarbenen in vollem Wichs ein ebenso großes und albernes Schaustück?

Dreißigstes Kapitel

Über weitere Snobs auf dem Lande

Aber endlich nahte sich auf »Immergrün« der selige Tag, wo ich die Bekanntschaft einiger Großgrundbesitzerfamilien der Grafschaft machen sollte, mit denen es für Leute in Pontos Stellung zu verkehren allein möglich war.

Obgleich nun der arme Ponto wegen der neuen Uniform seines Sohnes gerade so fürchterlich hatte bluten müssen und obwohl er in der denkbar trostlosesten und selbstmörderischsten Stimmung war, weil er sein Konto beim Bankier überzogen hatte und weil ihn nun auch noch andere Übel, die die Armut mit sich bringt, bedrückten, obgleich bei Tisch für gewöhnlich eine Zehnpennyflasche Marsala gereicht wurde und auch sonst die größte Sparsamkeit herrschte, so mußte der arme Kerl doch wohl oder übel eine Miene gewinnender Herzlichkeit zur Schau tragen. Die Überzüge wurden von den Möbeln entfernt, neue Kleider für die jungen Damen besorgt, das Familiensilber aus den Schränken geholt und zur Schau gestellt, so daß das ganze Haus ein behagliches und festliches Aussehen annahm. In der Küche prasselte lustig das Feuer, der Wein kam aus dem Keller ans Tageslicht, und ein gelernter Koch war eigens aus Guttlebury herübergeeilt, um kulinarische Ungeheuerlichkeiten zu vollenden; Stripes hatte seinen neuen Rock an, ebenso wunderbarerweise Ponto; der knopfübersäte Anzug von Tummus wurde in Permanenz erklärt. Ich ertappte ihn einmal, wie er in strammer Haltung in diesem Kostüm die Rumsauce von einer Punschtorte naschte, die Mrs. Ponto eigenhändig zum Genuß für ihre Gäste gebacken hatte.

Und das alles geschah nur, um, wie ich annehme, dem jungen Lord etwas vorzumachen. Alle diese Umstände zu Ehren eines dummen, nach Zigarren duftenden Dragonerfähnrichs, der kaum seinen Namen schreiben konnte, während ein hervorragender und tiefsinniger Moralist wie »ein Gewisser« mit kaltem Hammel- und Schweinebraten als Eingangsgericht abgefüttert wird. Schon recht: ein Martyrium mit kaltem Hammel- und Schweinebraten ist noch zu ertragen. Ich verzeihe es Mrs. Ponto; aus tiefstem Herzen verzeihe ich ihr, besonders da ich mich nicht aus dem besten Schlafzimmer, trotz all ihrer zarten Andeutungen, verdrängen ließ, sondern meinen Kattunbetthimmel behauptete, weil ich der Ansicht zuneigte, daß ein so junger Mensch wie Lord Gules klein und abgehärtet genug wäre, um es sich auch anderswo bequem machen zu können. Die große Gesellschaft bei Pontes war wirklich eine auserlesene. Die Hawbucks kamen in ihrer Familienkutsche, die überall mit derblutigen Hand bemalt war, und ihr Diener in gelber Livree bediente sie nach Landesitte selbst bei Tische. Ihn übertraf an Pracht allein der Diener des mit ihnen rivalisierenden Baronets Hipsley in hellblauer Livree.

Die alten Ladies Fitzague kamen in ihrem alten Wagen mit den dicken Rappen, dem dicken Kutscher und den dicken Lakaien vorgefahren – (warum mögen wohl stets die Pferde und Diener von Witwen dick sein?). Bald nach Ankunft dieser Persönlichkeiten mit ihren rotbraunen Chignons, roten Zinken und Turbanen erschien der Ehrenwerte Reverend Lionel Pettipois, der mit dem General und Mrs. Sago den Beschluß der Gesellschaft bildete. »Lord und Lady Frederick Howlet waren auch geladen, aber sie haben selbst Gäste bei sich auf ›Efeustock‹«, erklärte mir Mrs. Ponto, und gerade heute früh noch hätten die Castlehaggards abgesagt, da die gnädige Frau einen Rückfall von Influenza bekommen habe. Unter uns – Lady Castlehaggard bekommt stets Influenza, wenn sie zum Diner in »Immergrün« eingeladen ist. Wenn die Abhaltung einer feinen Gesellschaft eine Frau glücklich machen kann, so war an diesem Tage meine liebenswürdige Wirtin sicherlich eine glückliche Frau. Denn jeder Anwesende (mit alleiniger Ausnähme des unseligen Flunkerers, der ihr seine Verwandtschaft mit der Familie Snobbington weisgemacht hatte, und des Generals Sago, der, ich weiß nicht wieviel hunderttausend Rupien von Indien heimgebracht hat) war mit einem Pair oder Baronet verwandt. Der Herzenswunsch von Mrs. Ponto war erfüllt. Hätte sie, selbst als Tochter eines Earl, wohl bessere

Gesellschaft erwarten können? – Und sie entstammte doch, wie all ihre Freunde wußten, einer Ölhändlerfamilie in Bristol. Im Innern meines Herzens hatte ich mich aber nicht etwa über das Essen – denn diesmal war es gewiß reichlich und wohlschmeckend –, sondern über die Fadheit der Unterhaltung in der Gesellschaft zu beklagen. Oh, ihr meine lieben Brüder Snobs in London, wenn wir uns auch nicht mehr untereinander lieben wie unsere Brüder auf dem Lande, so unterhalten wir uns doch jedenfalls besser; und wenn wir uns auch gegenseitig dulden müssen, so verlangt doch niemand von uns, daß wir deshalb zehn Meilen weit fahren.

So kommen zum Beispiel die Hawbucks zehn Meilen weit von Norden her nach »Immergrün« und die Hipsleys zehn Meilen weit aus südlicher Richtung, da sie ihre Güter gerade in entgegengesetzter Richtung der Grafschaft Mangelwurzelshire haben. Hipsley, ein Baronet von altem Adel, mit einem verschuldeten Gut, war nicht gerade sehr entzückt von Hawbuck, der neu geadelt und reich ist. Hawbuck seinerseits tut so, als ob er den General Sago mit Gönnermiene behandeln müßte, und dieser wiederum hält die Pontes nur für wenig besser als Bettler. »Die alte Lady Blanche«, sagt Ponto, »wird hoffentlich ihrem Patenkind – meiner Zweiten – etwas vermachen, haben wir uns doch alle mit ihren Quacksalbereien ihr zuliebe vergiftet.«

Lady Blanche und Lady Rose Fitzague haben beide ihre Steckenpferde. Jene macht in Medizin und diese in Literatur. Ich neige der Ansicht zu, daß Lady Blanche einen nassen Umschlag um den Leib trug, als ich das Glück hatte, sie kennenzulernen. Sie verarztet jeden in der Umgegend, der sie zur Zierde gereicht, und sie hat jedes Mittel an sich selbst ausgeprobt. Sie hat vor Gericht ihren Glauben an St. John Long bezeugt, sie schwor auf Doktor Buchan, sie nahm Unmengen von Gambouges Universalmedizin und ganze Schachteln von Parrs Lebenspillen. Sie hat vielfach Kopfweh mit Squinstones Augenschnupftabak geheilt, sie trägt ein Bild Hahnemanns in ihrem Medaillon und eine Locke von Prießnitz in ihrer Brosche. Jeder anwesenden Dame, von unserer Wirtin angefangen bis herab zu Miß Wirt, erzählt sie von ihren eigenen Leiden und denen ihrer augenblicklichen Busenfreundin. Alle nacheinander nahm sie in eine Ecke und tuschelte mit ihnen über Bronchitis, Hepatitis, Neuralgie, Veitstanz, Kopfrose und so weiter. Ich sah die arme dicke Lady Hawbuck in schrecklicher Aufregung, nachdem sie mit ihr Rücksprache über das Befinden ihrer Tochter Miß Lucy Hawbuck genommen hatte, und Mrs. Sago wurde ganz gelb und setzte ihr drittes Glas Madeira auf einen mißbilligenden Blick von Lady Blanche hin von den Lippen ab.

Lady Rose sprach über Literatur und über den Leseverein in Guttlebury – sie ist besonders in Reise- und Entdeckungsbeschreibungen beschlagen. Sie nimmt das größte Interesse an Borneo und entwickelt eine Kenntnis von Pandschab und dem Kaffernlande, welche ihrem Gedächtnisse alle Ehre macht. Der alte General Sago, der ganz schweigsam und in sich gekehrt dagesessen hatte, erhob sich plötzlich aus seiner Lethargie, als das erstere Land genannt wurde, und verzapfte der Gesellschaft seine Geschichte einer Schweinejagd bei Ramjug. Die gnädige Frau behandelte, wie ich bemerkte, Reverend Lionel Pettipois mit einer Art von Geringschätzung. Er ist ein junger Geistlicher, den man überall im Lande umherziehen und seine Erbauungsschriften, die ihm, wo er auch ist, aus der Tasche fallen, das Hundert zu einer halben Krone vertreiben sehen kann. Ich sah, wie er Miß Wirt einen Stoß »Die kleine Wäscherin auf dem Gemeindegut zu Putney« gab und Miß Hawbuck einige Dutzend von »Fleisch in der Mulde oder Der gerettete

Schlächtergeselle«. Und als ich einmal dem Gefängnis zu Guttlebury einen Besuch abstattete, sah ich dort in Untersuchungshaft zwei notorische Spitzbuben (die zur Zeit gerade eine Partie Cribbage spielten), denen Seine Hochwürden gelegentlich eines Spazierganges über die Wiesen bei Crackshins Traktätchen angeboten hatte, worauf sie ihm zwar seine Geldbörse, seinen Schirm und sein Batisttaschentuch abnahmen, ihm aber dafür seine Traktätchen ließen, damit er sie anderwärts an den Mann bringen könnte.

Einunddreißigstes Kapitel

Nochmals ein Besuch bei einigen Snobs auf dem Lande

Warum, verehrter Herr Snob«, sagte eine junge Dame von Rang und Stand (der ich hiermit meine besten Grüße zu Füßen lege), »warum blieben Sie nur solange in ›Immergrün‹, wenn Sie dort alles so snobhaft fanden, wenn das Schwein Ihnen unerträglich war und der Hammel nicht nach Ihrem Geschmack, wenn Mrs. Ponto Ihnen nach Ihrer Meinung blauen Dunst vormachte und die schrecklichen Klavierübungen der Miß Wirt Ihnen Pein verursachten?«

Ah, mein gnädiges Fräulein, was für eine Frage! Haben Sie denn nie von tapferen britischen Soldaten gehört, die Batterien stürmten, von Ärzten, die nächtelang in Pestbaracken zubrachten, oder von ähnlichen Beispielen der Selbstaufopferung? Was, meinen Sie wohl, hat unsere tapferen Edelleute veranlaßt, als sie gegen die Batterien von Sobraon mit ihren hundertundfünfzig donnernden Feuerschlünden zwei Meilen weit anliefen, die sie zu Hunderten hinmähten?

Vergnügen daran ganz gewiß nicht. Was veranlaßt Ihren verehrten Herrn Vater, seine behagliche Häuslichkeit zu verlassen, um nach Tisch auf sein Büro zu gehen, wo er bis lange nach Mitternacht die ödesten Gesetze studiert? Die Pflicht, Mademoiselle, die Pflicht, die gleicherweise von Soldaten, vom Richter oder vom Literaten erfüllt werden muß. Ja, auch in unserem Beruf gibt es eine Fülle von Selbstaufopferung.

Sie glauben es nicht? Ihre rosigen Lippen verziehen sich zu einem ungläubigen Lächeln – das ist kein anmutiger und schöner Ausdruck auf dem Antlitz einer jungen Dame. Gut denn, die Wahrheit ist, daß meine Junggesellenwohnung Nr. 24, Pump Court Temple, von der wissenschaftlichen Gesellschaft neu getüncht wurde und daß Mrs. Slamkin, meine Aufwärterin, die Gelegenheit wahrnahm, um ihre verheiratete Tochter, die sie mit einem allerliebsten kleinen Enkel beschenkt hat, zu besuchen – demnach konnte ich gar nichts Besseres tun, als einige Wochen auf dem Lande zu verleben. Aber, ach, welche Wonne, als ich Pump Court mit seinen vertrauten Schornsteinen wieder aufsuchte!»Cari luoghi!« Willkommen, willkommen, Nebel und Ruß!

Wenn Sie aber glauben, es fehle die Pointe in meiner eben erzählten Geschichte über die Pontinische Familie, so befinden Sie, meine Gnädigste, sich in einem sehr verhängnisvollen Irrtum. Denn eben in diesem Kapitel kommt die Moral – wie sollte es auch anders möglich sein, bilden doch diese ganzen Artikel eine fortgesetzte Moral, da sie die Narrheit des Snob-Wesens dartun.

Sie werden bemerkt haben, daß in meiner Beschreibung des Snobtums auf dem Lande mein armer Freund Ponto fast ausschließlich dem Blick der Gesellschaft preisgegeben ist – und weshalb wohl? Etwa, weil wir in kein anderes Haus gekommen wären, weil andere Familien uns nicht ihrer Gastfreundschaft

177

gewürdigt hätten? Nein, nein. Weder Sir John Hawbuck auf Haws noch auch Sir John Hipsley auf Briary Hall verschlossen uns ihre gastlichen Tore, und General Sagos indische Weitherzigkeit kannte ich aus Erfahrung. Gelten Ihnen die beiden alten Damen in Guttlebury gar nichts? Meinen Sie, daß ein junger Strick, der ungenannt bleiben soll, nicht mit Vergnügen willkommen geheißen worden wäre? Wissen Sie denn nicht, daß die Leute auf dem Lande nur zu froh sind, wenn sie jemanden zu sehen bekommen?

Aber all diese würdigen Personen gehören nicht in den Rahmen des vorliegenden Werkes, sondern spielen nur untergeordnete Rollen in unserem Snob-Drama, gerade so, wie oft auf der Bühne Könige und Kaiser nicht halb so wichtig sind wie manche niedrigen Personen. Der Doge von Venedig zum Beispiel tritt in den Hintergrund vor Othello, der doch nur ein Neger ist; und ebenso der König von Frankreich vor Faulconbridge, der doch trotz alledem sicherlich kein Mann von legitimer Geburt war. So verhält es sich auch mit den vorerwähnten hohen Herrschaften. Ich erinnere mich sehr wohl, daß der Rotwein bei den Hawbucks durchaus nicht so gut war wie der bei Hipsleys, während im Gegenteil der weiße Eremitagewein bei den Haws zum Entzücken schön war. (Nebenbei bemerkt, schenkte mir der Kellermeister jedesmal nur ein halbes Glas ein.) Ich erinnere mich auch an die Unterhaltung. Oh, meine Gnädige, meine Gnädige, wie blöde war die! Über Tiefpflügen, über Fasanen und Wilddieberei, über den Wahlkampf wegen der Vertretung der Grafschaft. Der Earl von Mangelwurzelshire war nämlich in einen Streit mit seinem Verwandten und von ihm aufgestellten Kandidaten, dem Ehrenwerten Marmaduke Tomnoddy, geraten. All dieses hätte ich niederschreiben können, wenn ich die Absicht hätte, das mir in Privatsachen geschenkte Vertrauen zu verletzen.

Ein großer Teil der Unterhaltung drehte sich auch um das Wetter, die Jagd in Mangelwurzelshire, neue Düngemittel und natürlich um Essen und Trinken.

Aber cui bono? In diesen ebenso stumpfsinnigen wie ehrenwerten Familien ist nicht die Art des Snobtums zu Hause, die zu erforschen unsere Aufgabe ist. Ein Ochse bleibt ein Ochse – ein großes, massiges, dickes, blökendes und gefräßiges Rindvieh. Seiner Natur nach käut er wieder und verschlingt seine ihm zugemessene Portion Rüben oder Ölkuchen, bis seine Zeit kommt, wo er von der Weide verschwinden muß, um anderen breitbrustigen und fleischigen Tieren Platz zu machen. Vielleicht respektieren wir einen Ochsen nicht genügend. Wir haben uns wohl an ihn gewöhnt. Der Snob, meine verehrte Gnädige, gleicht dem Frosch, der sich zum Ochsen aufblasen möchte. Wir aber wollen den albernen Toren in seiner Narrheit bloßstellen.

Betrachten wir, bitte, einmal den Fall meines unglückseligen Freundes Ponto, eines gutmütigen, liebenswürdigen englischen Gentleman, der zwar nicht übertrieben, aber doch ganz ausreichend klug ist – der ein Freund des Portweines, seiner Familie, ländlicher Vergnügungen und der Landwirtschaft ist und ein hübsches, wenn auch etwas altväterliches Herrenhaus besitzt, wie man es sich nur wünschen kann, nebst einer Rente von tausend Pfund im Jahr. Das ist zwar nicht viel, man kann aber mit weniger und doch ganz anständig leben.

Da ist zum Beispiel der Arzt, den Mrs. Ponto ihres Besuches nicht für wert hält; dieser Mann erzieht eine zahlreiche Familie und wird von allen Armen vier Meilen im Umkreise geliebt. Gibt er ihnen doch umsonst Portwein zur Stärkung und als Medizin. Wie diese Arztfamilie mit solch einem »Almosen«, wie Mrs. Ponto sagt, auskommen kann, erscheint ihr wunderbar.

Da ist weiter der Geistliche Doktor Chrysostomos – von dem Mrs. Ponto sagt, sie hätte sich mit ihm wegen seines Puseyismus entzweit; man hat mir aber zu verstehen gegeben, daß der Zwist seine Ursache in dem Umstände habe, daß bei Haws Mrs. Chrysostom den Vortritt vor ihr gehabt habe; – von dem Wert seiner Pfründe kann man sich aus dem Taschenbuch für Geistliche überzeugen; aber man kann nicht daraus ersehen, wieviel er davon fortgibt.

Das gibt selbst Pettipois zu, in dessen Augen doch das Chorhemd des Doktors eine scharlachrote Schändlichkeit ist. Und so erfüllt auch Pettipois auf seine Weise seine Pflicht und hilft seiner Gemeinde nicht nur mit seinen Traktätchen und seinen Reden, sondern auch nach Kräften mit seinem Gelde. Da er der Sohn eines Lords ist, so ist es der sehnsüchtigste Wunsch von Mrs. Ponto, daß er diejenige ihrer Töchter heiraten möge, die Lord Gules nicht zu nehmen beabsichtigt.

Also, obwohl Pons Einkommen fast so groß ist wie das dieser drei ehrenwerten Männer zusammengenommen, so werden Sie, meine Gnädigste, zweifellos erkennen, in welch hoffnungsloser Dürftigkeit der arme Kerl lebt! Welcher Pächter kann wohl auf seine Nachsicht rechnen? Und welcher Arme darf auf seine Mildtätigkeit hoffen? »Mein Herr ist der beste von allen«, sagt der ehrliche Stripes, »als er noch im Reggement war, gab es keinen freigebigeren Vorgesetzten als ihn. Aber bei der Art, wie Missus geizig ist, wundere ich mich, daß die jungen Damen noch am Leben sind, das tue ich wirklich.«

Sie legen großes Gewicht auf eine feine Gouvernante und auf feine Hauslehrer und tragen Kleider, die von derselben Modistin stammen, die auch für Lady Carabas arbeitet. Ihr Bruder reitet mit Earls zur Jagd, und nur die vornehmsten Leute der Grafschaft verkehren in »Immergrün«. Mrs.Ponto hält sich für das Muster aller Frauen und Mütter und für ein

Weltwunder, weil sie für all diese Jämmerlichkeit und all das Blech und den ganzen Snobkram nicht mehr als tausend Pfund im Jahr ausgibt.

Sie ahnen nicht, meine Gnädigste, was für ein unaussprechliches Behagen ich empfand, als Stripes meinen Mantelsack in den vierrädrigen Wagen legte und mich (der arme Pon hatte einen Anfall von Hüftweh) nach Guttlebury in das Gasthaus zum »Wappen von Carabas« fuhr, wo wir uns trennten. Im Gastzimmer dort waren einige Handlungsreisende, von denen der eine von dem Hause, das er vertrat, erzählte, ein anderer über das Essen, der dritte über die Gasthäuser an der Heerstraße sprach, und so fort – alles zwar nicht sehr hohe, aber ehrbare und zweckmäßige Gespräche. – Jedenfalls waren sie ebensogut wie die der Gutsbesitzer; und um wieviel angenehmer, als den Paradestücken von Miß Wirt auf dem Klavier zuzuhören oder dem lieblichen Quatsch von Mrs. Ponto über die vornehme Welt und die Großgrundbesitzerfamilien.

Zweiunddreißigstes Kapitel

Nachlese über allerlei Snobtümliches

Wenn ich sehe, welchen großen Eindruck diese Artikel auf ein intelligentes Lesepublikum hervorrufen, so hege ich die feste Hoffnung, daß wir in nicht zu ferner Zeit eine ständige Rubrik in den Zeitungen haben werden, die alle Nachrichten aus der Snob-Welt bringt, so wie wir jetzt schon regelmäßige Polizeiberichte und Hofnachrichten haben. Kommt irgendeine Körperverletzung oder ein Mißbrauch in der Armenverwaltung vor, wer ist da wohl beredter in der Schilderung als die

»Times«? Warum sollte nun nicht der empörte Journalist, sobald sich ein besonders markanter Fall von Snobhaftigkeit ereignet, die öffentliche Meinung auch auf eine solche Missetat aufmerksam machen? Wie ausgiebig könnte zum Beispiel jener klassische Fall des Earl von Mangelwurzel und seines Bruders in der Snob-Revue unter die Lupe genommen werden? Lassen wir selbst die Großsprecherei, das Geschimpfe, den blauen Dunst, die schlechte Orthographie, die gegenseitigen Verdächtigungen, Widerrufe, Vorwürfe des Lugs und Herausforderungen, welche in diesem brüderlichen Streit eine so große Rolle spielen, außerhalb des Rahmens unserer Betrachtungen, da sie ja als rein persönliche Angelegenheit nichts damit zu tun haben – so kommt man doch zu dem Schlusse, wie bis ins Innerste verderbt, wie gewohnheitsmäßig kriechend und niedrig, wie durch und durch snobhaft – um es mit einem Wort auszudrücken – eine ganze Grafschaft sein muß, welche keine besseren Führer und Vertreter als diese beiden Herren finden kann!»Wir brauchen«, so scheint die große Grafschaft von Mangelwurzelshire zu sagen,»als Abgeordneten keinen Mann, der orthographisch richtig zu schreiben oder sich in christlichem Sinne auszudrücken versteht, auch hat er nicht nötig, die landläufigste Lebensart an den Tag zu legen, ja nicht einmal gesunden Menschenverstand zu zeigen. Alles, was wir von unserem Vertreter verlangen, ist, daß er uns von dem Earl von Mangelwurzelshire empfohlen wird. Und alles, was wir von dem Earl von Mangelwurzelshire verlangen, ist, daß er fünfzigtausend Pfund jährlich zu verzehren hat und Jagden in seinem Wahlkreise veranstaltet.« O du Stolz von ganz Snobland! O ihr schleichenden, kriechenden Lakaienseelen und Schmarotzer!

Aber wir werden zu ausfallend, wir wollen unsere angeborene Anmut und jene scherzhafte und gefühlvolle Gesinnung, die die Ursache gegenseitigen Einvernehmens zwischen dem verehrten Leser und dem Verfasser bisher gewesen sind, nicht außer acht lassen. Zur Sache also: Das Snobtum durchzieht in gleicher Weise die kleine gesellschaftliche Posse wie das große Schauspiel, welches der Staat bietet, und dieselbe Moral verbindet beide gemeinsam.

Da wurde zum Beispiel in den Zeitungen von einer jungen Dame berichtet, die von einem Wahrsager dazu verführt worden war, eine Reise nach Indien anzutreten (sie kam aber, glaube ich, nur bis Bagnigge Wells), weil sie dort den Mann, der ihr versprochen worden war, finden würde. Soll man annehmen, daß die arme betrogene Seele nur deshalb ihren Laden verlassen hätte, um einen Mann unter ihrem Stande zu finden? Müßte es nicht zum mindesten etwas so Süßes wie ein Hauptmann mit Epauletten und in rotem Waffenrock gewesen sein? Ihre snobhafte Gesinnung aber hat sie verführt, und ihre Eitelkeit machte sie zur Beute jenes schwindelnden Wahrsagers.

Der zweite Fall ist der der Mademoiselle de Saugrenue, jener interessanten jungen Französin mit der schwarzen Lockenfülle, die umsonst in einer Pension in Gosport wohnte, von wo man sie, ebenfalls gratis, nach Fareham geleitete. Dort nahm das liebe Mädchen die Gelegenheit wahr, als sie im Bett ihrer Wirtin, einer alten Dame, lag, die Matratze aufzuschneiden und daraus eine Geldkassette zu stehlen, mit welcher sie nach London ausrückte. Wie ist dieses Übermaß von Wohlwollen für diese interessante junge Französin zu erklären? Etwa wegen ihrer schwarzen Locken oder ihres entzückenden Gesichtchens, pah! Haben sich denn Damen deshalb gegenseitig gern, weil sie nette Gesichter und schwarzes Haar haben?

Nein, sie erzählte, sie wäre mit dem Lord de Saugrenue verwandt, sprach von der gnädigen Frau, ihrer Tante, und von sich selbst als einer Mademoiselle de Saugrenue. Da lagen ihr die ehrlichen Wirtsleute auf einmal zu Füßen, die guten, braven, lordanbetenden Kinder aus Snobland.

Zum Schluß führe ich noch den Fall Seiner Hochwürden des Mr. Vernon aus York an. Hochwürden war der Sohn eines Adligen und verstand es, eine alte Dame vollständig für sich einzunehmen. Er erhielt von ihr, da sie ihm unbedingtes Vertrauen schenkte, Essen, Geld, Kleidungsstücke, Löffel und eine vollständige Wäscheausstattung. Dann umgarnte er eine ganze Familie, bestehend aus Vater, Mutter und Töchtern, von denen er einer einen Heiratsantrag machte. Der Vater lieh ihm Geld, die Mutter versorgte ihn mit Marmeladen und Mixed-Pickles, die Töchter wetteiferten darin, für Hochwürden seine Leibgerichte zu kochen – und wie war das Ende? Eines Tages verduftete der Verräter mit einer Teekanne und einem Korb mit kaltem Aufschnitt. Der Titel »Hochwürden« war der Köder, auf den all diese gefräßigen dummen Snobs anbissen; würden sie aber darauf hineingefallen sein, wenn ein Bürgerlicher ihn getragen hätte? Gibt es wohl eine alte Dame, mein verehrter Herr, die an uns ebenso handeln würde, wenn wir es fertig brächten, die gleichen Schlechtigkeiten zu tun? Würde sie uns wohl pflegen, kleiden und uns ihr Geld und ihre silbernen Gabeln geben? Aber ach, welcher wahrheitsliebende Sterbliche darf hoffen, eine solche Wirtin zu finden? Und doch, alle diese Beispiele übertrieben leichtgläubiger Snobhaftigkeit sind nach der Zeitung in einer Woche vorgekommen, und wer weiß, wie viele Dutzende außerdem noch?

Gerade als ich diese Bemerkungen beendet hatte, wird mir ein hübscher kleiner, mit einem Schmetterling versiegelter Brief gebracht – nach dem Poststempel kommt er aus dem Norden, und seinen Inhalt gebe ich hier wieder:

»den 19. November.

Mr. Punch,

Da wir an Ihren Artikeln über die Snobs großen Anteil nehmen, so sind wir sehr begierig zu erfahren, in welche Klasse dieser achtbaren Zunft Sie uns wohl aufnehmen würden.

Wir sind drei Schwestern im Alter von siebzehn bis zweiundzwanzig Jahren. Unser Vater stammt gewiß und wahrhaftig aus einer sehr guten Familie (Sie werden diese Erwähnung zwar snobhaft finden, aber ich möchte diese einfache Tatsache feststellen), unser Großvater mütterlicherseits war ein Earl. Die Erwähnung des Großpapas ist, fürchte ich, snobhaft.

Wir können es uns leisten, uns eine numerierte Ausgabe Ihrer und der Dickensschen Werke zu kaufen, sobald sie erscheinen, aber wir halten uns nicht so etwas Ähnliches wie den Pairs- oder selbst nur einen Baronets-Kalender im Hause. Bravo! Punchs Taschen-Almanach ist das Richtige, und diese verehrten jungen Damen sollen ein Freiexemplar haben.

Wir gestatten uns jeden Komfort, haben einen ausgezeichneten Keller usw. usw.; da wir uns aber nicht gut einen Kellermeister halten können, so bedient uns bei Tisch ein niedliches Zimmermädchen (und das, obwohl unser Vater Offizier war, große Reisen gemacht und in der besten Gesellschaft verkehrt hat). Wir halten uns aber einen Kutscher und einen Hilfsdiener, indessen stecken wir diesen weder in eine Knopflivree, noch lassen wir ihn bei Tisch aufwarten, wie es bei Stripes und Tummus der Fall war. Ganz, wie es Ihnen beliebt. Ich habe gegen maßvoll angebrachte Knöpfe nichts einzuwenden.

Wir bleiben uns gleich in unserem Benehmen Adligen wie Unadligen gegenüber. Wir machen die Krinolinenmode nur in gemäßigter Form mit So ist es recht! und sind am Morgen niemals schlampig angezogen. Der Himmel segne Sie dafür!

185

Wir speisen gut und reichlich von Porzellan, obwohl wir auch silbernes Geschirr haben, und machen dabei keinen Unterschied, ob wir allein sind oder Gesellschaft haben. Snobhaft; ich zweifle, ob Sie wirklich allein so gut speisen wie in Gesellschaft. Sie würden ja sonst zu üppig leben.

Und nun, mein verehrter Herr Punch, geben Sie uns bitte in Ihrer nächsten Nummer eine kurze Antwort, wofür ich Ihnen sehr verbunden sein werde. Niemand, selbst unser Vater weiß nicht, daß wir an Sie schreiben; wir werden Sie auch ganz gewiß nie wieder belästigen, Wir lieben es, belästigt zu werden; sagen Sie es aber Ihrem Papa. wenn Sie uns nur eine Antwort – sei es auch nur im Spaß – geben wollen.

Wenn Sie bis hierher gelesen haben werden, was zweifelhaft ist, werden Sie wahrscheinlich den Brief ins Feuer werfen. Wenn Sie es tun, kann ich es natürlich nicht ändern; ich habe aber ein sanguinisches Temperament und habe deshalb eine schwache Hoffnung. Jedenfalls werde ich den nächsten Sonntag mit Ungeduld erwarten, denn da erreichen Sie uns, und ich schäme mich beinahe, es zu gestehen, daß wir der Versuchung nicht werden widerstehen können, Sie auf dem Rückweg von der Kirche in unserem Wagen zu öffnen. O Hosenbandorden und Sterne! Was wird dazu Kapitän Gordon und die Exeter Hall sagen?

Ich verbleibe usw. usw., für mich und meine Schwestern.

Entschuldigen Sie bitte das Gekritzel, ich schreibe aber immer in Eile.

Liebe kleine Schwärmerin!

P.S. Letzte Woche waren Sie etwas ledern, Noch nie haben Sie sich so geirrt, kleines Fräulein! fanden Sie das nicht auch? Wir halten uns keinen Wildhüter und haben trotz der Wilddiebe doch Wild im Überfluß, wenn wir Jagdgäste haben.

Wir schreiben niemals auf parfümiertem Papier – kurz, ich kann mir nicht denken, daß Sie uns für Snobs halten würden, wenn Sie uns kennenlernten.«

Hierauf erwidere ich folgendes:

»Meine verehrten jungen Damen, ich kenne Ihren Aufgabeort und werde Sie dort vor der Kirche Sonntag über acht Tage erwarten; wollen Sie nur gütigst als Erkennungszeichen eine Tulpe oder sonst eine hervorstehende Kleinigkeit an Ihren Hüten tragen. Mich und meinen Anzug werden Sie leicht erkennen können – ich bin ein friedlich aussehender junger Mann in weißem Überrock, karmoisinroter seidener Halsbinde, hellblauen Beinkleidern und Stiefeln mit Lackkappen und einer Smaragd-Busennadel. Um meinen weißen Hut werde ich ein schwarzes Kreppband tragen und in der Hand meinen gewohnten Bambusstock mit dem schwer vergoldeten Knopfe. Ich fürchte aber, die Zeit wird nicht mehr reichen, daß ich mir von heute bis zur nächsten Woche noch einen Schnurrbart stehenlasse.

Von siebzehn bis zweiundzwanzig! Ihr Götter! Was für ein Alter! Ihr lieben jungen Geschöpfe! Ich habe euch alle drei vor Augen. Siebzehn paßt zu mir, weil es meinem eigenen Alter am nächsten ist; damit sage ich aber keineswegs, daß zweiundzwanzig schon zu alt wäre. Nein. Nein. Und dann zwischen beiden dieser reizende, sittsame Schalk! Still, still, du dummes, kleines pochendes Herz!

Sie und Snobs, meine verehrten jungen Damen! Ich werde jedem die Nase eindrücken, der das zu behaupten wagt. Es ist doch kein Unrecht, aus guter Familie zu sein. Sie, meine armen Lieblinge, können doch gewiß nichts dafür! Was bedeutet überhaupt ein Name? Was bedeutet ein ›von‹ davor! Ich gestehe es ganz offen, daß ich selbst nichts dagegen einzuwenden hätte, wenn ich ein Herzog wäre; denn ganz unter uns im Vertrauen, es gibt für den Hosenbandorden noch häßlichere Beine.

Sie und Snobs, Sie lieben gutherzigen Dinger, nimmermehr! – Das bedeutet ja – ich will nicht hoffen – ich kann es mir nicht denken – dennoch, ich darf nicht zu vertrauensselig sein – das sollte überhaupt niemand sein – das hieße ja, daß wir alle keine Snobs wären. Aber solches Selbstvertrauen schmeckt doch nach Arroganz, und arrogant sein heißt ein Snob sein. Auf allen Stufen der Gesellschaft, vom Duckmäuser bis zum Tyrannen, hat die Natur eine überaus mannigfaltige und wunderbare Auswahl von Snobs hervorgebracht. Gibt es nicht aber auch gütige Charaktere, zartfühlende Herzen, demütige, einfache und wahrheitsliebende Gemüter? Denken Sie eingehend über diese Frage nach, meine lieben, süßen, jungen Damen, und wenn Sie sie mir beantworten können, woran ich nicht zweifle – dann Heil Ihnen und Heil Ihrem verehrten Herrn Papa und Heil den drei hübschen jungen Herren, die es verstanden, sich untereinander zu verschwägern!«

Dreiunddreißigstes Kapitel

Ehe und Snobs

Jedermann aus dem Mittelstande, der durch dieses Leben mit einem Herz für seine Reisegefährten wallt – jedenfalls aber jedem, der sich drei oder vier Lustren in der Weltgeschichte herumgestoßen hat – müssen zahlreiche trübe Gedanken über das Schicksal jener Opfer in den Sinn kommen, welche die Gesellschaft – will sagen das Snobtum – tagtäglich fordert. Das Snobtum steht in ewigem Kampf mit Liebe, Einfachheit und wahrer Herzensgüte. Aus Furcht vor den Snobs dürfen die Menschen nicht glücklich sein. Aus Furcht vor den Snobs dürfen sich die Menschen nicht liebhaben. Unter der Tyrannei der Snobs welken die Menschen einsam dahin. Ehrliche, liebevolle Herzen vertrocknen und sterben. Aus wackeren, in der Blüte ihrer Jugend stehenden Gesellen werden aufgeschwemmte, alte Hagestolze, die schließlich bersten und abfallen. Liebliche Mädchen verschrumpeln und gehen einsam zugrunde, denn das Snobtum hat ihnen das allgemeine Recht auf Glück und Liebe, das uns allen nach dem Naturgesetz zusteht, abgeschnitten. Das Herz krampft sich mir zusammen, wenn ich die Erfolge dieses dummen Tyrannen sehe, ja ich entbrenne in Wut und Zorn gegen die Snobs. Komm heraus aus deinem Versteck, so rufe ich, du wahnwitziger Geselle, komm heraus, du Prahlhans und gib deinen niederträchtigen Geist auf! Und ich wappne mich mit Schwert und Speer, nehme Abschied von den Meinen und ziehe zum Kampf aus gegen den scheußlichen Menschenfresser und Riesen, jenen ungeschlachten Despoten auf Snob Castle, der so viele edle Herzen foltert und unterdrückt.

Wenn Punch König wird, so erkläre ich, soll es nicht mehr so etwas wie alte Jungfern und Junggesellen geben. Der hochwürdige Mr. Malthus soll alljährlich an Stelle von Guy Fawkes verbrannt werden. Diejenigen, welche nicht heiraten, sollen ins Arbeitshaus gesperrt werden. Es soll selbst für den Ärmsten als Schande gelten, nicht ein hübsches Mädchen lieben zu dürfen.

Diese Gedanken kamen mir nach einem Spaziergang mit einem alten Kameraden, namens Jack Spiggot in den Sinn, der nach einer männlichen und blühenden Jugend, so wie ich ihn damals vor Augen hatte, ein alter Junggeselle geworden war. Jack war einer der hübschesten Jungen Englands, als er mit mir

189

zusammen bei den Bergschotten eintrat, ich nahm indessen bald meinen Abschied bei den Cuttykilts und verlor ihn viele Jahre lang ganz aus den Augen.

Ach! Wie hat er sich doch seitdem verändert! Jetzt trägt er ein Korsett und färbt sich den Bart. Seine früher so roten Backen sind jetzt fleckig; seine einst so glänzenden, klaren Augen haben nun die Farbe von abgeschälten Eiern eines Regenpfeifers.

»Bist du verheiratet, Jack?« fragte ich, da ich mich erinnerte, wie fassungslos er in seine Kusine Letty Lovelace verliebt war, als die Cuttykilts vor einigen zwanzig Jahren in Strathbungo standen.

»Verheiratet? Nein«, erwiderte er. »Nicht genug Geld, langte nur gerade für mich selbst, für 'ne Familie braucht man mehr als fünfhundert Pfund jährlich. Komm mit zu Dickinson, alter Knabe, da gibt es den besten alten Madeira in ganz London.« Wir gingen dorthin und erzählten uns von alten Zeiten. Die Rechnung für Essen und Wein war sehr hoch, und die Menge Brandy mit Wasser, welche Jack vertilgte, ließ den Gewohnheitstrinker erkennen. »Ich frage den Teufel danach, ob ich ein oder zwei Guineen für mein Essen ausgebe«, sagte er.

»Und Letty Lovelace?« fragte ich.

Jack bewahrte nur mühsam seine Fassung, brach aber dann in lautes Gelächter aus. »Letty Lovelace?« sagte er, »ist noch immer Letty Lovelace; aber Himmel, was für ein verhutzeltes Frauenzimmer! Sie ist so dünn wie Seidenpapier (du erinnerst dich doch noch an ihre Figur); ihre Nase ist rot und ihre Zähne sind blau geworden. Sie ist stets krank und zankt sich immerfort mit ihrer Familie; sie singt den ganzen Tag Psalmen und nimmt fortwährend Pillen. Gott, hatte ich einen Dusel, als ich ihr entwischte. Gib den Grog her, alter Junge.«

Sogleich stand mir wieder die Zeit vor Augen, wo Letty die lieblichste Mädchenblüte unter der Sonne war; ich glaubte ihren Gesang zu hören, der einem das Herz bis zum Halse schlagen ließ, ich erinnerte mich an ihr Tanzen, das graziöser war als das der Montessu oder der Noblet (der größten Ballettköniginnen ihrer Zeit), an Jack, der eine Haarlocke von ihr an einer dünnen goldenen Kette um den Hals trug und sie bei schweren Sitzungen im Cuttykilter Kasino, wenn er vom vielen Punschtrinken bezecht war, aus seinem Versteck zu ziehen, zu küssen und dabei zu weinen pflegte, zum größten Vergnügen des gurkennasigen alten Majors und der übrigen Tafelrunde.

»Mein Vater und der ihre«, sagte Jack, »konnten ihre Pferde nicht zusammenspannen. Der General wollte nicht mehr als sechstausend Pfund Mitgift geben, und mein alter Herr meinte, unter achttausend ginge es nicht. Der alte Lovelace ließ ihn einfach gehen und gab ihm den Rat, sich hängen zu lassen; so kamen wir auseinander. Man sagt, sie hätte die Schwindsucht. Unsinn! Sie ist jetzt vierzig und so zähe und herbe wie diese Zitronenschale. Tu nicht zuviel davon in deinen Punsch, mein alter Snob, sonst kann man den Punsch nach dem Wein nicht vertragen.«

»Und wie hast du seitdem gelebt, Jack«, fragte ich.

»Erhielt mein Erbteil, als der alte Herr starb. Mutter lebt in Bath. Reise jedes Jahr auf eine Woche hin. Scheußlich ledern. Whist um einen Schilling. Vier Schwestern – alle natürlich unverheiratet außer der Jüngsten – eklige Geschichte. Im August in Schottland, im Winter in Italien; verfluchtes Rheuma. Komme im März nach London und gondle in den Klub, altes Haus, und ge–ehe nicht nach Hause, bis daß der Ta–ag anbricht!«

»Da haben wir zwei Leben, die Schiffbruch erlitten haben«, philosophierte der anwesende Snobograph, nachdem er

191

Abschied von Jack Spiggot genommen hatte. »Die reizende, lustige Letty Lovelace hat ihr Steuer verloren und ist gestrandet, und der schöne Jack Spiggot strandete ebenfalls an der Küste wie ein betrunkener Hanswurst.«

Was hat die beleidigte Natur (um keinen höheren Namen zu gebrauchen) veranlaßt, ihre gütigen Absichten gegen diese beiden ins Gegenteil zu verkehren? Was für ein verwünschter Frost hat die Liebe, welche die beiden füreinander hegten, ertötet und das Mädchen zu bitterer Unfruchtbarkeit und den Jüngling zu selbstsüchtigem Junggesellentum verdammt? Es war der teuflische Tyrann Snob, der uns alle beherrscht, der verordnet: »Du sollst nicht lieben, außer wenn du eine Kammerjungfer halten kannst; du sollst nicht heiraten ohne Wagen und Pferde; du sollst keine liebe Frau im Herzen tragen und sollst keine Kinder auf den Knien schaukeln, wenn du dir nicht einen Pagen in Knopflivree und eine französische Bonne leisten kannst; du sollst dich zum Teufel scheren, wenn du keinen Brougham hast; heirate arm, und die Gesellschaft wird dich aufgeben, und deine Verwandten werden dich wie einen Verbrecher meiden. Deine Tanten und Onkel werden ihre Augen gen Himmel erheben und über die böse – böse Art klagen, in der Tom oder Harry sich weggeworfen haben. Du junges Weib darfst dich, ohne Scham zu empfinden, an einen alten Krösus verkaufen und ihn heiraten; du junger Mann darfst dein Empfinden und dein Leben weglügen wegen einer Mitgift. Doch wenn du arm bist, dann wehe dir! Die Gesellschaft, dieser brutale Snob-Tyrann, überantwortet dich einsamem Verderben. Verblühe in deinem Dachkämmerlein, armes Mädchen, verfaule in deinem Klub, armer Hagestolz!

Wenn ich diese wenig anmutigen Einsiedler, diese unnatürlichen Mönche und Nonnen vom Orden St. Beelzebubs Das soll sich natürlich nur auf jene Unverheirateten beziehen, die aus niedriger und snobhafter Furcht vor knappen Geldverhältnissen sich abhalten lassen, ihre natürliche Bestimmung zu erfüllen. Viele Personen sind ehelos geblieben, ohne etwas dafür zu können. Wer schlecht von ihnen sprechen wollte, wäre ein Tor. So, wie sich Miß O. Toole gegen den Verfasser benommen hat, wäre er der letzte, der sie verdammte. Aber das gehört nicht hierher, das sind Privatangelegenheiten. sehe, so wird mein Haß auf die Snobs, ihren Götzendienst und ihren Kult grenzenlos. Laßt uns diesen menschenfressenden Dschaganath, so rufe ich, diesen scheußlichen Dagon niederschlagen; und mich durchglüht der heldenhafte Mut von Tom Thumb, dem kleinen Däumling, und ich werde wieder mit dem Riesen Snob handgemein.

Vierunddreißigstes Kapitel

Ehe und Snobs

Aus dem vornehmen Roman »Zehntausend Pfund jährlich« entsinne ich mich einer besonders pathetischen Beschreibung, auf wie christliche Art der Held, Mr. Aubrey, sein Schicksal ertrug. Nachdem er in den blühendsten und beredsamsten Worten seine Entsagung kundgegeben und sein Stammschloß verlassen hat, läßt der Verfasser Aubrey in einer Postkutsche, wahrscheinlich eingekeilt zwischen seiner Frau und seiner Schwester, nach London fahren. Es ist gegen sieben Uhr. Wagen rasseln, Türklopfer werden geschlagen und in den schönen Augen von Kate und Mrs. Aubrey schimmern Tränen bei dem Gedanken, daß in glücklicheren Zeiten um diese Stunde ihr Aubrey zum Diner in die Häuser seiner aristokratischen Freunde zu gehen pflegte.

So lautet der Sinn dieser Stelle – die eleganten Worte habe ich vergessen. Aber das edle, ach so edle Gefühl werde ich stets würdigen und im Gedächtnis behalten. Gibt es etwas Erhaberenes als den Gedanken, daß die Verwandten eines vornehmen Mannes in Tränen wegen eines Diners ausbrechen? Welcher Verfasser hat mit so wenig Strichen wohl je glücklicher den Typus eines Snobs gezeichnet?

Wir lasen diese Stelle kürzlich im Hause meines Freundes, des geistreichen Rechtsanwalts Raymond Gray, Esquire, der zwar nicht die geringste Praxis, aber glücklicherweise einen gesunden Humor sein eigen nennt, der ihn befähigt, seine Zeit abzuwarten und seine bescheidene Stellung in dieser Welt lachend zu ertragen. Bis sich dieser Zustand geändert hat, muß sich Mr. Gray in die harte Notwendigkeit schicken und wegen der Teuerungsverhältnisse im nördlichen Gerichtsbezirk in einem winzigen Hause in einer winzigen kleinen Straße in der lustigen Nachbarschaft von Grays Inn wohnen.

Aber weit merkwürdiger ist es, daß Gray dort verheiratet ist. Mrs. Gray war eine geborene Miß Harley Baker, und ich glaube, ich habe nicht nötig zu sagen, daß dies eine angesehene Familie ist. Sie ist m it den Cavendishs, den Oxfords und den Marrybones verwandt und trägt, trotzdem sie von ihrem früheren Glanze etwas eingebüßt hat, den Kopf so hoch wie nur irgendeine. Ich weiß, daß Mrs. Harley Baker niemals ohne John, mit dem Gebetbuch unterm Arm, zur Kirche ging, und auch ihre Schwester, Miß Welbeck, wird nie auch nur dreißig Schritt sich, um Einkäufe zu machen, vom Hause entfernen ohne den Schutz Ihres Zuckerhutpagen Figby, und das, obwohl die alte Dame so häßlich ist wie nur eine im Kirchspiel und so groß und bärtig wie ein Grenadier. Was war das für ein Staunen darüber, daß Emily Harley Baker sich soweit erniedrigen konnte, Raymond Gray zu heiraten? Sie, die schönste und stolzeste in der Familie, sie, die ihr Näschen über Essex Temple rümpfte, der mit dem vornehmen Hause der Albyns verwandt war. Sie, die nicht mehr als viertausend Pfund alles in allem zu erwarten hatte, heiratete einen Mann, dem kaum soviel zur Verfügung stand. Ein Schrei der Wut und des Unwillens wurde in der ganzen Familie laut, als sie von dieser Mésalliance hörte. Mrs Harley Baker spricht von ihrer Tochter nie anders als von einem zugrunde gerichteten Geschöpf und mit Tränen im Auge. Mrs. Welbeck sagt: »Ich betrachte ihn als einen Schurken« – und sie hat die arme gutmütige Mrs. Perkings, auf deren Ball sich die jungen Leute kennenlernten, als Kupplerin hingestellt.

Wie schon erwähnt, wohnen also Mr. und Mrs. Gray einstweilen in Grays Inn Lane mit einem Haus- und einem Kindermädchen, die alle Hände voll zu tun haben, und dabei fühlen sie sich herausfordernd und unnatürlich glücklich. Es ist ihnen auch noch nicht ein einziges Mal eingefallen, über ihr Essen zu weinen wie das erbärmlich wimmernde und snobhafte Weibervolk meines Lieblings-Snobs Aubrey in dem Roman »Zehntausend Pfund jährlich«, sondern sie nehmen im Gegenteil die bescheidenen Lebensmittel, die ihnen die Vorsehung zukommen läßt, mit dankbarem Gemüt entgegen und haben vielmehr tatsächlich – wie der Schreiber dieses dankbar bezeugen kann – auch für hungrige Freunde noch zeitweilig etwas übrig.

Ich erwähnte diese Mahlzeiten und einige vorzügliche Zitronen-Puddings, die Mrs. Gray selbst zubereitet, unserem gemeinsamen Freunde, dem großen Mr. Goldmore, dem Direktor der Ostindien-Gesellschaft gegenüber, worauf das Gesicht dieses Herrn einen Ausdruck annahm, als ob er vor Schreck einen Schlaganfall bekommen sollte, und mühsam nach Luft ringend sagte er: »Was, sie geben wirklich Diners?« Er schien es verbrecherisch und wunderbar zu finden, daß

195

solche Leute überhaupt den Mut besäßen zu essen und daß es nicht einfach zu ihren Gepflogenheiten gehörte, an ihrem Herdfeuer hingekauert zu sitzen und einen Knochen oder eine Brotrinde zu benagen. Stets, wenn er sie in Gesellschaft trifft, kann er sich nicht enthalten, seiner Verwunderung darüber Ausdruck zu geben (was sehr laut geschieht), daß sie so schick angezogen erscheint und er einen ungeflickten Rock auf seinem Leibe zu tragen imstande ist. Ich hörte, wie er sich einmal über ihre Armut vor dem vollversammelten »Brandstifter-Klub«, dessen Mitglieder er, Gray und ich zu sein die Ehre haben, aufhielt.

Wir treffen uns fast täglich im Klub. Um halb fünf kommt Goldmore aus der City in die St. James Street, und man kann ihn dann am Eckfenster, das die ganze Pall Mall beherrscht, die Abendzeitungen lesen sehen. – Er ist ein großer vollblütiger Mann mit einem Bündel Berlocken auf seiner weit ausgeschnittenen Weste. Er hat lange Rockschöße, die mit Briefen von Agenten und Akten von den Gesellschaften, deren Aufsichtsrat er ist, angefüllt sind. Wenn er geht, so klingeln seine Berlocken. Ich möchte wohl gern einen solchen Mann zum Onkel haben, aber kinderlos müßte er sein; wie wollte ich ihn dann lieben, verehren und gut zu ihm sein!

Um sechs Uhr, zur Zeit des größten Verkehrs, wenn alle Welt auf der St. James Street ist, wenn die Kutschen sich durch die auf ihrem Stand stehenden Droschken hindurchwinden, wenn die Dandies mit ihren aristokratischen Allüren sorglosen Gesichtes aus den Fenstern bei White gucken, wenn man alte Grauköpfe durch die Spiegelscheiben bei Artur einander zunicken sehen kann, wenn die Rotröcke allgegenwärtig zu sein wünschen, um die Pferde jedes Gentleman halten zu können, wenn der pompöse Portier in roter Livree sich in seinem Glanze vor Marlborough House sonnt – kurz, wenn der Londoner

Verkehr in seinem Zenit steht, kann man eine hellgelbe mit Rappen bespannte Equipage, auf deren Bock ein Kutscher in enganliegender florettseidener Perücke mit zwei gepuderten Lakaien in weiß und gelber Livree sitzen, am Tor des »Brandstifter-Klub« vorfahren sehen, während im Wagen selbst eine in schillernde Seide gekleidete, dicke Dame mit einem Pudel und einem roten Sonnenschirm sitzt. Ein Diener geht hinein und meldet Goldmore (der es natürlich bereits weiß, da er aus dem Fenster zusammen mit etwa vierzig anderen Brandstiftern hinausgesehen hat): »Ihr Wagen, Sir!« Goldmore nickt. »Vergessen Sie nicht pünktlich um acht Uhr«, sagt er zu Mulligatawney, seinem Mitdirektor von der Ostindischen Gesellschaft; er steigt dann in den Wagen und fällt neben Mrs. Goldmore zu einer Spazierfahrt im Park in die Kissen zurück und läßt sich demnächst nach seiner Wohnung am Portland Platz fahren.

Beim Wegfahren des Wagens fühlen die jungen Gecken ihr Herz vor Stolz gebläht, gehört er doch sozusagen zu ihnen. Denn zum Klub gehört dieser Wagen, und der Klub gehört ihnen. Sie blicken der Equipage voll Interesse nach. Wenn sie sie im Park treffen, so sehen sie ihr nach wie einem guten Bekannten. Aber halt, wir sind noch nicht bei den Klub-Snobs! Oh, meine braven Snobs, was für eine Bestürzung wird es bei euch geben, wenn meine Aufzeichnungen über euch erst erscheinen werden!

Aus meiner Beschreibung Goldmores kann man einen Schluß auf seinen Charakter ziehen. Er ist ein gravitätischer Leadenhall Krösus, sonst aber gutmütig und leutselig – schauderhaft leutselig. »Mr. Goldmore«, pflegt seine Frau zu sagen, »kann es niemals vergessen, daß er es dem Großvater von Mrs. Gray zu verdanken hatte, daß er nach Indien geschickt wurde; und obgleich diese junge Frau die törichtste Partie von der Welt gemacht und damit ihre Stellung in der Welt aufgegeben hat, scheint ihr Gatte doch ein fleißiger junger Mann zu sein, dem wir nach Kräften vorwärtshelfen wollen.« Sie pflegen daher die Grays zwei- oder dreimal in der Saison zum Diner einzuladen, und um ihre Güte noch größer erscheinen zu lassen, hat ihr Kellermeister Buff den Auftrag, einen Einspänner zu mieten, der sie nach dem Portland Place hin und von dort wieder zurück nach Hause fahren soll.

Natürlich bin ich ein viel zu guter Freund, als daß ich Gray nicht die Meinung Goldmores über ihn erzählt hätte und die Verwunderung des Nabobs bei dem Gedanken, daß der beschäftigungslose Anwalt überhaupt zu Mittag zu speisen vermöchte. Goldmores Aussprüche über Gray wurden tatsächlich im Scherz von uns jungen Dachsen im Klub weiter kolportiert und ausgebeutet, und wir pflegten ihn zu fragen, wann er zum letzten Male Fleisch gegessen hätte? Ob wir ihm etwas von unserem Mittagstisch mitbringen dürften? Und so trieben wir tausend ähnliche Spaße mit ihm in unserer mokanten Weise.

Als um diese Zeit Mr. Gray eines Tages aus dem Klub nach Hause kam, machte er seiner Frau die verblüffende Mitteilung, daß er Goldmore zum Essen eingeladen habe.

»Mein Lieber«, sagte Mrs. Gray erschrocken, »wie kannst du nur so grausam sein? Wie sollte es Mrs. Goldmore fertig bringen, in unser Eßzimmer hineinzukommen?«

»Beruhige dich, Mrs. Gray, die gnädige Frau befinden sich in Paris. Nur der Krösus wird erscheinen, und später gehen wir ins Sadler's-Wells-Theater. Goldmore behauptete neulich im Klub, er hielte Shakespeare für einen großen dramatischen Dichter, den man unterstützen müsse, worauf ich ihn in feurigem Enthusiasmus zu einem festlichen Essen einlud.«

»Gott im Himmel, was können wir ihm vorsetzen? Er hat zwei französische Köche.

Du weißt, was Mrs. Goldmore uns von ihnen alles erzählt hat, und er ist es gewohnt, jeden Tag mit Ratsherren zu speisen.«

»Meine Lucie, für drei Uhr bereite
Eine Hammelkeule ganz schlicht,
Gelingt saftig und zart sie dir heute,
Gibt es dann wohl ein besseres Gericht?«

sagte Gray, meinen Lieblingsdichter zitierend.

»Aber der Koch ist krank, und den fürchterlichen Pastetenbäcker Pattypan kannst du doch ...«

»Ruhig, Frau«, sagte Gray in tief tragischem Tone. »Ich werde die Besorgung der Mahlzeit in die Hand nehmen. Mache nur alles, wie ich es angeben werde. Lade unseren Freund Snob zur Teilnahme an dem Fest ein. Mein sei die Aufgabe, es zu richten.«

»Sei nicht verschwenderisch, Raymond«, sagte seine Frau.

»Gib Frieden, du furchtsame Frau des Klientenlosen. Das Diner für Goldmore wird sich unseren beschränkten Mitteln anpassen, tu nur alles so, wie ich es dich heißen werde.« Und da ich aus dem verschmitzten Gesichtsausdruck des Schelms erriet, daß er einen genialen Streich vorbereitete, so erwartete ich voller Ungeduld den folgenden Tag.

Fünfunddreißigstes Kapitel

Weiteres über Snobs und Ehe

Pünktlich zur Stunde (bei dieser Gelegenheit kann ich es nicht unterlassen, hiermit meinem Haß, Zorn und Unwillen gegen jene elenden Snobs Ausdruck zu geben, die um neun Uhr zum Essen kommen, wenn sie um acht geladen sind, nur um

199

Aufsehen in der Gesellschaft zu erregen. Möchte doch der Abscheu anderer Leute über dieses Gebaren, das Schimpfen anderer, die Flüche der Köche, diese Ekel verfolgen und so die mißhandelte Geselligkeit rächen!) – pünktlich, sage ich, mit dem Glockenschlag fünf, für welche Zeit Mr. und Mrs. Gray gebeten hatten, sah man einen Jüngling von eleganter Erscheinung, in feinem Gesellschaftsanzug, dessen gepflegter Bart auf Akkuratesse schließen ließ und dessen leichter Schritt Energie verriet (in Wahrheit war er aber hungrig, was er immer zur Essenszeit ist, aufweiche Stunde diese auch fallen mag), dessen reiches goldenes Haar in Locken auf seine Schultern fiel und der einen absolut neuen seidenen Zylinder für vier Schilling und neun Pence aufgesetzt hatte, seinen Weg über Bittlestone Street und Bittlestone Square nach Grays Inn nehmen. Ich habe wohl nicht nötig zu sagen, daß die fragliche Person niemand anders als Mr. Snob war. Er kommt nie zu spät, wenn er zum Diner eingeladen wird. Aber nun zurück zu meiner Erzählung! Mag sich immerhin Mr. Snob geschmeichelt haben, daß er Aufsehen erregte, als er seinen Stock mit dem reich vergoldeten Knopf durch Bittlestone Street spazieren führte (ich gestehe, daß ich wirklich einige Köpfe aus dem Fenster von Miß Squilsby, der Putzmacherin mit dem Messingfirmenschild gegenüber von Raymond Gray, die drei Hüte aus Silberpapier und zwei die Spuren von Fliegenschmutz tragende französische Modellbilder in ihrem Schaukasten hat, mir nachblicken sah), so kann doch die Aufregung, die meine Ankunft verursachte, nicht mit der verglichen werden, welche die kleine Straße in Aufruhr versetzte, als fünf Minuten nach fünf der Kutscher mit der Silberperücke, der gelbe Kutschbock und die Rappen Mr. Goldmores in ihren glänzenden silbernen Geschirren durch die Straße kutschierten. Es ist eine sehr kleine Straße mit sehr niedrigen Häusern, von denen die Mehrzahl ähnliche

Messingfirmenschilder aufweist wie bei Miß Squilsby. Kohlenhändler, Architekten, Inspektoren, zwei Ärzte, ein Anwalt, ein Tanzlehrer, natürlich auch verschiedene Häusermakler bewohnten die Häuser – kleine zweistöckige Gebäude mit kleinen Haustoren, die mit Stucksäulen verziert sind. Goldmores Kutscher ragte beinahe über die Dächer; aus dem ersten Stockwerk heraus hätte man bequem dem im Wagen hingegossenen Krösus die Hand reichen können. Alle Fenster dieser ersten Stockwerke waren im Nu mit Kindern und Frauen besetzt. Da war Mrs. Hammerly in Lockenwickeln, Mrs. Saxby mit ihrem schiefen Gesicht, Mr. Wriggles, der durch die Gazevorhänge guckte, während er ein Glas heißen Grog dabei in der Hand hielt – kurz, die ganze Bittlestone Street war in heilloser Aufregung, als die Equipage Goldmores vor der Tür von Raymond Gray vorfuhr.

»Wie lieb von ihm, daß er mit beiden Bedienten kommt«, sagte die kleine Mrs. Gray und schaute gleichfalls nach dem Fuhrwerk hinaus. Der größere Bediente sprang von seinem Sitz und klopfte mit solcher Wucht an die Tür, daß es durch das ganze Haus hallte. Alle Köpfe guckten heraus; die Sonne schien, selbst der Drehorgeljunge hörte auf zu spielen – der Bediente, der Kutscher, das rote Gesicht und die weiße Weste Goldmores leuchteten in ihrem Glanze. Der herkulische Plüschbehoste kam wieder heraus, um den Wagenschlag zu halten.

Raymond Gray öffnete seine Tür – in Hemdsärmeln. So eilte er auf den Wagen zu. »Treten Sie näher, Goldmore«, sagte er, »Sie kommen gerade recht, alter Herr. Mach die Türe auf, ›Wie-heißt-du-doch‹, und laß deinen Herrn aussteigen« – und »Wie-heißt-du-doch« gehorchte mechanisch, Verwunderung und Schreck auf seinen Zügen, mit denen sich allein das sprachlose Erstaunen messen konnte, welches das purpurrote Gesicht seines Herrn zeigte.

201

»Um welche Za—it befehlen der gnädige Herr den Wa—agen?« fragte »Wie-heißt-du-doch« mit jener eigentümlichen, unbuchstabierbaren lakaienhaften Aussprache, welche einen der hauptsächlichsten Reize seines Daseins bildet. »Das beste ist, wir bestellen ihn heute abend vor das Theater«, mischte sich Gray ein. »Von hier bis Wells ist nur ein Schritt, den wir zu Fuß gehen können. Billetts für uns alle habe ich bereits besorgt. Seid bis elf vor Sadler's Wells.« »Ja, um elf«, rief Goldmore bestürzt und ging unruhigen Schrittes ins Haus, als ob er zum Schafott ginge (und wirklich sah es so aus, als ob der verteufelte Gray ihn schon wie Jack der Aufknüpfer am Kragen hätte). Der Wagen fuhr, von zahllosen aus Flurfenstern und Balkons ihm nachblickenden Augen verfolgt, fort, und noch heute kommt sein Erscheinen der Bittlestone Street als etwas Wunderbares vor.

»Treten Sie dort ein, und unterhalten Sie sich mit Snob«, sagte Gray und öffnete die Tür zu dem kleinen Salon. »Ich werde rufen, wenn die Koteletts fertig sind, Fanny ist unten und sieht nach dem Pudding.«

»Barmherzigkeit«, sagte Goldmore ganz vertraulich zu mir, »wie kann er uns nur einladen, ich hatte wirklich keine Ahnung von dieser – dieser großen Not.« »Zu Tisch, zu Tisch«, ruft Gray nun aus dem Eßzimmer, aus dem mächtiger Bratenduft herausquillt; und als wir eintreten, sehen wir Mrs. Gray zu unserem Empfang bereit. Sie sah aus wie eine Prinzessin, die aus irgendeinem Zufall eine Kartoffelschüssel in der Hand hält, die sie gerade auf den Tisch setzen will. Ihr Gatte briet unterdessen Hammelkoteletts auf einem Rost über dem Feuer. »Fanny hat den Pudding gemacht«, sagte er, »die Koteletts sind mein Werk; hier ist ein besonders schönes, versuchen Sie das mal, Goldmore.« Und er warf ihm ein zischendes Kotelett auf den Teller. Worte und Ausrufungszeichen vermögen die sprachlose Überraschung des Nabobs nicht zu beschreiben! Das Tischtuch war sehr alt und aus einer Menge Flicken zusammengesetzt, der Senf befand sich in einer Teetasse, Goldmore hatte eine silberne – wir anderen eiserne Gabeln.

»Ich bin nicht mit einem silbernen Löffel im Munde geboren«, sagte Gray ernst, »diese Gabel ist unsere einzige, für gewöhnlich benutzt Fanny sie.«

»Raymond«, ruft Mrs. Gray mit beschwörender Miene.

»Sie war es sonst besser gewohnt, wie Sie wissen, und ich hoffe, ihr eines Tages ein Tafelservice schenken zu können. Ich habe gehört, daß galvanisch versilbertes Geschirr ganz ausgezeichnet sein soll. Aber zum Teufel, wo bleibt denn der Junge mit dem Bier? Und nun«, sagte er, »will ich wieder ein Gentleman sein.«

Er zog sich sodann seinen Rock an und setzte sich ganz ernsthaft zu Tisch mit vier frischen Hammelkoteletts, die er gerade fertiggebraten hatte.

»Wir essen nicht jeden Tag Fleisch, Mr. Goldmore«, fuhr er fort, »und es ist für mich ein Hochgenuß, so wie heute zu tafeln. Ihr großen englischen Herren, die ihr aus dem Vollen lebt, habt keine Ahnung, was für Entbehrungen ein Anwalt ohne Klienten ertragen muß.«

»Um Gottes willen«, sagte Mr. Goldmore.

»Wo bleibt denn nur unser ›Gemischtes‹? Fanny, geh doch hinüber zu Kley und hole uns das Bier! Hier hast du sechs Pence!« Was gab das für ein Erstaunen, als Fanny aufstand, um es zu holen!

»Um Gottes willen, lassen Sie es mich holen!« schrie Goldmore.

»Nicht um die Welt, mein verehrter Herr, sie ist daran gewöhnt ... Man würde Sie lange nicht so gut bedienen wie meine Frau, lassen Sie sie nur ruhig gehen und seien Sie vielmals bedankt«, sagte Raymond mit erstaunlicher Gemütsruhe.

203

Und Mrs. Gray ging aus dem Zimmer und kam nach einiger Zeit wirklich mit einem Teebrett herein, auf dem eine Zinnkanne mit Bier stand. Die kleine Polly (der ich zu ihrer Taufe die Ehre hatte, ex officio einen silbernen Becher zu schenken) folgte ihr mit einer Anzahl Tabakspfeifen und dem denkbar spitzbübischsten Ausdruck in ihrem kleinen pausbäckigen Gesicht.

»Hast du Tapling wegen des Gin gesprochen, liebe Fanny?« fragte Gray, nachdem er Polly aufgetragen hatte, die Pfeifen auf den Kamin zu stellen, wo die kleine Person kaum hinauflangen konnte. »Der letzte schmeckte nach Terpentin, und selbst deine Kunst konnte daraus keinen annehmbaren Punsch machen.«

»Das hätten Sie wohl kaum für möglich gehalten, Goldmore, daß meine Frau, eine geborene Harley Baker, je selbst in die Lage käme, Gin-Punsch zu bereiten? Ich glaube, meine Schwiegermutter würde sich das Leben nehmen, wenn sie das von ihr hörte.«

»Mache dich nicht immer über Mama lustig«, sagte Mrs. Gray.

»Nun, nun, sie würde ja nicht gleich sterben, und ich wäre der letzte, der ihr das wünschte. Und du brauchst auch keinen Gin-Punsch zu machen, und du liebst ihn ja auch nicht. – Goldmore, trinken Sie Ihr Bier aus dem Glas oder aus dem Zinnkrug?«

»Um Gottes willen!« stieß der Krösus noch einmal heraus, als die kleine Polly den Krug mit ihren Patschhändchen umfaßte und ihn lächelnd dem erstaunten Direktor anbot. Mit einem Wort, so begann das Essen und endete auch auf ähnliche Weise. Gray verfolgte seinen unglücklichen Gast mit der seltsamsten und übertriebensten Schilderung seiner Kämpfe, seines Elends und seiner Armut. Er beschrieb, wie er in der ersten Zeit ihrer Ehe die Messer geputzt und wie er die Kinder in einem kleinen Karren gezogen hätte, wie seine Frau eigenhändig Pfannkuchen bereitet und sich ihre Kleider teilweise selbst geschneidert hätte.

Er beauftragte seinen Schreiber Tibbits, (der in Wirklichkeit das Bier aus dem Gasthause geholt hatte, das dann von Mrs. Gray nur aus dem Nebenzimmer hereingebracht wurde) – »die Flasche Portwein« zu bringen, sobald das Diner vorüber sei, und erzählte Goldmore im Stil seiner bisherigen Aufschneidereien eine Geschichte, auf wie wunderbare Weise er in den Besitz dieser Flasche gekommen sei. Als die Mahlzeit ganz beendet und es Zeit war, ins Theater zu gehen, auch Mrs. Gray sich bereits zurückgezogen hatte und wir gleichsam wiederkäuend und ziemlich schweigsam beim letzten Glase Portwein saßen, unterbrach Gray plötzlich die Stille, klopfte Goldmore auf die Schulter und sagte:»Nun, Goldmore, sagen Sie mir mal etwas.«

»Was?« fragte der Krösus.

»War das nicht ein gutes Essen?«

Goldmore richtete sich auf, als ob eine plötzliche Erleuchtung über ihn gekommen wäre. Er hatte gut gegessen und wußte es bis jetzt noch nicht einmal. Die drei Hammelkoteletts, die er verzehrt hatte, waren die besten ihrer Art. Die Kartoffeln waren so vorzüglich gewesen, wie sie nur hatten sein können. Und was den Pudding betraf, so war er nur zu gut. Der Porter war kühl und schäumend und der Portwein wert, auf eines Bischofs Tafel zu erscheinen. Ich habe zukünftige Absichten auf ihn, denn in Grays Keller liegt noch mehr.

»Nun«, sagte Goldmore nach einer Pause, während er sich Zeit nahm, über die Frage, die Gray so plötzlich an ihn richtete, nachzudenken.»Auf mein Wort – nun, wo Sie es sagen – ich – ich habe wirklich ganz furchtbar gut gegessen – furchtbar gut – auf mein Wort! Auf Ihr Wohl, mein alter Gray, und auf das Ihrer liebenswürdigen Gattin, und wenn Mrs. Goldmore erst wieder heimgekehrt ist, so hoffe ich, Sie öfters am Portland Place zu sehen.«

Nun wurde es Zeit, ins Theater zu gehen, und wir sahen Phelps in Sadler's Wells.

Das Beste an dieser Geschichte (für deren Wahrheit ich Wort für Wort meine Ehre verpfände) ist, daß nach diesem Bankett, welches Goldmore so erfreut hatte, der ehrliche Kerl so großes Mitleid mit dem hungernden und elenden Gastgeber empfand, daß er sich entschloß, ihm in seinem Beruf zu helfen. Und als Direktor der neugegründeten Lebensversicherungsgesellschaft »Antibilious« hat er Gray zum ständigen Syndikus mit einem hübschen Jahresgehalt ernannt. Und erst gestern in einer aus Bombay gekommenen Berufungssache (Buckmuckjee Bobbachee contra Ramchowder Bahawder) vor dem Geheimen Rat hat Lord Brougham Mr. Gray, der in dem Fall plädierte, zu seiner bemerkenswerten und genauen Kenntnis des Sanskrits beglückwünscht.

Ob er Sanskrit versteht oder nicht, entzieht sich meiner Kenntnis. Aber Goldmore hat ihm die Sache verschafft, und so kann ich nicht umhin, dem pompösen alten Kerl, wenn auch widerstrebend, meine Hochachtung zu zollen.

Sechsunddreißigstes Kapitel

Nochmals Ehe und Snobs

»Wir Junggesellen in den Klubs sind Ihnen«, sagte mein alter Schul- und Universitätsfreund Essex Temple zu mir, »für die Meinung, die Sie von uns haben, sehr verbunden. Sie nennen uns selbstsüchtig, purpurgesichtig, aufgeschwemmt und geben uns noch andere schöne Namen. Sie erheben mit den denkbar einfachsten Worten die Forderung, daß wir uns zum Teufel scheren möchten.

Sie sagen von uns, daß wir in der Einsamkeit verfaulen, und sprechen uns jeden Anspruch auf Ehrbarkeit, gutes Benehmen und christliche Lebensführung ab. Wie kommen Sie dazu, Mr. Snob, so über uns zu urteilen? Wie kommen Sie zu Ihrem teuflisch wohlwollenden Schmunzeln und Grinsen, mit dem Sie unsere ganze Art verlachen?

Ich will Ihnen meinen Fall erzählen«, sagte Essex Temple, »meinen und meiner Schwester Fall, und Sie können damit nach Ihrem Gutdünken schalten, können auch, wenn Sie wollen, über alte Jungfern spotten und über alte Junggesellen herziehen.

Ganz im Vertrauen will ich Ihnen sagen, daß meine Schwester sich mit dem Anwalt Shirker verlobte, einem Menschen, dessen Fähigkeiten man nicht leugnen kann, den ich aber – hol ihn der Teufel! – stets als gemein, selbstsüchtig und eingebildet kennengelernt habe. Die Weiber sehen aber nie bei Männern, in die sie verliebt sind, diese Fehler. Mr. Shirker, der über gerade soviel Wärme verfügt wie ein Aal, hatte sich schon vor Jahren an Polly herangemacht, denn damals war sie gar keine schlechte Partie für einen Anwalt ohne Praxis.

Haben Sie schon einmal die Biographie Lord Edisons gelesen? Erinnern Sie sich an die Erzählung des schmutzigen alten Snobs, wie er ausgeht, um für zwei Pence Sprotten zu kaufen, damit er sie sich mit Mrs. Scott gemeinsam braten lassen kann? Wie er seine Demut vorreitet und seine elende Armut vor aller Welt zeigt, er, der damals wohl an die tausend Pfund jährlich verdiente? Schön, Shirker war genauso stolz auf seine Klugheit – genauso eingebildet auf seine Filzigkeit und wollte natürlich nicht ohne Mitgift heiraten. Hätte er ehrenwerter handeln können? Er wurde nicht liebeskrank. Seine Leidenschaft störte nie seinen sechsstündigen Schlaf und hat auch nie seinen Ehrgeiz hintangehalten. Eher würde er einmal einen Anwalt geküßt als Polly umarmt haben, obwohl sie eins der denkbar hübschesten Geschöpfe war. Und während sie einsam sich in ihrem Stübchen nach ihm sehnte und ein halbes Dutzend frostiger Briefe wieder überlas, die der verwünschte Laffe gnädigst zu schreiben sich herbeiließ, hatte er sicherlich nichts anderes im Kopf als seine Gerichtsakten, stets kühl, streng, selbstzufrieden und pflichtbewußt, wie er war. Die Heirat wurde von Jahr zu Jahr verschoben, und unterdessen wurde aus Shirker der berühmte Advokat.

Ungefähr gleichzeitig mußte mein jüngerer Bruder Pump Temple von den hundertzwanzigsten Husaren, der dasselbe kleine Erbteil besaß, welches mir und Polly ebenfalls zugefallen war, sich in unsere Kusine Fanny Figtree verlieben und sie auf der Stelle heiraten. Die Hochzeit hätten Sie sehen sollen! Sechs Brautjungfern in Rosa hielten den Fächer, das Bukett, die Handschuhe, das Riechfläschchen und das Taschentuch der Braut. Ganze Körbe voll weißer Schleifen, welche den Dienern und den Pferden angeheftet werden sollten, standen in der Sakristei; eine glänzende Versammlung neugieriger Bekannter saß in den Kirchenstühlen, und eine Menge dürftiger Bettler scharte sich auf den Stufen. Sämtliche Equipagen unserer Bekannten hatte Tante Figtree für diesen Zweck sich zusammengeborgt, und der Hochzeitswagen Mr. Pumps war natürlich vierspännig.

Dann das Frühstück oder Déjeuner, wie man ja wohl besser sagt, mit einer Musikkapelle auf der Straße und mit Polizisten, die auf Ordnung hielten. Der glückliche Bräutigam hat wohl ein Jahresgehalt in Kleidern und Geschenken für die Brautjungfern angelegt. Und die Braut mußte in ihrem Trousseau Spitzen, Seidenkleider, Schmuckkästchen und alle möglichen Kinkerlitzchen haben, um als Leutnantsfrau würdig auftreten zu können.

Er warf mit Geld um sich, als ob es Dreck gewesen wäre; und Mrs. P. Temple war auf ihrem Pferde Tiddler, das ihr Gatte ihr geschenkt hatte, die flotteste Offiziersfrau in Brighton oder in Dublin. Was hat nicht die alte Mrs. Figtree mich und Polly mit Geschichten über den vornehmen Haushalt und den vornehmen Verkehr Pumps angeödet! Polly wohnte bei den Figtrees, da ich nicht reich genug bin, um ihr eine eigene Häuslichkeit einzurichten.

Pump und ich standen uns nie näher. Da ich nicht den geringsten Pferdeverstand habe, hatte er eine natürliche Abneigung gegen mich. Und da bei Lebzeiten unserer Mutter die gute alte Dame stets seine Schulden zu bezahlen pflegte und ihn verhätschelte, so bin ich mir nicht sicher, ob ich nicht etwa eifersüchtig auf ihn war. Da war es denn in der Regel Polly, die das Einvernehmen zwischen uns herstellte.

Sie besuchte Pump in Dublin und kam voller Neuigkeiten über seine große Position wieder heim. – Er wäre der fidelste Mensch in der Stadt – Adjutant des Lordleutnants – Fanny überall bewundert ... Ihre Exzellenz Patin des zweiten Jungen, der älteste hatte einen Schwanz aristokratischer Vornamen, welche seine Großmutter außer sich vor Entzücken brachten. Dann kamen Fanny und Pump notgedrungen nach London, wo ihnen der dritte Sohn geboren wurde.

Polly wurde seine Patin, und wer konnte nun mehr ein Herz und eine Seele sein als sie und Pump. ›O Essex‹, sagte sie zu mir, ›er ist so gut, so edel, so lieb zu seiner Familie, so hübsch. Man kann gar nicht anders als ihm gut sein und ihm seine kleinen Fehler verzeihen.‹ Eines Tages, als Mrs. Pump noch im Wochenbett lag und der Wagen vom Doktor Fingerfee täglich vor ihrem Hause hielt, wen anders hätte ich, da ich in der Guildhall zu tun hatte, wohl auf der Cheapside treffen sollen als Pump und Polly? Das arme Mädchen sah glücklicher und rosiger als je seit zwölf Jahren aus. Pump im Gegenteil errötete und schien verlegen. Ihr Gesicht konnte mich nicht täuschen, ebensowenig sein aus Befangenheit und Triumph gemischter Ausdruck. Offenbar hatte sie ihm irgendein Opfer gebracht. Ich ging also zum Bankier unserer Familie. Sie hatte am Morgen zweitausend Pfund Rentenpapiere flüssig gemacht und Pump den Erlös gegeben. Sie deswegen auszuzanken, wäre überflüssig gewesen – Pump hatte schon das Geld und hatte sich zu derselben Zeit, als ich ihn bei seiner Schwiegermutter zu treffen versuchte, bereits auf den Weg nach Dublin gemacht, während Polly noch immer strahlte. Er wollte sein Glück machen, er wollte das Geld im Moor von Allen anlegen – und was weiß ich sonst noch alles. Tatsächlich wollte er seine Wettverluste von dem letzten Hindernisrennen zu Manchester her bezahlen, und ich überlasse es Ihnen zu raten, wieviel an Kapital und Zinsen die arme Polly jemals wiedergesehen hat.

Es machte mehr als ihr halbes Vermögen aus, und seitdem hat er noch weitere tausend Pfund von ihr erhalten. Dann kamen die Anstrengungen, seinen Ruin aufzuhalten und seine Schande zu verhindern. Kämpfe und Opfer von uns allen, von (hier zögerte Essex etwas) denen es sich nicht zu sprechen lohnt, aber sie hatten keinen anderen Erfolg, als solche Opfer in der Regel zu haben pflegen. Pump lebt mit seiner Frau im Auslande – ich wage nicht zu fragen wo. Polly hat die drei Kinder, und Herr Justizrat Shirker hat ihr förmlich abgeschrieben; er betrachtet das Verlöbnis als aufgehoben, auf dessen Beendigung Miß Temple es selbst abgesehen haben müsse, da sie ja den größten Teil ihres Vermögens fortgegeben habe.

So verhält es sich also mit Ihrer berühmten Theorie von den armen Heiraten!« rief Essex Temple zum Schluß seiner Geschichte aus.

»Wie können Sie wissen, ob ich nicht auch gern heiraten würde? Wie können Sie es wagen, meine arme Schwester zu verspotten? Sind wir denn etwa etwas anderes als Märtyrer des rücksichtslosen Heiratssystems, welches Sie, Mr. Snob, tatsächlich zu verteidigen suchen?« Und damit glaubte er im Vergleich zu mir einen besseren Beweisgrund ins Feld geführt zu haben, was indessen, so seltsam es klingen mag, durchaus nicht meine Meinung ist.

Denn wäre diese teuflische Snob-Anbetung nicht auf der Welt, hätte da nicht jeder einzige dieser Menschen glücklich werden können? Wenn die arme Polly wirklich ihr Glück darin gesucht hätte, ihre liebevollen Arme um einen so herzlosen Fant zu schlingen, wie es der Schleicher Shirker war, der sie sitzen ließ, so hätte sie glücklich sein können, so glücklich wie Raymond Raymond in jener bekannten Ballade mit der steinernen Statue an seiner Seite. Sie ist unglücklich geworden, weil der Justizrat Shirker Geld und Ehrgeiz anbetet, demnach ein Snob und ein Feigling ist.

Wenn der unselige Pump Temple und seine leichtlebige, eitle Frau sich zugrunde gerichtet und andere mit sich ins Unglück gezogen haben, so kam dies daher, weil sie Stellung, Pferde, Silbergeschirr, Wagen, Hofkalender, Putz haben mußten und alles opferten, um sich diesen Tand anschaffen zu können.

Und wer hat sie verführt? Wenn es in der Welt einfacher zuginge, würden da diese närrischen Menschen eine solche Mode mitmachen? Gibt es in der Welt Hofkalender, Silbergeschirr, Putz und Wagen oder nicht? Herr im Himmel! Lest nur die Nachrichten aus der vornehmen Welt, lest den Hofbericht, lest die Moderomane! Beobachtet nur die Leute zwischen Pimlico und dem Red Lion Square und seht, wie der arme Snob es dem reichen Snob gleichzutun sucht, wie der niedriggeborene Snob dem hochgeborenen zu Füßen liegt und

211

der große Snob seinem geringeren Mitbruder gegenüber sich auf den Herrn hinausspielt! Wird der Gedanke der Gleichheit je im Gehirn des Mr. Reich Eingang finden? Niemals! Wird die Herzogin von Fitzbattleaxe (ich liebe schöne Namen) je es zugeben, daß ihre nächste Nachbarin am Belgrave Square, Lady Croesus, ebensogut eine Lady ist als Ihre Gnaden? Wird Lady Croesus je davon ablassen, nach den Gesellschaften der Herzogin Sehnsucht zu haben und Mrs. Broadcloth wegwerfend zu behandeln, weil deren Gatte noch nicht die Baronetswürde erlangt hat?

Wird Mrs. Broadcloth je Mrs. Seedy herzlich die Hand schütteln und die ekelhaften Berechnungen über das Einkommen der teueren Mrs. Seedy aufgeben? Wird Mrs. Seedy, die in ihrem großen Haus zu verhungern droht, wohl lieber behaglich in einem kleinen Haus oder in einer Pension leben wollen? Wird ihre Wirtin, Mrs. Letsam, je aufhören, sich über die Vertraulichkeit der Handwerker zu wundern oder die Unverschämtheit des Dienstmädchens Suky zu tadeln, weil sie wie eine Dame Blumen auf ihrem Hute trägt?

Warum sollen wir aber auf solche Zeiten hoffen oder sie uns herbeiwünschen? Will ich etwa meine Aufzeichnungen über die Snobs beenden? Du selbstmörderischer Narr du, bist denn du nicht auch ein Bruder Snob?

Siebenunddreißigstes Kapitel

Klub-Snobs

I wish – da es mein Wunsch ist, mich besonders bei den Damen beliebt zu machen (die ich meiner tiefsten Ergebenheit versichere und denen ich jede nur mögliche Artigkeit in dieser Festsaison sagen möchte), wollen wir nun, wenn es Ihnen so recht ist, eine Klasse von Snobs durchhecheln, gegen die, wie ich glaube, fast jedes weibliche Herz erbittert ist – ich meine die Klub-Snobs. Selbst die liebenswürdigsten und friedfertigsten Damen habe ich fast stets ein gewisses Empfinden von Unmut gegen jene geselligen Einrichtungen, jene prunkvollen Paläste in der St. James Street, die ihre Pforten ihren Gatten öffnen, äußern hören, während sie selbst nichts haben als ihre dunkeln Ziegelsteinhäuschen mit drei Fenstern Front in Belgravia oder Paddingtonia oder in der Gegend zwischen den nach Edgeware oder Grays Inn führenden Straßen. Zu meines Großvaters Zeiten war es gewöhnlich die Freimaurerei, die ihren ganzen Zorn erregte. Meine Großtante (deren Bild noch in unserem Familienbesitz ist) versteckte sich in dem mächtigen Uhrgehäuse der »Königlichen Rosenkreuzer-Loge« zu Bungay in der Grafschaft Suffolk, weil sie das Treiben in der Loge, der ihr Gatte angehörte, belauschen wollte. Als es nun elf Uhr schlug, wurde sie von dem Summen und Dröhnen so in Schrecken versetzt, daß sie gerade in dem Augenblicke, als der Meister vom Stuhl den geheimnisvollen Bratrost zur Aufnahme eines Novizen bringen ließ, in die Mitte der versammelten Logenbrüder hineinplatzte. Daraufhin wurde sie mit verzweifelter Einstimmigkeit zur Großmeisterin vom Stuhl auf Lebenszeit gewählt. Obwohl diese wunderbare und couragierte Dame natürlich nie eine Silbe über die Geheimnisse bei ihrer

Aufnahme verlauten ließ, hat sie doch allen Mitgliedern der Familie eine solch heilige Scheu vor den Schrecknissen der Mysterien von Jachin und Boaz beigebracht, daß niemand aus unserer Familie seitdem Logenbruder geworden ist noch je die abscheulichen Maurerabzeichen getragen hat.

Bekanntlich wurde Orpheus von einigen entrüsteten thrakischen Damen in Stücke gerissen, weil er einer harmonischen Loge angehörte. »Laßt ihn zu Eurydike zurückgehen«, sagten sie, »die er angeblich so betrauert.« Indessen ist diese Geschichte in dem eleganten Konversationslexikon von Dr. Lemprière in einer viel packenderen Weise geschildert, als es diese schwache Feder vermag. So wollen wir nun lieber ohne lange Vorrede an unsere eigentliche Aufgabe, nämlich die Klub-Snobs, herangehen.

Nach meiner Ansicht sollte es Junggesellen nicht erlaubt sein, in Klubs einzutreten. Wenn mein Freund von den Cuttykilts nicht Zutritt zu unserem »Union-Jack-Club« hätte (dem auch ich, wie noch weiteren neun ähnlichen Vereinigungen, angehöre), wer weiß, ob er noch jetzt Junggeselle wäre. Anstatt daß man es ihnen behaglich macht und sie mit jeder Art von Luxus verwöhnt, wie es in den Klubs geschieht, sollte man den Junggesellen meiner Meinung nach ihr Dasein bis aufs äußerste verleiden; man sollte jede Bestrebung fördern, die darauf abzielt, ihnen ihre freie Zeit zu verekeln. Nach meinem Empfinden gibt es kaum einen widerwärtigeren Anblick, als wenn man den jungen Smith sich in der Vollkraft seiner Gesundheit ein Diner von drei Gängen bestellen oder den im besten Mannesalter stehenden Jones sich in einem bequemen Klubsessel (ich finde keinen Ausdruck) räkeln sieht, mit der neuesten pikanten Novelle oder einer illustrierten Zeitschrift in der Hand. Was soll man aber erst zu dem alten Brown sagen, diesem selbstsüchtigen alten Kerl, für den die bloße Lektüre keinen Reiz hat, sondern der auf das bequemste Sofa hingegossen auf der zweiten Ausgabe der »Times« sitzt, die »Morning Chronicle« zwischen den Knien hält und den »Herald« zwischen Rock und Weste gesteckt hat, dabei den »Standard« unter dem linken Arm und den »Globe« unter dem anderen Flügel hält, während er in den »Daily News« wirklich liest. »Darf ich Sie wohl um den ›Punch‹ bitten, Mr. Wiggins?« sagt der gewissenlose alte Tiger, indem er unseren Freund unterbricht, der sich gerade an der Lektüre dieses Witzblattes ergötzt.

Eine derartige Selbstsucht sollte nicht geduldet werden. Nein und abermals nein. Wo sollte sich der junge Smith aufhalten, anstatt hier vor seinem Essen und Wein zu sitzen? – Ohne Zweifel doch am festlich gedeckten Teetisch zur Seite von Miß Higgs, wo er den dünnen Trank zu schlürfen und das harmlose Gebäck zu knabbern hätte. Derweilen sieht die alte Mrs. Higgs ihnen zu und erfreut sich an dem unschuldigen Geplauder der beiden, während meine Freundin, die Gouvernante Miß Wirt, völlig unbeachtet am Klavier sitzt und Thalbergs neueste Sonate mit neun vorgezeichneten B zu Gehör zu bringen sucht.

Wo sollte der im besten Mannesalter stehende Jones sich befinden? In seinen Jahren hätte er glücklicher Familienvater zu sein! Zu dieser Stunde – sagen wir um neun Uhr abends – müßte soeben die Uhr in der Kinderstube die Zeit zum Schlafengehen für die Kleinen geschlagen haben. Er und Mrs. Jones hätten darauf von Rechts wegen unter der Lampe des Eßzimmertisches einander gegenüberzusitzen, vor sich eine Flasche Portwein, die nicht mehr ganz so voll zu sein brauchte wie vor einer Stunde. Mrs. Jones hätte davon zwei Gläser getrunken und Mrs. Grumble (die Schwiegermutter von Jones) drei Gläser. Jones selbst hätte für sich den Rest langsam ausgepichelt, bis auch für sie alle die Stunde zum Schlafengehen geschlagen haben würde.

Mit was für einem Recht ist aber dieser alte Zeitungstiger Brown bereits zu so früher Abendstunde im Klub? Er sollte seinen Rubber mit seiner Frau, mit Miß Mac Whirter und dem Familienapotheker spielen. Sein Leuchter müßte um zehn Uhr vor ihn hingestellt werden, worauf er sich zu einer Zeit zurückzuziehen hätte, wo das junge Volk sich eben zum Tanze anschickt. Um wieviel besser, einfacher und edler wären doch solche Beschäftigungen, wie ich sie für diese Herren skizziert habe, als ihre jetzigen nächtlichen Orgien in dem abscheulichen Klub.

Und, meine Damen, vergegenwärtigen Sie sich diejenigen Männer, die sich nicht bloß im Speise- und Lesezimmer aufhalten, sondern die auch die anderen Räume dieser schrecklichen Lasterhöhlen, die ich zu zerschmettern gedenke, aufsuchen! Vergegenwärtigen Sie sich nur dieses Scheusal Cannon, der bei seinem Alter und bei seiner Größe in Hemdsärmeln Abend für Abend die Kugeln auf dem Billard klappern läßt und dazu noch mit dem hassenswerten Kapitän Spot wettet! Vergegenwärtigen Sie sich Pam, der in einem dunklen Zimmer mit Bob Trumper, Jack Deuceace und Charley Vole bei den Karten sitzt und der, oh über dieses irregeleitete Unglückswurm, den Point zu einer Guinee und den Rubber zu fünf Pfund spielt! Vor allem vergegenwärtigen, Sie sich – vergegenwärtigen Sie sich nur jene Höhlen des Abscheues, die in einigen Klubs eingerichtet sein sollen – die Rauchzimmer – vergegenwärtigen Sie sich die Ausschreitungen, die sich dort ein Stelldichein geben, die Unmengen dampfenden Whisky-Punsches und des noch gefährlicheren Sherry Cobblers, die dort vertilgt werden! Vergegenwärtigen Sie sich die Klubgenossen, die erst beim Hahnenschrei heimkehren und das ruhige Haus mit ihrem Hausschlüssel öffnen! Vergegenwärtigen Sie sich jene Heuchler, die ihre verräterischen Schuhe ausziehen und die Treppe hinaufschleichen, während unterdessen die Kinder oben schlafen und das Herzensweib allein im Schlafzimmer des zweiten Stockes bei dem trüben Nachtlicht wacht – in jenem Zimmer, das so bald von dem Geruch abgestandenen Zigarrenqualms so abscheulich erfüllt sein wird! Ich bin kein Verfechter der Gewalttätigkeit, bin auch von Hause aus nicht zum Brandstiften veranlagt, wenn Sie aber, meine verehrten Damen, es vorhaben sollten, den Erfinder des Hausschlüssels zu ermorden und die Klubhäuser in St. James niederzubrennen, so wird es wenigstens einen Snob geben, der deshalb nicht schlecht von Ihnen denken würde.

Die einzigen Leute, denen es meiner Meinung nach erlaubt sein dürfte, die Klubs zu besuchen, sollten verheiratete Männer ohne Beruf sein. Ihr fortwährendes Verbleiben im Hause kann selbst von den hingebendsten Frauen nicht gewünscht werden. Nehmen wir an, die Töchter hätten es vor, zu üben, womit sich in einer ehrbaren englischen Familie jede junge Dame wohl drei Stunden täglich befassen dürfte, so würde es für den armen Papa sehr schmerzlich sein, drei Stunden lang im Salon zu sitzen und den endlosen Mißtönen und dem Gequietsche zuhören zu müssen, das dem mißhandelten Klavier dabei entlockt wird. Jeder, und namentlich derjenige, welcher ein gutes Gehör sein eigen nennt, müßte verrückt werden, wenn er dazu verurteilt wäre, täglich sechs Stunden lang diesen Greuel auszuhalten. Oder nehmen wir an, Sie hätten die Absicht, zu Ihrer Schneiderin oder zu Howell & James zu gehen, so ist es doch ganz klar, meine verehrte Gnädige, daß unterdessen Ihr Gatte viel besser im Klub aufgehoben ist als an Ihrer Seite im Wagen oder in einem Stuhl bei Shawl & Grimcrack Entzücken heuchelnd, während die jungen dandyhaften Ellenreiter vor Ihnen ihre Ware ausbreiten.

Diese Art Ehemänner sollten nach dem Frühstück fortgeschickt werden und, wenn sie nicht Abgeordnete, Eisenbahn- oder Versicherungsdirektoren sind, in ihren Klub gehen, wo sie bis zur Essenszeit zu bleiben hätten. Wahrhaftig, kein Anblick kann für mein ordnungsliebendes Gemüt angenehmer sein, als die vornehmen Charakterköpfe so würdig beschäftigt zu sehen. Jedesmal, wenn ich durch die St. James Street gehe, wozu ich ebensogut das Recht habe wie alle übrigen Leute, und in die Fenster bei Blight, Foodle oder Snook oder auch in den großen Erker des Klubs der Beschaulichen hineinsehe, so richte ich meinen Blick mit ehrerbietiger Wertschätzung auf die Gestalten drinnen, auf die würdigen, rosigen, alten Knacker, die wurmstichigen Gecken, auf die geschnürten Taillen, glänzenden Perücken und tadellosen Halsbinden dieser höchst hohlen, aber ehrbaren Leute. Solche Männer sind tagsüber dort sicherlich am besten aufgehoben. Wenn Sie, meine verehrten Damen, von ihnen Abschied nehmen, so denken Sie an das Entzücken, das Sie naturgemäß beim Wiedersehen erfüllen muß. Sie haben Ihre häuslichen Angelegenheiten erledigt, haben Ihre Besuche gemacht, Ihre Pudel im Park an die frische Luft spazieren geführt, Ihre französische Jungfer hat Ihre Toilette beendet, die Sie so verführerisch schön bei Kerzenlicht erscheinen läßt, und Sie sind nun bereit, dem das Haus so angenehm wie möglich zu gestalten, der den ganzen Tag über nicht zu Hause war.

Solche Männer müssen, wie gesagt, zweifellos ihre Klubs haben, und deshalb dürfen wir sie nicht unter die Klub-Snobs einreihen – gegen die wir unsere Angriffe für die nächste Woche aufsparen wollen.

Achtunddreißigstes Kapitel

Klub-Snobs

Solches Aufsehen hat mein letzter Artikel über die Klub-Snobs in den Klubs hervorgerufen, daß ich es für mich, der ich doch selbst Klubmitglied bin, nur als schmeichelhaft bezeichnen kann.

Ich gehöre vielen Klubs an. Dem »Union Jack« und der »Schärpe und Enterhaken« – als militärischen Klubs. Dem »Echten Blauen«, dem »Unüberwindlichen«, dem »Blauledernen«, dem »Guy Fawkes« und dem »Cato Street« – politischen Klubs. Dem »Brummell« und dem »Regent« – Dandy-Klubs. Dem »Akropolis«, dem »Palladium«, dem »Areopagus«, dem »Pnyx«, dem »Pentelikus«, dem »Illissus«, dem »Poluphloisboio Thalasses« – wissenschaftlichen Klubs. Es ist mir ewig schleierhaft geblieben, wie die zuletzt genannte Kategorie auf ihre Namen gekommen ist; ich für meine Person verstehe kein Griechisch und möchte bloß wissen, bei wie vielen anderen Mitgliedern dieser Vereinigung das auch noch der Fall ist.

Vom ersten Tage an, als ich meine Artikel über die Klub-Snobs ankündigte, bemerkte ich, welches Aufsehen mein Erscheinen in jedem Klublokal erregt. Die Mitglieder verlassen ihre Plätze und bilden Gruppen – sie schütteln mit den Köpfen und ziehen ihre Brauen hoch, wenn ihr Blick den eben eingetretenen Snob streift. »Der verfluchte, unverschämte Laffe«, sagt der Oberst Bluyder, »wenn er es wagt, mich aufzuziehen, so schlage ich ihm alle Knochen im Leibe kaputt.« »Habe ich es Ihnen nicht gleich gesagt, was dabei herauskommt, wenn man Zeitungsschreiber in Klubs aufnimmt?« sagt Ranville Ranville zu seinem Kollegen Spooney, die beide in der gleichen Kanzlei mit

219

Bindfaden und Siegellack hantieren. »Leute ihres Schlages sind in ihren eigenen Kreisen ganz gut zu gebrauchen, und als Mann, der selbst im öffentlichen Leben steht, mache ich es mir zum Prinzip, ihnen die Hand zu schütteln und ähnliche Höflichkeiten zu erweisen. Wenn sich aber diese Kerle in unsere Privatverhältnisse mischen, so ist das entschieden zu stark. Gehen wir weiter, Spooney«, und damit konzentrieren sich diese beiden Hansnarren hochmütig rückwärts. Als ich in den Kaffeeraum des »Unüberwindlichen« eintrat, sprach der alte Jawkins gerade vor einer Anzahl Leuten, die wie gewöhnlich gähnten. Er stand vor ihnen am Kamin, fuchtelte mit dem »Standard« herum und perorierte: »Was habe ich voriges Jahr zu Peel gesagt? Wenn Sie an den Getreidezöllen rühren, so rühren Sie an der Zuckerfrage, und wenn Sie an der Zuckerfrage rühren, so schneiden Sie die Teefrage an. Ich bin gewiß kein Anhänger der Monopole, ich bin ein liberaler Mann, ich kann es aber nicht vergessen, daß ich am Rande eines Abgrundes stehe. Und wenn wir den Freihandel haben sollen, so verschaffen Sie uns auch Gegenseitigkeit. Und was meinen Sie wohl, was mir Sir Robert Peel darauf erwidert hat? ›Mr. Jawkins‹, sagte er ...«

Bei diesen Worten fiel Jawkins' Blick plötzlich auf Ihren ganz ergebenen Diener, und alsbald hielt er mit einem Ausdruck des Schuldbewußtseins inne – in seiner alten, abgestandenen, blöden Rede, die jeder von uns im Klub immer und immer wieder hat anhören müssen. Jawkins ist ein äußerst hartnäckiger Klub-Snob. Tagtäglich sitzt er auf seinem Stammplatz am Kamin mit dem »Standard« in der Hand, aus dem er mit größter Gemütsruhe den Leitartikel vorliest und ihn *ore rotundo* seinem Nachbarn in die Ohren brüllt, der eben erst die gleiche Zeitung Wort für Wort gelesen hat. Wie man an der Schürzung seiner Krawatte erkennen kann, hat Jawkins Geld.

Vormittags besucht er die Bankiers und Makler in ihren Geschäften und beginnt zu renommieren:»Gestern sprach ich mit Peel, dessen Absichten so und so sind. Graham und ich besprachen die Angelegenheit, und ich verbürge mich mit meinem Ehrenwort dafür, daß wir in unseren Ansichten übereinstimmen. Und daß ›Wie-heißt-es-doch-gleich‹ die einzige Maßnahme ist, welche die Regierung durchzubringen versuchen wird.« Wenn die Abendzeitungen erscheinen, ist er schon wieder im Klub zu finden.»Ich kann Ihnen genau sagen, welche Meinung man in der City hat, verehrter Herr«, sagt er, »und Jones Loyd denkt darüber in wenigen Worten folgendermaßen. Rothschilds haben es mir selbst erzählt. Die Leute in der Mark Lane haben ebenfalls diese Ansicht zu der ihren gemacht.« Natürlich betrachtet man infolge seiner Reden ihn als einen ziemlich gut informierten Menschen.

Er wohnt in Belgravia – das versteht sich von selbst – in einem grau bemalten, vornehmen Hause, und alles zu seinem persönlichen Gebrauch ist gediegen, bequem und echt. Seine Diners werden im »Morning Herald« unter der Rubrik »Gesellschaften der Woche« registriert. Seine Frau und Töchter erscheinen jährlich einmal zur Cour bei Hofe, während er danach im Klub sich in seiner Uniform als Kreisdeputierter zeigt.

Er liebt es, das Gespräch mit den Worten zu beginnen:»Als ich im Parlament war; da habe ich etc. ...« Tatsächlich hat er im ersten Reform-Parlament drei Wochen lang Skittlebury vertreten, wurde aber wegen Bestechung seines Mandates für verlustig erklärt. Seitdem hat er noch dreimal ohne Erfolg für diesen ehrbaren Wahlkreis kandidiert.

In den meisten Klubs habe ich noch eine andere Art von politischen Snobs gefunden. Das sind die Leute, die sich zwar um innere Politik nicht kümmern, dafür aber um so größer im Ressort des Auswärtigen sind. Ich glaube, diese Sorte von Menschen findet man kaum anderswo als in Klubs. Für sie beschaffen sich die Zeitungen ihre Auslandsnachrichten, was jeder einzelnen gut und gern zehntausend Pfund jährlich kosten mag. Zu ihnen gehört der Mann, der über die Absichten Rußlands und über den abscheulichen Verrat Louis Philipps ernstliches Unbehagen empfindet. Er ist es, der eine französische Flotte in der Themse erwartet und beständig ein wachsames Auge auf den Präsidenten der Vereinigten Staaten hat, dessen Reden er (der Himmel möge ihn beschützen!) wörtlich liest. Er kennt die Namen der Oppositionsführer in Portugal und weiß, warum sie sich streiten. Er ist es, der Lord Aberdeen in den Anklagezustand versetzt und Lord Palmerston ins Gefängnis wandern zu sehen wünscht – oder umgekehrt.

Ein Lieblingsthema dieses Snobs ist es, daß Lord Palmerston sich an Rußland verkauft habe, wobei er die genaue Summe von Rubeln angibt, die er erhalten haben soll. Ich belauschte einmal solch einen Snob, es war Kapitän Spitfire von der königlichen Marine (dem, beiläufig gesagt, von den Whigs ein Schiff abgelehnt worden ist), wie er nach Tisch folgende Unterhaltung mit Mr. Minns führte:

»Was glauben Sie wohl, Minns, warum die Prinzessin Scragamowsky nicht auf der Gesellschaft bei Lady Palmerston gewesen ist? Weil sie sich nicht hat blicken lassen können. – Und warum kann sie sich nicht blicken lassen? Soll ich es Ihnen sagen, Minns, warum sie sich nicht blicken lassen kann? Der Rücken der Prinzessin Scragamowsky ist total zerschlagen, Minns. – Ich sage Ihnen, Herr, er sieht aus wie rohes Fleisch. Vergangenen Dienstag um zwölf Uhr erschienen drei Trommler vom Preobaschenskyschen Regiment im Ashburnham House, und um eineinhalb Uhr erhielt im gelben Zimmer der russischen

Gesandtschaft, in Gegenwart der Frau des Gesandten, von vier Kammerfrauen, des griechischen Popen und des Gesandtschaftssekretärs, die Prinzessin dreizehn Dutzend Knutenhiebe. Sie erhielt die Knute, Herr, mitten in England – am Berkeley Square, weil sie gesagt hat, daß die Großfürstin Olga rote Haare habe. Und nun, mein Herr, frage ich Sie, ob Lord Palmerston noch weiter Minister bleiben darf?«

Minns: »Um Gottes willen!«

Minns folgt Spitfire blindlings und hält ihn für das größte und klügste Geschöpf auf Gottes Erdboden.

Neununddreißigstes Kapitel

Klub-Snobs

Warum sollte nicht ein großer Schriftsteller »Die Geheimnisse der Klubhäuser« oder »Enthüllungen der St. James Street« schreiben! Das wäre ein dankbarer Vorwurf für einen phantasievollen Autor. Wir müssen uns an unsere Knabenjahre erinnern, als wir ohne Geld in der Tasche auf den Jahrmarkt gingen, um die Schaubuden herumschlichen und durch die Ritzen einen Blick von dem zu erhaschen suchten, was sich darinnen abspielte.

Der Mensch ist einem Drama vergleichbar – in dem sich Wunder und Leidenschaft, Schönheit und Wahrhaftigkeit und alles sonst nur Mögliche abspielt. Jede Menschenbrust für sich ist eine Bude auf dem Jahrmarkt der Eitelkeit. Wir wollen aber nun diesen großartigen Stil aufgeben, denn ich würde sterben, wenn ich ihn auch nur eine Spalte lang beibehalten müßte. (Beiläufig bemerkt, müßte es nicht großartig aussehen, wenn ich eine Spalte lang alles nur mit großen Buchstaben schriebe?!)

Solltest du übrigens im Klub keine dir irgendwie bekannte Seele finden können, so hast du doch stets Gelegenheit, Fremde zu beobachten und zu erraten, was hinter den Zelten und Vorhängen ihrer Herzen, hinter ihren Röcken und Westen sich abspielen mag. Das gewährt ein nie Versagendes Vergnügen. Man hat mir erzählt, daß es tatsächlich in London einige Klubs gibt, in denen keiner mit dem anderen sprechen darf. Man sitzt sich schweigsam im Kaffeezimmer gegenüber und beobachtet einander.

Wie wenig kann man doch von dem Äußeren auf den Charakter schließen! In unserem Klub gibt es einen großen, starken, im besten Mannesalter stehenden, patent angezogenen, fast kahlköpfigen Herrn, der stets Lackstiefel und auf der Straße einen Pelzkragen trägt. Er zeigt ein gesetztes Benehmen und pflegt sich ein exquisites kleines Diner zu bestellen, das er mit Verständnis verzehrt. Irrtümlicherweise habe ich ihn stets, all diese fünf Jahre schon, für Sir John Pocklington angesehen und ihn für einen Mann gehalten, der täglich seine fünfhundert Pfund zu verzehren hat. Nun erfahre ich aber, daß er nur ein Kommis in einem Cityhause mit Namen Jubber mit knapp 200 Pfund Jahresgehalt ist. Sir John Pocklington dagegen war jener kleine, schmuddlig aussehende Mann mit der Schnupftabaksnase, der so laut über das ihm vorgesetzte schlechte Bier schimpfte und der sich nicht darüber beruhigen konnte, daß ihm dreiundeinhalb Pence zuviel für einen Hering abverlangt worden seien. Er saß am Nebentisch von Jubber an. dem Tage, an dem man ihn mir als den wirklichen Baronet zeigte.

Versuchen wir ein anderes Geheimnis zu ergründen. Da sehe ich zum Beispiel den alten Fawney, der durch die Klubzimmer mit glasigen, ausdruckslosen Augen und ewig blödem Lächeln streicht – er kriecht vor jedem, den er trifft, schüttelt ihm die

Hände, begrüßt ihn herzlich und gibt sein innigstes und wärmstes Interesse für sein Wohlbefinden kund. Man hält ihn für einen Hanswurst und Schaumschläger, und er weiß auch, was man von ihm hält. Dennoch kriecht er seines Wegs weiter und läßt, wohin er sich auch wendet, eine Spur schleimiger Schmeichelei hinter sich. Wer vermag hinter das Geheimnis dieses Menschen zu kommen? Was für ein irdisches Gut kann er von dir oder mir zu erreichen hoffen? Wer weiß, was hinter dieser ruhigen, schielenden Maske arbeitet? Man hat nur eine unbestimmte instinktive Abneigung, die einem ein Warnungssignal gibt, daß man sich in der Nähe eines abgefeimten Charakters befindet – darüber hinaus ist einem das Innere Fawneys ein Rätsel.

Da liebe ich es schon mehr, junge Leute zu beobachten. Ihr Spiel ist offener; sie halten ihre Karten unverdeckt in der Hand. Nehmen wir zum Beispiel die Herren Spavin und Cockspur vor. Ein oder zwei junge Leute ihres Schlages kann man, wie ich glaube, in den meisten Klubs antreffen. Sie kennen niemanden und tragen einen leichten Zigarrenduft in die Räume, wo sie in einer Ecke über Sportangelegenheiten miteinander tuscheln. So wie Politiker über das »Reformjahr«, oder »das Jahr, in dem die Wighs führende Partei wurden« und über ähnliches sprechen, so bezeichnen diese jungen Sportgecken das Jahr als »Tarnations«-Jahr oder als »Opodeldoc«-Jahr oder als das Jahr, in dem Catawampus Zweiter im Chester-Pokal wurde. Morgens spielen sie Billard, zum Frühstück trinken sie helles Bier oder beginnen wohl auch mit kleinen Gläsern schärferer Getränke. Sie lesen »Bell's Life« (das wirklich eine sehr amüsante Zeitschrift ist und in seinen Briefkasten-Antworten eine bemerkenswerte Bildung an den Tag legt). Sie pflegen den Tattersall zu besuchen und mit den Händen in den Paletottaschen im Park herumzuflanieren.

Was mir besonders an dem Äußeren dieser sportliebenden Jugend auffällt, ist ihre erschütternde Wichtigkeit, ihre abgehackte Sprechweise und ihr ausgemergeltes, mürrisches Aussehen. Wenn im Rauchzimmer des »Regent-Club« Joe Millerson mit seinen Schnurren alles in stürmische Heiterkeit versetzt, kann man die jungen Herren Spavin und Cockspur in einer Ecke zusammen murmeln hören. »Ich halte fünfundzwanzig gegen eins auf ›Bruder aus der Blaunase‹«, flüstert Spavin. »Dafür kann ich's nicht machen«, erwidert Cockspur mit ominösem Kopfschütteln. Diese unglückseligen Jungen haben nur stets den Wettkalender im Kopfe. Ich glaube, ich hasse dieses Werk noch mehr als den Pairskalender. Denn dieser hat wenigstens ein Gutes – obwohl er ganz, allgemein gesprochen den Rekord in der Eitelkeit aufstellt. Obgleich die de Muggins nicht von dem Riesen Hogyn Mogyn abstammen, obgleich die Hälfte der anderen Genealogien ebenso gefälscht und närrisch ist, so sind doch die Wahlsprüche, wenigstens einige von ihnen – höchst lehrreich. Und auch das Buch selbst ist als eine Art goldbetreßter und in Livree gesteckter Geschichtslakai insoweit ganz brauchbar. Was kann aber aus einem Wettbuch je Gutes herauskommen? Wäre ich auch nur eine Woche lang der Kalif Omar, so würde ich jedes einzelne dieser jämmerlichen Machwerke in Flammen aufgehen lassen, angefangen beim Exemplar desjenigen Lords, der an Jack Snaffles Stall beteiligt ist und schlecht informierte Lumpe und schwindelhafte Grünschnäbel übers Ohr haut, bis herab zu dem Wettbuch des Fleischergesellen Sam, der in der Kneipe Achtzehn-Penny-Wetten legt und damit fünfundzwanzig Groschen zu gewinnen hofft. Wenn es sich um ein Wettgeschäft handelt, so würden sowohl Spavin wie Cockspur imstande sein, den eigenen Vater zu übervorteilen, ebenso wie sie ihren besten Freund opfern würden, wenn sie um diesen Preis auch nur einen Punkt mehr erreichen könnten. Eines schönen Tages kann man hören, daß sich der eine oder der andere aus dem Staube gemacht hat, ein Ereignis, das uns, die wir keine Sportsleute sind, nicht das Herz brechen wird. Sieh da – Mr. Spavin schickt sich an aufzubrechen, er sucht sich vor dem Spiegel aus den Seitensträhnen seines Haares Locken zu drehen. Sieh ihn dir genau an! Nur unter Sträflingen oder Turfleuten kann man eine so gemeine, verschlagene und düstere Visage sehen.

Ein schon mehr menschliches Geschöpf unter den jungen Klub-Snobs ist der Schwerenöter. Gerade eben sah ich Wiggle mit seinem von ihm unzertrennlichen Busenfreund Waggle sprechen.

Waggle: »Auf Ehre, Wiggle, sie hat.«

Wiggle: »Schön, Waggle, ich glaube wirklich auch, es war so, wie du sagst, sie hat mich recht liebenswürdig angesehen. Na, wir werden ja heute abend im Theater sehen!«

Und nachdem sie ihre kleinen Personen zurechtgestutzt haben, gehen diese beiden harmlosen jungen Fants nach oben zum Essen.

Vierzigstes Kapitel

Klub-Snobs

Beide Arten von jungen Leuten, die ich in meinem letzten Artikel mit den geschwätzigen Namen Wiggle und Waggle bezeichnet habe, werden wohl in ziemlicher Menge überall in den Klubs anzutreffen sein. Beide, Wiggle wie Waggle, sind Nichtstuer. Sie sind aus dem Mittelstande hervorgegangen. Der eine möchte gerne glauben machen, daß er Anwalt sei, und der andere hat eine feudale Wohnung in der Gegend von Piccadilly. Man kann sie Dandys zweiter Klasse nennen. Sie haben noch nicht die famose Nachlässigkeit in ihrem Auftreten heraus und können auch noch nicht den blödsinnig leeren Gesichtsausdruck nachmachen, der die edlen und hochgeborenen Häupter ihres Stammes auszeichnet. Aber ihre Lebensführung ist (und sei es auch nur um des Vorbildes willen) fast genauso schlecht, wie sie auch persönlich ebensowenig nütze sind. Ich habe nicht die Absicht, diesen kleinen Pall-Mall-Faltern einen Donnerkeil an die Köpfe zu schleudern, denn sie schaden weder der Allgemeinheit, noch begehen sie in ihrem Privatleben Ausschreitungen. Sie werden nicht tausend Pfund verschwenden, um einer Tänzerin von der Oper Ohrringe zu schenken, wie Lord Tarquin es sich leisten kann. Auch wird keiner von ihnen eine Kneipe auftun oder, wie der junge Earl von Martingale, die Bank eines Spielklubs sprengen. Sie haben auch ihre liebenswürdigen Seiten, sind gutmütig und benehmen sich in Geldsachen anständig – nur eben ihre Charakterveranlagung als Lebemänner zweiter Klasse mit ihrem so überaus kläglichen, selbstzufriedenen und törichten Gebaren erfordert es, daß man sie in einem Werk, das von Snobs handelt, nicht übergehen kann.

Wiggle hat im Ausland gelebt und gibt jedermann zu verstehen, daß die Erfolge, die er bei deutschen Gräfinnen und bei italienischen Prinzessinnen gehabt hat, geradezu riesig gewesen sind. Alle Wände seiner Zimmer hat er mit Bildern von Schauspielerinnen und Ballett-Tänzerinnen bedeckt. Morgens pflegt er einen prächtigen Hausanzug zu tragen, Räucherpulver zu verbrennen sowie den »Don Juan« und französische Novellen zu lesen! (Nebenbei bemerkt, das Leben des Verfassers des Don Juan«, von ihm selbst geschrieben, ist geradezu das Urbild eines Snob-Daseins.)

Er zeigt französische Zweiundeinhalb-Penny-Drucke von Damen mit schmachtenden Augen, die in Gondeln sitzend Gitarre spielen, und erzählt euch Geschichten zu den Bildern. »Ich weiß, daß es nur ein schlechter Druck ist, ich habe aber meine Gründe, weshalb ich ihn schätze. Er erinnert mich an jemanden, an eine Dame, die ich unter einem anderen Himmelsstrich kennengelernt habe. Sie haben jedenfalls von der Principessa di Monte Pulciano gehört? Ich begegnete ihr in Rimini. Teure, teure Francesca! Was hatte das berückende Ding doch für schöne Haare und glänzende Augen! Und in ihrem Hut mit dem Paradiesvogel, mit ihrem türkischen Schal um die Schultern und dem Täubchen auf ihrem Finger, wette ich, hätte jeder sie für eine Dame, die du, mein lieber Waggle, vielleicht nicht kennst, die aber in München als die Gräfin Ottilie von Eulen-Schreckenstein allgemein bekannt ist, halten können. Oh, mein Gott, wie schön sah sie aus, als ich mit ihr am Geburtstage des Prinzen Attila von Bayern im Jahre 1844 tanzte! Prinz Carloman war unser Vis-à-vis, und Prinz Pipin tanzte mit uns in derselben Quadrille. Sie hatte eine Narzissenblüte in ihrem Bukett. Ach, Waggle, jetzt überkommt es mich wieder!« Seine Züge nehmen einen todtraurigen, geheimnisvollen Ausdruck an, er vergräbt seinen Kopf in die Sofakissen, als ob er sich in einen Strudel leidenschaftlicher Erinnerungen stürzen wolle.

Voriges Jahr erregte er großes Aufsehen mit einem kleinen Kästchen, das durch einen kleinen goldenen Schlüssel verschlossen wurde, den er stets um den Hals trug und auf welchem eine Schlange als Sinnbild der Ewigkeit mit dem Buchstaben M. in der Mitte eingeprägt war. Manchmal legte er ihn auf die lederüberzogene Platte seines kleinen Schreibtisches wie auf einen. Altar – für gewöhnlich standen Blumen darauf – und konnte dann mitten in einer Unterhaltung aufstehen und ihn küssen. Aus seinem Schlafzimmer heraus rief er auch zuweilen seinem Diener zu: »Hicks, bringe mir mein Kästchen!«

»Ich weiß nicht, was für eine Bewandtnis es damit hat«, pflegte Waggle zu sagen. »Wer kennt all die Liebeshändel dieses Gesellen! Ich sage Ihnen, mein Herr, Desborough Wiggle ist der Sklave seiner Leidenschaft. Ich nehme an, Sie kennen die Geschichte der italienischen Principessa, die in das Kloster der heiligen Barbara in Rimini eingesperrt worden ist – wenn er sie Ihnen nicht erzählt hat, so habe ich kein Recht, darüber zu sprechen – oder die der Gräfin, wegen der er beinahe ein Duell mit dem Prinzen Wittekind von Bayern hatte? Vielleicht haben Sie sogar nicht einmal etwas von dem schönen Mädchen von Pentonville, der Tochter eines sehr geachteten Dissidentenpredigers gehört? Ihr brach das Herz, als sie erfuhr, daß er bereits verlobt sei (und zwar mit einem höchst anmutigen jungen Geschöpf hoher Herkunft, das ihm später untreu wurde), und jetzt verbringt sie ihre Tage in einer Anstalt zu Hanwell.«

Waggles Glauben an seinen Freund versteigt sich manchmal zu schwärmerischer Anbetung. »Was wäre er für ein Genie, wenn er sich nur mit sich selbst beschäftigen wollte!« flüsterte er mir zu. »Was könnte aus ihm ohne seine Leidenschaften werden, mein Herr! Seine Gedichte sind die schönsten, die ich je zu Gesicht bekommen habe. Er hat eine Fortsetzung des Don Juan« unter Benutzung seiner eigenen Liebesabenteuer geschrieben. Haben Sie schon einmal seine Verse an Mary gelesen? Sie sind Byron überlegen, mein Herr, tatsächlich Byron überlegen.«

Ich freute mich, dies aus dem Munde eines so kompetenten Kritikers wie Waggle zu hören, denn tatsächlich hatte ich selbst die Verse für den braven Wiggle gefertigt, als ich ihn eines

Tages in seinem Zimmer vor einem sehr schmutzigen alten Poesiealbum brütend sitzen sah, in das er bis zu dem Augenblicke noch nicht ein einziges Wort hineingeschrieben hatte.

»Ich bringe heute nichts fertig«, sagte er. »An manchen Tagen kann ich ganze Gesänge schreiben, und heute fällt mir auch nicht eine Zeile ein. O Snob, welche günstige Gelegenheit! Was für ein Götterweib! Sie bat mich um einige Verse für ihr Album, und ich bekomme heute nichts fertig.«

»Ist sie denn reich?« fragte ich. »Soweit ich mich erinnere, wollten Sie ja nur eine reiche Erbin heiraten.«

»Oh – Snob! Sie ist das vollkommenste Geschöpf und mit den höchsten Kreisen verwandt! – Und ich – ich bringe heute keine Zeile zustande.«

»Wie wollen Sie die Verse haben?« fragte ich. »Heiß, mit Zucker?«

»Oh, sprechen Sie nicht so, nicht so! Sie verletzen meine heiligsten Gefühle, Snob. Ich möchte gerne etwas Wildes und doch Zartes haben – ähnlich wie bei Byron. Ich möchte ihr sagen, daß inmitten der Festesfreude – oder so ähnlich, Sie wissen ja schon ..., ich nur an sie denke, Sie wissen ja schon, daß ich die Welt verachte, daß ich ihrer überdrüssig bin, Sie wissen ja schon; und dann bringen Sie doch etwas von einer Gazelle und von einer Nachtigall hinein, Sie wissen ja schon ...«

»Und dann noch einen Yataghan, um allem ein Ende zu machen«, bemerkte der Schreiber dieses, und so fingen wir also an:

An Mary
»Ich scheine in heiterer Menge
Der Frohste zu sein.
Meines Lachens lustige Klänge
Hört man, bei Tanz und Wein.

Mein Lächeln wird jeder wähnen
Beziehen zu dürfen auf sich;
Doch mein Herz, mein Gefühl, meine Tränen
Sind immer für dich, nur für dich!«

»Finden Sie das nicht nett. Wiggle?« sagte ich. »Mich rührt es fast zu Tränen!«

»Was meinen Sie nun, wenn wir sagten, daß alle Weit mir zu Füßen läge – um sie eifersüchtig zu machen, wissen Sie, oder so was Ähnliches – und daß – daß ich in die Fremde gehen will. Das macht vielleicht großen Eindruck auf sie.«

So begannen wir (wie der verfluchte Kerl sagte) also von neuem:

»Die Alten und Jungen umweben
Mit Schmeicheln mich hold –
Ihre Herzen die Schönsten mir geben
Als Pfand – für mein Gold.
Hin zwinge die Kriecher ich nieder
Auf die Kniee vor mich.
Meine Treue, die Lieb' und die Lieder
Sind immer für dich, nur für dich!«

»Nun geht es auf die Reise, Wiggle, mein Sohn«, und ich begann mit vor Bewegung zitternder Stimme:

»Drum fort, denn nicht Ruh' ich mehr kenne,
Seit für dich nur zittert das Herz.
as es fühlt, zu sagen ich brenne,
och ich vergrabe den Schmerz
Im Busen, die Leidenschaft soll ...«

»Ich meine, lieber Snob!« unterbrach hier Wiggle den begeisterten Barden, als ich gerade vier Zeilen so pathetisch vortragen wollte, daß Sie gewiß, wenn Sie es hätten hören können, hysterisch geworden wären.

»Ich meine – ahem – könnten Sie nicht sagen, daß ich – daß ich Militär wäre und daß mein Leben in Gefahr sei? ...«

»Sie Militär? – Ihr Leben in Gefahr? – Was zum Teufel meinen Sie denn?«

»Warum nicht«, sagte Wiggle heftig errötend. »Ich erzählte ihr, daß ich ... daß ich mich einer Expedition nach Ecuador anschließen wollte.«

»Sie abscheulicher Betrüger«, rief ich aus, »machen Sie doch das Gedicht selber fertig!« Das hat er denn auch getan, ganz ohne Rücksicht auf jedes Versmaß, und nachher prahlte er damit im Klub und gab es als Erzeugnis seines eigenen Geistes aus.

Der gute Waggle glaubte unerschütterlich an das Genie seines Freundes, bis er vorige Woche eines Tages mit grinsender Miene im Klub erschien und zu mir sagte: ›O Snob, was für eine Entdeckung habe ich machen müssen! Als ich heute Schlittschuhlaufen ging, mußte ich Wiggle mit dem herrlichen Weib Spazierengehen sehen, jener Dame aus vornehmem Hause, mit dem unermeßlichen Vermögen, mit Mary, wissen Sie, für die er die schönen Verse gedichtet hat. Sie ist fünfundvierzig Jahre alt, hat rotes Haar und eine Nase wie einen Pumpenschwengel. Ihr Vater hat sein Geld mit einem Schinken- und Rindfleischladen gemacht – und Wiggle will sie nächste Woche heiraten.«

»Um so besser, mein liebster Waggle«, sagte ich, »um so besser für die Damenwelt, deren Herzen zu brechen dieser gefährliche Hund nun bleiben lassen muß – dieser Blaubart gibt also sein Geschäft auf? Und um so besser auch für ihn selbst! Denn da an allen Liebesgeschichten, die Sie so begierig verschlungen haben, kein wahres Wort ist, so hat er niemandem damit weh getan wie sich selbst, dessen Gefühle sich nun auf den Schinken- und Rindfleischladen konzentrieren werden.

233

Aber es gibt Leute, die solche Sachen im Ernst vollführen, Mr. Waggle, und die dennoch eine geachtete Stellung in der Welt einnehmen. Aber diese Menschen sind nicht so lächerlich zu nehmen, denn obwohl sie Snobs sind, sind sie doch zugleich auch Schurken. Ihr Vergehen gehört vor einen höheren Gerichtshof.«

Einundvierzigstes Kapitel

Klub-Snobs

Bacchus ist die Gottheit, der Waggle ganz besonders eifrig dient. »Gib mir Wein, mein Sohn!« sagt er zu seinem Freunde Wiggle, der von reizenden Weibern schwatzt; und er hält sein Glas mit dem rötlichen Naß gegen das Licht, zwinkert gewichtig mit den Augen, schlürft es aus und schnalzt mit der Zunge hinterher, worauf er im Nachgeschmacke schwelgt, als ob er der größte Weinkenner wäre.

Ich habe diese ausbündige Weinkennerschaft besonders bei jungen Leuten gefunden. Snoblinge von der Universität, Küchlein aus der Armee, Gänseriche aus den öffentlichen Schulen, die unsere Klubs zieren, kann man recht häufig mit viel Stimmenaufwand ihre Autorität in Weinfragen versichern hören. Diese Flasche schmeckt nach dem Korken«, sagt Snobling, worauf der Kellermeister Mr. Sly sich beeilt sie wegzunehmen, um genau denselben Wein unmittelbar hinterher, in eine andere Karaffe gefüllt, ihm wieder vorzusetzen. »Ich pfeife auf Champagner«, sagt das Küchlein, »höchstens für Mädele und Kinder ist er zu saufen. Ich verlange weißen Sherry zum Diner und hinterher meinen 23er Bordeaux. Was ist der Portwein, den man jetzt bekommt, anders als ein ekelhaftes, dickes, süßes Gesöff – wo ist der schöne, alte, trockene Wein nur hingeraten, den man sonst zu bekommen gewohnt war?« Bis vor zwölf Monaten noch trank das Kücken in der Pension von Doktor Swishtail Dünnbier, und der Gänserich pflegte sich seinen trockenen, alten Portwein, bis er jene Anstalt verließ, in einer Schnapskneipe in Westminster zu holen.

Jeder, der sich einmal Karikaturen aus der Zeit vor dreißig Jahren angesehen hat, wird sich erinnern, wie oft Schnapsnasen und picklige Gesichter oder Gesichter ähnlicher Art, wie sie ein Bardolph gehabt haben mag, auf ihnen dargestellt worden sind. Heutzutage trifft man sie nicht mehr so häufig an wie in jener guten alten Zeit, weder im Leben noch auf Zeichnungen. Aber unter unserer Klubjugend kann man solche Erscheinungen auch heute noch antreffen. Junge Burschen suchen ihren Ruhm in Zechgelagen, ihre ungesunden, gelben Gesichter zieren jene Schönheitsflecken, die Rowlands Kalydor rasch und sicher zu entfernen sich anpreist. »Gestern abend war ich blödsinnig bezecht, mein Junge«, flüstert Hopkins Tomkins vertraulich lächelnd zu. »Ich muß Ihnen mal unsere Schandtaten beichten. Um zwölf Uhr frühstückten wir und blieben dann noch bei einer Zigarre und bei Whisky und Sodawasser bis vier Uhr sitzen. Danach bummelten wir eine Stunde im Park, aßen zu Abend und tranken dazu Glühwein, bis wir halb voll waren. Dann guckten wir eine Stunde lang ins Haymarket-Theater hinein und gingen danach wieder in den Klub. Hier speisten wir noch etwas vom Grill und tranken ungezählte Gläser Whisky-Punsch, bis wir alle total blaß waren – hallo, Kellner, einen Cherry Brandy.« Die Kellner im Klub sind die höflichsten, besten und geduldigsten Menschen von der Welt, die sich aber bei der Bedienung dieser jungen Säufer zu Tode hetzen müssen.

Wenn der verehrte Leser sich jedoch ein genaueres Bild von der Lebensführung dieser Sorte junger Burschen machen will, so kann ich ihm empfehlen, sich das geistreiche Stück »Unsere hoffnungsvollen jungen Londoner« anzusehen. Die liebenswürdigen Helden werden darin nicht nur als Säufer und Nachtschwärmer hingestellt, sondern zeigen sich auch noch in hundert anderen schätzenswerten Eigenschaften als Lügner, Betrüger und Wüstlinge jeder Art, daß sie schon als Typen gelten können.

Wie angenehm sticht doch dagegen das würdige Benehmen meines Freundes Papworthy ab, der mit dem Hausmeister des Klubs folgende Unterhaltung führt!

Papworthy: Poppins, ich möchte heute rasch etwas zu essen haben. Ist etwas kaltes Wildbret zu haben?

Poppins: Gewiß, mein Herr, wir haben Wildbretpastete, mein Herr, kalte Waldschnepfe, mein Herr, dann haben wir kalten Fasan, mein Herr, dann noch kalten Pfau, mein Herr, kalten Schwan, mein Herr, kalten Strauß, mein Herr usw. usw., was nun gerade da ist.

Papworthy: Hem! Welches ist Ihr bester Rotwein, Poppins – ich meine in halben Flaschen?

Poppins: Wir haben einen schönen Lafitte von Cooper & Magnum, mein Herr. Ferner einen St. Julien von Lath & Sawdust, mein Herr. Dann wird auch noch der Léoville von Bung sehr gelobt; ich meine aber, daß der Château Margaux von Jugger Ihnen sehr gefallen wird.

Papworthy: Hum! – Ha! – Schön – geben Sie mir bitte ein Stück Brot und ein Glas Bier! Ich will bloß lunchen, Poppins.

Kapitän Shindy ist eine andere Sorte von einem Klub-Ekel. Sie können seinetwegen den ganzen Klub in Aufruhr sehen.

»Herr! Sehen Sie sich das mal hier an! Soll das gekocht sein, Herr! Herr! Riechen Sie nur einmal daran!

Wie können Sie es wagen, einem Gentleman solches Fleisch vorzusetzen?« brüllt er den Kellner an, der zitternd vor ihm steht und ihm vergeblich erzählt, daß der Bischof von Bullocksmithy soeben drei Koteletts von demselben Stück bekommen hätte. Alle Kellner im Klub drängen sich um das Hammelkotelett des Kapitäns. Er flucht gotteslästerlich auf John, weil er ihm nicht die Mixed Pickles bringt; er läßt das fürchterlichste Donnerwetter sich über dem armen Thomas entladen, weil er ihm noch nicht die Harvey-Sauce gebracht hat. Peter stolpert mit der Wasserkaraffe über Jeames, der mit dem schimmernden Brotkorb herbeieilt. So groß ist die Macht, die er auf die Gemüter ausübt, daß jeder Tisch ohne Bedienung ist, sobald Shindy in das Zimmer tritt; jeder Herr kann dann zusehen, wie er etwas zu essen bekommt, denn alle diese Hünengestalten von Bedienten sind vor Schrecken gelähmt.

Dabei kommt er auf seine Kosten, er schimpft und ist infolgedessen am allerbesten bedient. Im Klub fliegen zehn Diener, um seine Befehle auszuführen.

Derweilen sitzt die arme Mrs. Shindy mit ihren Kindern irgendwo in einer dumpfigen Wohnung, wo sie von einem Mädchen aus dem Armenhause in Holzschuhen bedient wird,

Zweiundvierzigstes Kapitel

Klub-Snobs

Eine wohlerzogene Engländerin wird der herzzerreißenden Geschichte von Sackville Maine, die ich jetzt erzählen will, nie ihre Teilnahme versagen können. Von den Klubfreuden haben wir gesprochen, nun aber müssen wir auch einen Augenblick bei den Gefahren, die diese Einrichtungen im Gefolge haben,

237

verweilen, und zu diesem Zwecke werde ich Ihnen meine neue Bekanntschaft, Sackville Maine, vorstellen.

Ich selbst wurde ihm und seiner entzückenden Frau auf einem Balle bei meiner verehrten Freundin Mrs. Perkins vorgestellt. Ich sah ein junges Wesen in einem weißen Seidenkleide und mit weißseidenen Schuhen an mir vorüberschweben, eine rosa Schärpe von reichlich der Breite einer halben Elle umwehte sie wie ein brennendes Band, als sie in einer Polka an mir vorbeiwirbelte, die sie mit Herrn von Springbock, dem deutschen Gesandtschaftsattaché, tanzte. Ein grüner Kranz bildete ihren Kopfschmuck, und ihr Haar war das schwärzeste, das mein Auge je erblickte. Wie gesagt, ich sah vor mir eine reizvolle junge Frau, die in einem graziösen Tanze graziös dahinschwebte, die, mochte sie je nach den wechselnden Bewegungen des Tanzes sich von vorne, in halbem oder dreiviertel Profil zeigen, stets ein süßes, rosiges und glückliches Gesicht blicken ließ. Ich fühlte, wie ich gestehe, eine unbezähmte Neugierde, den Namen der Besitzerin dieses lieblichen Antlitzes zu erfahren, und fragte Wagley, der in meiner Nähe im Gespräch mit einem seiner Bekannten stand, wer diese Dame sei.

»Welche?« fragte Wagley.

»Die dort mit den kohlschwarzen Augen«, erwiderte ich.

»Pscht!« machte er, und der Herr, mit dem er soeben gesprochen, entfernte sich mit etwas ärgerlicher Miene.

Als er außer Hörweite war, brach Wagley in Lachen aus.

»Kohlschwarze Augen«, sagte er, »Sie haben es erraten. Es ist Mrs. Sackville Maine, und der Herr, der soeben von uns ging, ist ihr Gatte. Er ist Kohlenhändler, mein guter Snob, und ich zweifle nicht, daß die Wallsender Steinkohlen von Mrs. Perkins aus seiner Grube stammen. Wenn er Kohlen nur erwähnen hört, ist er einem Hochofen vergleichbar.

Er sowohl wie seine Frau und seine Mutter sind sehr stolz auf die Familie von Mrs. Sackville, sie war eine geborene Miß Chuff, die Tochter des Kapitäns Chuff von der königlichen Marine. Jene starke Dame mit dem hochroten Umhang, die sich am Spieltisch gerade mit dem alten Mr. Dumps wegen unrichtigen Bedienens streitet, ist seine Witwe.«

Und wirklich, so verhielt es sich. Sackville Maine (dessen Name hundertmal eleganter klingt als der Name Chuff) nannte eine schöne Frau und eine vornehme Schwiegermutter sein eigen, und um beide mögen ihn manche Leute sicherlich beneidet haben.

Bald nach der Hochzeit hatte die gute alte Dame die Liebenswürdigkeit, ihn – nur auf vierzehn Tage – auf seinem hübschen Landsitz Kennington Oval zu besuchen. Sie hat aber eine solche Neigung zu diesem Heim im Herzen, daß sie es in den vier Jahren seither nie wieder verlassen hat. Sie hat auch ihren Sohn, Nelson Collingwood Chuff, von dem sie sich nicht trennen konnte, mit hingebracht; er ist indessen nicht so viel zu Hause wie seine Mama, da er tagsüber die von den Tuchhändlern gestiftete Schule besucht, wo er eine gediegene, klassische Bildung empfängt. Wenn auch diese Wesen, die seiner Frau so nahe stehen und ihr natürlich teuer sind, als Hemmnisse für das Glück Maines von ihm angesehen werden können, so frage ich, wer hätte sich nicht über irgend etwas im Leben zu beklagen? Und als ich zum erstenmal Mr. Maine kennenlernte, schien niemand zufriedener zu sein als er. Sein Landhaus war ein Muster von Behaglichkeit und Eleganz; Küche und Keller waren vortrefflich und reichlich mit allem versehen. Man gönnte sich jeden Genuß, aber ohne damit zu prahlen. Morgens fuhr er mit dem Omnibus in sein Geschäft, und abends brachte ihn das Dampfboot in die glücklichste aller Häuslichkeiten zurück, wo er an den langen Abenden seinen

Damen, die mit Handarbeiten beschäftigt waren, die neuesten in der vornehmen Welt spielenden Romane vorlas. Hin und wieder begleitete er auch seine Frau auf der Flöte, die er so hübsch spielen konnte, oder nahm teil an den hundert harmlosen und heiteren Vergnügungen seines häuslichen Kreises. Mrs. Chuff stickte eigenhändig ungezählte Sofakissen für das Wohnzimmer, und Mrs. Sackville hatte eine besondere Geschicklichkeit in der Anfertigung gehäkelter und durchbrochener Schoner für diese Stickereien. Sie bereitete ferner Fruchtweine und war groß im Einmachen von Kompotts und Mixed Pickles. Sie besaß ein Stammbuch, in welches Sackville Maine während ihrer Verlobungszeit ausgewählte Verse von Byron oder Moore, die seiner verliebten Lage entsprachen, mit seiner sauberen Kaufmannshand eingeschrieben hatte. Außerdem besaß sie ein umfangreiches, selbstgeschriebenes Kochrezeptbuch – mit einem Wort, sie besaß jede Eigenschaft, die eine tugendhafte und wohlerzogene Engländerin auszeichnen.

»Und was Nelson Collingwood betrifft«, pflegte Sackville lachend zu sagen, »so könnten wir ohne ihn gar nicht fertig werden. Denn wenn er nicht die Stickereien ruinierte, so würden wir in wenigen Monaten in Kissen ersticken. Und wen anders als ihn brächten wir dazu, Lauras Fruchtwein zu vertilgen?« Denn in der Tat waren die Herrschaften, die zum Essen nach Oval eingeladen wurden, nicht dazu zu bewegen, ihn zu trinken, und ich gestehe, daß, als ich intimer mit der Familie wurde, ich mich auch geradeso wählerisch zeigte.

»Und doch, mein Herr«, pflegte dann Mrs. Chuff auszurufen, »ist dieser Ingwerwein von einigen der stolzesten Helden Englands getrunken worden. Der Admiral Lord Exmouth probierte und lobte ihn, mein Herr, als er im Jahre 1774 an Bord von Kapitän Chuffs Schiff ›Nebukadnezar‹ in Algier weilte. Und er nahm drei Dutzend Flaschen mit auf seine Fregatte ›Pitchfork‹ und teilte auch an seine Mannschaft davon aus, vor dem unsterblichen Gefecht, welches er mit der ›Furibonde‹, Kapitän Choufleur, im Golf von Panama hatte.« Obwohl die alte Witwe uns diese Geschichte jedesmal erzählte, wenn der Wein auf den Tisch kam, so konnte sie uns doch nie bewegen, auch nur einen Schluck davon zu nehmen – und wenn auch der grüne Ingwerwein britische Teerjacken zu Kampf und Sieg angefeuert haben mag, so entsprach er doch nicht dem Geschmack von uns friedlichen und entarteten Söhnen einer neueren Zeit.

Ich sehe Sackville noch vor mir, wie ich, von Wagley eingeführt, meinen ersten Besuch bei ihm machte. Es war eines Sonntagnachmittags im Juli – Sackville Maine kam gerade aus der Kirche mit seiner Frau an einem und seiner Schwiegermutter (in roter Pelerine wie gewöhnlich) am anderen Arm. Ein halbwüchsiger, etwas tölpelhafter Diener schritt mit goldschimmernden Gebetbüchern hinter ihnen her – die Damen trugen prächtige, mit Fransen und Bändern verzierte Sonnenschirme. Die große goldene Uhr von Mrs. Chuff, die sie vor ihrem Magen festgesteckt hatte, glänzte wie ein Feuerball. Nelson Collingwood war weit vor ihnen und vergnügte sich damit, ein altes, auf der Kenningtoner Gemeindewiese weidendes Pferd mit Steinen zu bewerfen. In der Nähe dieses grünen Platzes trafen wir uns, und nie werde ich die majestätische Verneigung von Mrs. Chuff vergessen, als sie sich mit Vergnügen daran erinnerte, mich auf der Gesellschaft bei Mrs. Perkins gesehen zu haben, nie auch den verachtungsvollen Blick, den sie im Vorbeigehen auf einen unglückseligen Herrn schleuderte, der von einem Fasse herab eine höchst unvorbereitete Rede an eine ihre Zweifel durch Zwischenrufe bekundende Zuhörerschaft von

241

Omnibuskutschern und Kindermädchen hielt. »Ich kann mir nicht helfen, mein Herr«, sagte sie, »ich bin die Witwe eines britischen Seeoffiziers, man hat mich stets gelehrt, meine Religion und meinen König zu verehren, und ich kann einen Radikalen oder einen Dissidenten nicht ausstehen.«

Von diesen schönen Grundsätzen fand ich Sackville Maine ebenfalls durchdrungen. »Wagley«, sagte er zu meinem Begleiter, »wenn Sie und Ihr Freund nichts Besseres vorhaben, bitte ich Sie, Ihre Mahlzeit in Oval einzunehmen. Gerade in diesem Augenblick, Mr. Snob, wird der Hammel vom Spieß genommen. Laura und Mrs. Chuff (er sagte ›Laurar‹ und Mrs. Chuff, ich kann aber die Leute nicht leiden, die Bemerkungen über Eigentümlichkeiten in der Aussprache machen) werden gleichfalls über Ihren Besuch sehr erfreut sein, und ich kann Ihnen einen herzlichen Empfang und ein so gutes Glas Portwein, wie nur je in England zu haben ist, versprechen.«

»Das ist entschieden besser, als im ›Sarcophagus-Club‹ zu essen«, dachte ich mir, wo Wagley und ich unsere Mahlzeit vorhatten. So nahmen wir also die gütige Einladung an, aus der sich später eine schöne Intimität entwickelte.

Alles in der Umgebung dieser Familie und dieses Hauses erwies sich als so liebenswürdig, behaglich und behäbig, daß selbst ein Zyniker sein Schimpfen unterlassen würde. Mrs. Laura war eine lächelnde Grazie in Person und sah in ihrem reizenden Hauskleide ebenso vorteilhaft aus wie in ihrer großen Toilette bei Mrs. Perkins. Mrs. Chuff legte mit ihren Geschichten von »Nebukadnezar« aus dem Jahre 1774 los und dem Gefecht zwischen der »Pitchfork« und der »Furibonde«, sowie dem heldenmütigen Widerstand, den Kapitän Choufleur leistete, und der großen Menge Schnupftabak, die er konsumierte usw. usw., was ich alles, da ich es zum ersten Male hörte, unterhaltender als bei späteren Wiederholungen fand.

Sackville Maine war der denkbar beste Wirt. Was auch jemand sagte, jedem stimmte er bei und änderte seine Ansichten ohne den geringsten Vorbehalt sofort auf einen sich nur im geringsten bemerkbar machenden Widerspruch hin. Er war gewiß nicht einer von denen, die es einem Schönbein oder dem Frater Bacon gleichtun wollten, noch gehörte er gar zu denen, die es darauf abgesehen haben, ihre Nachbarin, die Themse, in Brand zu stecken, sondern er war ein braver, gütiger, einfacher, ehrbarer und vergnügter Bursche, der seine Frau lieb hatte, aller Welt wohlwollte, der mit sich selbst zufrieden, ja sogar auch mit seiner Schwiegermutter zufrieden war. Ich erinnere mich, daß, als im Laufe des Abends aus irgendeiner Veranlassung Whisky mit Sodawasser gereicht wurde und Nelson Collingwood sich etwas beschwipste, dies Sackville nicht im geringsten aus dem Gleichgewicht zu bringen vermochte. »Bring ihn auf sein Zimmer, Joseph«, sagte er zu dem Tölpelhaften, und »Joseph, sagen Sie seiner Mama nichts davon.«

Wie konnte ein so glücklich veranlagter Mann bloß so unglücklich werden? Was konnte wohl Verdruß, Zank und Entfremdung in eine Familie hineintragen, deren Mitglieder so gut und so innig miteinander standen? Meine Damen, mein Fehler war es gewiß nicht – sondern es war die Schuld von Mrs. Chuff – ich will aber das Ende der Erzählung einem späteren Kapitel vorbehalten.

243

Dreiundvierzigstes Kapitel

Klub-Snobs

Das Unheil, welches über den einfachen und gutmütigen jungen Sackville hereinbrach, hatte seinen Ursprung in dem abscheulichen »Sarcophagus-Club«; und seine Mitgliedschaft war teilweise wenigstens auf die Schuld des Schreiber dieses zu schieben.

Als nämlich Wagley und ich bemerkten, daß seine Schwiegermutter Mrs. Chuff ein Faible für den Adel hatte (denn tatsächlich drehte sich ihr Gespräch um Lord Collingwood, Lord Gambier, Sir Jahaleel Brenton und die Gosport- und Plymouth-Bälle), trumpften wir unserer Gepflogenheit gemäß nun erst recht auf und erzählten von Lords, Marquis, Herzögen und Baronets in einer Weise, als ob diese Würdenträger unsere intimsten Freunde wären.

»Lord Sextonbury«, sagte ich, »scheint den Verlust seiner Gemahlin überwunden zu haben; denn er und der Herzog saßen gestern abend im ›Sarcophagus‹ recht trunkfest beim Weine zusammen, nicht wahr, Wagley?«

»Ein guter Kerl, der Herzog«, fuhr Wagley fort. »Bitte, gnädige Frau«, und er wandte sich Mrs. Chuff zu, »Sie kennen ja die Weit und die Etikette, wollen Sie nicht so gut sein, mir zu sagen, was ich in meiner Lage zu tun habe? Vergangenen Juni haben Seine Hoheit, sein Sohn, der Lord Castlerampant, Tom Smith und meine Wenigkeit im Klub zusammen diniert. Bei dieser Gelegenheit proponierte ich dem Herzog für das Derby eine Wette vierzig zu eins gegen Daddylonglegs, selbstverständlich in Sovereigns. Seine Hoheit hielt die Wette, und ich gewann natürlich. Er hat sie mir nun nicht bezahlt, und ich gestatte mir daher die Frage, ob ich einen so hohen Herrn an den einen

Sovereign erinnern darf? – Bitte noch ein Stück Zucker, gnädigste Frau.«

Es war ein glücklicher Gedanke von Wagley, ihr auf solche Weise Gelegenheit zu geben, seiner Frage auszuweichen, denn sie setzte die brave Familie, bei der wir zu Besuch waren, in nicht geringe Verlegenheit. Sie warfen sich gegenseitig befangene Blicke zu. Mrs. Chuff hörte auf, ihre farblosen Geschichten über den Marineadel zu erzählen, und der liebenswürdigen kleinen Mrs. Sackville wurde es unbehaglich, und sie ging nach oben unter dem Vorwande, nach den Kindern zu sehen – nicht etwa nach dem jungen Tunichtgut Nelson Collingwood, der seinen Whisky- und Sodawasserrausch ausschlief – sondern nach einem Pärchen kleiner süßer Geschöpfe, die ihre Aufwartung nach Tisch gemacht hatten und deren glückliche Eltern sie und Sackville waren.

Das Ende dieser und späterer Zusammenkünfte mit Mr. Maine war, daß wir ihn als Mitglied des »Sarcophagus-Club« vorschlugen und seine Wahl auch durchsetzten.

Das ging jedoch nicht ohne einige Opposition ab – denn das Geheimnis, daß der Kandidat ein Kohlenhändler sei, sickerte durch. Sicherlich wären die Stolzesten unter den Mitgliedern und die Parvenüs bereit gewesen, ihm eine schwarze Kugel zu geben. Indessen kämpften wir die Opposition erfolgreich nieder. Wir machten den Parvenüs gegenüber geltend, daß auch die Lambtons und die Stuarts Kohlen verkauft hätten. Wir besänftigten die Stolzen durch Erzählungen von seiner guten Herkunft, seiner guten Charakterveranlagung und seinem guten Benehmen. Und am Tage der Wahl ging Wagley herum und beschrieb mit großer Beredsamkeit den Kampf zwischen der »Pitchfork« und der »Furibonde« und die Tapferkeit von Kapitän Maine, dem Vater unseres Freundes. In seine Erzählung hatte sich zwar ein kleiner Irrtum eingeschlichen, indessen bekamen wir unseren Mann durch, und in der Urne befanden sich nur wenige schwarze Kugeln. Eine von Byles natürlich, der jedem eine gibt, und eine von Bungs, der auf einen Kohlenhändler herabsieht, obwohl er sich erst kürzlich vom Weingeschäft zurückgezogen hat. Etwa vierzehn Tage später sah ich Sackville Maine unter folgenden Umständen wieder. Er zeigte den Seinen das Klubhaus, wohin er sie in dem hellblauen Mietswagen, der stets vor dem Klub zu halten pflegt, hatte hinfahren lassen. Neben dem Kutscher auf dem Bock saß der tölpelhafte, halbwüchsige Diener von Mrs. Chuff in einer Phantasielivree. Nelson Collingwood, die hübsche Mrs. Sackville, die Frau Kapitän Chuff (Frau Commodore nannten wir s) waren mitgekommen. Die letztere natürlich im hochroten Umhang, der, so prächtig er auch war, sich doch nicht mit der im »Sarcophagus« herrschenden Pracht vergleichen konnte. Sackville Maine zeigte ihnen in gehobener Stimmung die Schönheiten der Räume, die der kleinen Gesellschaft so herrlich wie das Paradies vorkamen. Jeder bekannte Stil, sowohl in der Architektur wie in der Einrichtung, war im »Sarcophagus-Club« vertreten. Das große Bibliothekszimmer war im Geschmack der Königin Elisabeth gehalten, das kleine Lesezimmer war im gotischen Stil und das Fremdenzimmer im ägyptischen Geschmack eingerichtet. Die Empfangszimmer waren Louis Quatorze (so genannt, weil der übertrieben verwendete Stuck darin zur Zeit Ludwigs des Fünfzehnten Mode war). Die Halle zeigte einen maurisch-italienischen Charakter. Überall, wohin man schaut, sieht man Marmor, Ahornholz, Spiegel, Arabesken, Goldmalereien und Stuck. Schnörkel, Chiffren, Drachen, Kupidos, Polianthusblüten und andere Blumen schlingen sich aus den verschiedenartigsten Füllhörnern heraus die Wände entlang.

Die Ornamente in unserem »Sarcophagus-Club« verwirren und erregen mich derartig, wie wenn jeder einzelne aus Julliens Kapelle auf seinem Instrument mit voller Wucht eine andere Melodie spielte.

Die Fülle neuer Eindrücke löste in Mrs. Chuff Empfindungen aus, die ich nicht beschreiben kann und die sie auch nicht offenbarte, und so ging sie staunend in Begleitung ihrer Kinder und ihres Schwiegersohnes durch diese falsche Pracht. In der großen Bibliothek (die zweihundertfünfundzwanzig Fuß lang bei hundertfünfzig Fuß Breite ist) war Tiggs der einzige Mensch, den Mrs. Chuff sah. Er lag auf einem roten Sammetsofa und las eine französische Novelle von Paul de Kock. Es war ein sehr kleines Buch, und er selbst war gleichfalls sehr klein. In diesem Riesenraum nahm er sich nur wie ein Pünktchen aus. Als die Damen zitternd und atemlos durch die Verlassenheit dieser prächtigen Einöde gingen, warf er einen selbstbewußten, durchdringenden Blick auf die schönen Fremden, der soviel sagen sollte wie:»Bin ich nicht ein tadelloser Kerl?« Und wirklich, ich glaube, das war auch ihre unausgesprochene Ansicht.

»Wer ist das«, flüsterte mir Mrs. Chuffzu, als wir etwa fünfzig Ellen entfernt von ihm am anderen Ende des Saales haltmachten.

»Tiggs«, sagte ich gleichfalls im Flüsterton.»Sehr bequem eingerichtet, nicht wahr, meine Liebe?« sagte Maine frei und ungezwungen zu Mrs. Sackville,»alle Kästen und Regale, die du siehst, enthalten – Schreibmaterialien, Neuerscheinungen, und die ausgewählte Bibliothek enthält jedes irgendwie bedeutendere Werk. Zum Beispiel hier: Dugdales Geschichte der Klöster, ein höchst wertvolles und, wie ich glaube, auch unterhaltendes Buch.«

Und als ich vorschlug, eines der Bücher zur Betrachtung für Mrs. Maine herauszunehmen, wählte er einen Band aus, der seine Aufmerksamkeit durch den merkwürdigen Umstand auf sich zog, daß sich eine Messingtürklinke an seinem Rücken befand. Statt aber ein Buch herauszuziehen, öffnete er einen Wandkasten, in dem sich nur das schmutzige Staubtuch und der Handfeger eines Hausmädchens befanden, die er äußerst bestürzt betrachtete, während Nelson Collingwood jeden Respekt vergaß und in ein schallendes Gelächter ausbrach.

»Das ist das ulkigste Buch, das ich je gesehen habe«, sagte Nelson. »Ich wünschte, wir hätten nur solche in unserer Schule!«

»Still, Nelson«, rief Mrs. Chuff, und wir gingen in die übrigen prächtigen Räume.

Wie bewunderten sie nun die Vorhänge in den Empfangszimmern, die, aus rotem Plüsch mit Silberbrokat gewirkt, sich so vorzüglich in London halten, und schätzten den Preis der Elle! Wie schwelgten sie auf den bequemsten Sofas, und wieviel Blicke warfen sie in die ungeheuren Spiegel!

»Die eignen sich famos zum Rasieren, nicht?« sagte Maine zu seiner Schwiegermutter (er wurde mit jeder Minute unleidlicher und eingebildeter). »Oh, nicht doch, Sackville«, sagte sie ganz entzückt und warf einen Blick hinter sich hinein, breitete ihren roten Umhang flügelartig aus und betrachtete sich eine lange Weile. Das gleiche tat auch Mrs. Sackville, und ich meine, der Spiegel warf das Bild eines lächelnden hübschen Wesens zurück.

Was ist aber eine Frau vor einem Spiegel? Gott erhalte uns die anmutigen Geschöpfe, sie gehören dorthin! Ist es nicht etwas ganz Natürliches, wenn sie auf ihn zufliegen? Er verschafft ihnen Abwechslung, und sie beten ihn an. Was ich aber noch viel lieber sehe und mit wachsendem Vergnügen und mit

Begeisterung beobachte, das sind die Klubleute vor den großen Spiegeln. Der alte Gills rückt seinen Kragen hoch und grinst sein fleckiges Gesicht an. Hulker betrachtet mit großer Feierlichkeit seine lange Gestalt und versucht durch Zusammenziehen seines Rockes sich eine Taille zu machen. Der blöde Fred Minchin sieht hinein, wenn er sich zum Essen begibt, und zeigt über das Spiegelbild seiner weißen Halsbinde ein selbstgefälliges, affiges Lächeln. Bei Gott, wieviel Eitelkeit hat nicht schon dieser Klubspiegel gesehen!

Also die Damen nahmen das ganze Haus mit dem größten Vergnügen in Augenschein. Sie sahen sich das Café an und die Eßzimmer mit ihren zierlich gedeckten kleinen Tischen, die Herren, die daran ihren Lunch einnahmen, und bemerkten natürlich auch den alten Jawkins, der wie gewöhnlich losdonnerte; sie betrachteten die Lesezimmer und den Sturm auf die Abendzeitungen; sie sahen die Küchen – diese Wunder der Kunst –, wo der Chef über zwanzig niedliche Küchenmädchen und zehntausend glänzende Saucenpfannen das Kommando hat; und hochbefriedigt stiegen sie wieder in den hellblauen Mietswagen ein.

Sackville stieg nicht mit ein, obgleich die kleine Laura sich zu diesem Zweck auf den Rücksitz gesetzt hatte und ihm den Platz im Fond neben Mrs. Chuffs rotem Umhang freiließ.

»Wir haben heute dein Leibgericht«, sagte sie mit zaghafter Stimme, »willst du nicht mitkommen, Sackville?«

»Ich werde hier ein Kotelett essen, meine Liebe«, erwiderte Sackville. »Nach Hause, James.« Er ging die Stufen zum »Sarcophagus-Club« hinauf, und ihr hübsches Gesicht sah beim Fortfahren recht betrübt aus dem Wagen.

Vierundvierzigstes Kapitel

Klub-Snobs

Warum – warum nur mußten Wagley und ich die so grausame Tat vollbringen, den jungen Sackville Maine in diesen abscheulichen»Sarcophagus-Club« einzuführen! Möge unsere Unvorsichtigkeit und sein Beispiel anderen Gentlemen als Warnung dienen; möge sein und seiner armen Frau Geschick sich jede englische Gattin vor Augen halten! Die Folgen seines Eintritts in den Klub machten sich nur zu bald bemerkbar.

Eins der ersten Laster, welches der unselige Unmensch in diesem Abgrund der Leichtfertigkeit annahm, war das Rauchen. Einige Dandys im Klub, wie der Marquis von Macabaw, Lord Doodeen und andere Bürschchen von ähnlich hohem Stande, pflegten dieser Neigung oben in den Billardzimmern des »Sarcophagus-Clubs« zu frönen – und teils um ihre Bekanntschaft zu machen, teils auch aus einem angeborenen Hange zur Sünde folgte ihnen Sackville Maine und wurde ein Anhänger dieser hassenswerten Gewohnheit. Wird das Rauchen erst einmal im Familienkreise ausgeübt, so brauche ich wohl nicht erst auf die daraus sich ergebenden traurigen Folgeerscheinungen in bezug auf die Möbel und die guten Sitten hinzuweisen. Sackville rauchte zu Hause in seinem Eßzimmer und verursachte damit seiner Frau und seiner Schwiegermutter unbeschreibliche Angstzustände.

Danach wurde er passionierter Billardspieler und schlug bei diesem Vergnügen Stunde auf Stunde tot; er wettete ziemlich hoch, spielte aber, nur mäßig und verlor ganz unglaublich an Kapitän Spot und Oberst Cannon. Er spielte Partien von hundert Bällen mit diesen Herren und setzte das Spiel nicht allein bis vier oder fünf Uhr morgens fort, sondern war auch bereits vormittags wieder am Billard im Klub zu finden, sehr zum Schaden seines Geschäftes, seiner Gesundheit und seiner Frau, die er vollkommen vernachlässigte.

Vom Billard zum Whistspiel ist nur ein Schritt – und wenn man sich an den Spieltisch hinsetzt und den Rubber zu fünf Pfund spielt, so ist meiner Meinung nach das Ende da. Wie kann das Kohlengeschäft gehen und der Verkehr mit dem Kontor aufrechterhalten werden, wenn der Chef stets am Kartentisch ist?

Seitdem Sackville mit vornehmen Herren und Gecken aus Pall Mall verkehrte, schämte er sich seiner behaglichen kleinen Residenz in Kennington Oval und zog mit seiner Familie nach Pimlico, wo seine Schwiegermutter Mrs. Chuff sich zuerst zwar glücklich fühlte, weil der Stadtteil elegant und in der Nähe ihres Königs lag, die arme Laura und die Kinder dagegen um so mehr einen betrübenden Abstand wahrnahmen. Wo waren ihre Freundinnen, die sie morgens mit ihren Handarbeiten besuchten? In Kennington und in der Gegend von Clapham. Wo waren die kleinen Spielgefährten ihrer Kinder? Auf der Wiese zu Kennington. In den großen rasselnden Kutschen, die die gelbbraunen Straßen des neuen Stadtteiles auf und ab rumpelten, fuhren keine Freundinnen der geselligen kleinen Laura. Die Kinder, die unter Aufsicht einer Wärterin oder gezierten Gouvernante auf den Plätzen umherliefen, gehörten nicht zu jenen glücklichen Geschöpfen, die auf dem vielgeliebten alten Wiesenplan Drachen steigen lassen oder Reifen spielen durften. Und ach! Dazu noch der Unterschied in der Kirche! Zwischen der St. Benedictus-Kirche in Pimlico mit offenen Bänken, Gottesdienst mit Gesang, Wachskerzen – Blumen – Chorhemden – Girlanden und Prozessionen – und den alten ehrwürdigen Gebräuchen in Kennington! Auch die Diener, welche vor der St. Benedictus-Kirche warteten, waren so prächtig anzuschauen und so überlebensgroß, daß James, der tölpelhafte Boy von Mrs. Chuff, in deren Gegenwart das Zittern bekam und sagte, er wollte lieber den Dienst kündigen, als noch weiter die Gesangbücher zur Kirche tragen. Auch im Haushalt ging es nicht ohne vermehrte Kosten ab. Und oh, ihr Götter! Was für ein Unterschied war doch zwischen den traurigen französischen Gelagen Sackvilles in Pimlico und den vergnügten Zeiten in Oval. Keine Hammelkeule wurde mehr aufgetragen, kein »bester Portwein von ganz England« mehr gereicht; dafür aber Entrees auf Silbergeschirr, schlechter billiger Schaumwein, Lohndiener in Handschuhen und als Gäste – die Gecken aus dem Klub, unter denen sich Mrs. Chuff unbehaglich fühlte, während Mrs. Sackville gänzlich verstummte.

Aber er aß gar nicht mehr häufig zu Hause. Das Ungeheuer hatte sich zum vollkommenen Schlemmer ausgebildet und dinierte für gewöhnlich im Klub mit einer Clique von Feinschmeckern; so mit dem alten Dr. Maw, dem Obersten Cramley, der so mager wie ein Windhund ist und Kinnbacken wie ein Nußknacker hat, und noch einigen anderen. Hier kann man den bösen Menschen Sillery-Schaumwein trinken und sich mit französischen Gerichten den Bauch füllen sehen, und oft sah ich bekümmert von meinem Tische hinüber (auf dem kaltes Fleisch, das Dünnbier aus dem Klub und ein Schoppen Marsala meine bescheidene Mahlzeit bildeten) und seufzte bei dem Gedanken, daß das alles meine Schuld wäre.

Und noch andere Wesen standen vor meinem reuigen Gemüt. Was macht wohl jetzt seine Frau? dachte ich. Wo mag sich die gute, liebe, kleine Laura aufhalten? Gerade jetzt ist es Zeit für die Kinder, ins Bett zu gehen, während dieser Tunichtgut seinen Wein pichelt – die Kleinen sitzen auf Lauras Knien und stammeln ihre Gebete; und sie lehrt sie beten: »Lieber Gott, ich bitte dich, schütze unseren Papa!«

Wenn sie die Kinder zu Bett gebracht hat, ist sie mit ihrem Tagewerk fertig. Und nun verbringt sie den ganzen Abend verlassen und traurig und wartet auf ihn. Oh! Schande über Schande! Geh nach Hause, du fauler Zecher, du!

Wie Sackville seine Gesundheit und sein Geschäft verlor, wie er in Zahlungsschwierigkeiten und Schulden geriet, wie er eine kleine Stellung bei der Eisenbahn erhielt, wie sein Haus in Pimlico aufgegeben werden mußte, wie er nach Boulogne ging – all das könnte ich erzählen, ich schäme mich aber, es zu tun wegen des Anteils, den ich an dem Unheil habe. Sie kehrten nach England zurück, weil zu jedermanns Überraschung Mrs. Chuff auf einmal mit einer großen Geldsumme (die sie gespart hatte und wovon niemand etwas wußte) herausrückte und seine Verbindlichkeiten bezahlte. Er befand sich jetzt in England, aber wieder in Kennington. Sein Name ist aus den Listen des »Sarcophagus-Club« schon seit langem gestrichen. Wenn wir uns treffen, so geht er auf die andere Seite der Straße hinüber, und ich vermeide es, ihn wieder zu besuchen, aus Furcht, einen vorwurfsvollen oder traurigen Blick aus Lauras süßem Gesicht ablesen zu müssen.

*

Mit Stolz darf ich aber behaupten, daß der Einfluß des »Snob von England« auf die Klubs im allgemeinen kein so ganz übler gewesen ist. Denn Kapitän Shindy scheut sich, die Kellner weiter anzufahren, und er ißt sein Hammelkotelett, ohne den Acheron in Bewegung zu setzen. Gobemouche nimmt zu seiner Privatlektüre nicht mehr als zwei Zeitungen auf einmal. Tiggs klingelt nicht mehr und läßt den Diener nicht mehr eine Viertelmeile rennen, um ihm Band 2 zu holen, der auf dem nächsten Tische liegt. Growler geht im Café nicht mehr von

253

Tisch zu Tisch, um zu inspizieren, was jeder ißt. Trotty Veck nimmt seinen eigenen baumwollenen Schirm von der Diele mit – und der seidengefütterte Überzieher von Sydney Scraper wurde von Jobbins zurückgebracht, der ihn irrtümlich anstelle seines eigenen mitgenommen hatte. Waggle hat aufgehört, seine Geschichten über Eroberungen von Damen zu erzählen. Snooks hält es nicht mehr für gentlemanlike, Anwälten bei der Aufnahmewahl schwarze Kugeln zu geben. Snuffler hängt nicht mehr zur wahren Freude von zweihundert Gentlemen sein rotbaumwollenes Taschentuch am Feuer zum Trocknen auf. Wenn aber auch nur ein Klub-Snob auf den Pfad der Tugend zurückgebracht ist und wenn auch nur einem armen John ein Gang oder ein Ausschelten erspart ist, dann frage ich euch, meine Freunde und Brüder, ob diese Erzählungen über Klub-Snobs vergeblich geschrieben worden sind.

Letztes Kapitel

Meine teuren Freunde und Brüder Snobs! Wir sind jetzt bei Nr. 45 unserer Artikelserie angelangt, und es ist mir wie ein Traum, daß wir ein ganzes sterbenslanges Jahr zusammengegangen und über das Menschengeschlecht geplaudert und uns lustig gemacht haben. Wenn wir aber selbst hundert Jahre alt würden, so glaube ich, würden wir noch eine Fülle von Gesprächsstoff über das unerschöpfliche Snob-Thema finden. Das Nationalgefühl regt sich im Hinblick auf die Snobs. Briefe laufen täglich ein, die uns Sympathiebeweise bringen und die Aufmerksamkeit des »englischen Snob« auf noch nicht von uns geschilderte Snob-Arten lenken. »Wo bleiben Ihre Theater-Snobs, wo Ihre Kaufmanns-Snobs, Ihre medizinischen und chirurgischen Snobs, Ihre Beamten- und Juristen-, Ihre

Künstler-, Ihre Musik- und Sport-Snobs?« schreiben mir meine verehrten Leser. »Sie werden doch zweifellos nicht die Kanzlerwahl in Cambridge versäumen und es nicht unterlassen, den Kathedergewaltigen etwas am Zeuge zu flicken, die mit dem Hut in der Hand einen jungen Prinzen von sechsundzwanzig Jahren anflehen, Ehrendoktor ihrer berühmten Universität zu werden?« So schreibt mir ein Freund, auf dessen Siegel das Wappen des »Cam- und Isis-Club« zu sehen ist. »Bitte, bitte«, ruft ein anderer, »jetzt, wo die Opernsaison beginnt, halten Sie uns doch eine Vorlesung über Omnibus-Snobs.« Gewiß, ich schriebe gar zu gern ein Kapitel über die Kathedergewaltigen und ein zweites über die snobhaften Dandys. Auch meiner teuren Theater-Snobs denke ich in Schmerzen, und auch von einigen snobhaften Künstlern kann ich mich nur schwer losreißen, denn ich beabsichtige schon lange, mit ihnen ein Hühnchen zu rupfen.

Was habe ich aber wohl für einen Grund, dies noch hinauszuschieben? Wenn ich glücklich mit den eben erwähnten Arten fertig wäre, so würden sofort wieder Snobs auftauchen. Das gäbe also eine Arbeit ohne Ende, die ein einzelner gar nicht fertigbringen könnte. Hier sind nur geringfügige Bausteine und eine ganze Pyramide müßte gebaut werden. Daher ist es wirklich am besten, ich höre auf. So wie Jones immer dann aus dem Zimmer geht, wenn er einen guten Witz gemacht hat, so wie Cincinnatus und General Washington sich auf dem Gipfel ihrer Popularität in das Privatleben zurückzogen – wie Prinzgemahl Albert, der den Grundstein zum Börsengebäude legte, den weiteren Bau aber den Maurern überließ und sich dann nach Hause zu seinem königlichen Diner verfügte – wie der Dichter Bunn erst am Ende der Saison den Hervorrufen auf der Bühne Folge leistet und mit unbeschreiblich überschwenglichen Gefühlen seine »lüüben« Freunde jenseits

255

der Rampenlichter segnet – so, meine lieben Freunde, sagt »der englische Snob« im Hochgefühl seiner Eroberungen und im Glanze seines Sieges unter dem Beifallsgetose der Menge – als ein Triumphator zwar, aber dennoch bescheiden – euch Lebewohl.

Aber nur für eine Saison, nicht auf ewig. Nein, nein. Es gibt einen berühmten Schriftsteller, den ich sehr verehre – der seit zehn Jahren in jeder seiner Vorreden sich von seinem Lesepublikum verabschiedet und der doch immer zu aller Freude wieder mit einem neuen Werke herauskommt. Wie kann er es übers Herz bringen, so oft Adieu zu sagen? Daß Bunn bewegt ist, wenn er das Volk segnet, glaube ich gern; denn Scheiden tut immer weh. Selbst ein Familienekel ist einem schließlich teuer. Wäre es mir doch selbst schmerzlich, Jawkins zum letzten Male die Hand schütteln zu sollen. Ich glaube sogar, daß es einem gemütvollen Sträfling, der am Ende seiner Verbannungszeit in die Heimat zurückkehren darf, etwas trübselig zumute sein muß, wenn er von Vandiemensland Abschied nimmt. Wenn der Vorhang nach der letzten Vorstellung einer Pantomime heruntergelassen wird, ist es dem armen alten Hanswurst sehr traurig zumute, dessen darf man gewiß sein. Aber ha! mit welcher Freude stürzt er am Abend des nächsten sechsundzwanzigsten Dezember auf die Bühne und ruft sein »Wie geht es euch? – Wir sind wieder da!« Doch ich werde sentimental – kehren wir also wieder zu unserer eigentlichen Aufgabe zurück.

Das Nationalgefühl regt sich und beschäftigt sich mit den Snobs. Das Wort Snob hat in unserem braven englischen Wörterbuche Aufnahme gefunden. Vielleicht ist es nicht möglich, den Sinn des Wortes erschöpfend genug zu erklären. Wir können es ebensowenig definieren wie die Begriffe Witz, Humor und Humbug.

Trotzdem verstehen wir es aber. Vor einigen Wochen hatte ich das Glück, an einer gastlichen Tafel neben einer jungen Dame zu sitzen. Der alte Jawkins hielt wie gewöhnlich eine seiner blöden und hochtrabenden Reden, und ich schrieb auf das blütenweiße Damasttischtuch »S– –B«, indem ich meine Nachbarin hierauf aufmerksam machte.

Die junge Dame lächelte und wußte sofort, was ich meinte. Im Geist füllte sie die beiden Buchstaben aus, die ich mit andeutender Zurückhaltung verheimlicht hatte, und ich las in ihrem zustimmenden Blick, daß sie mich verstanden hatte und daß auch nach ihrer Meinung Jawkins ein Snob wäre. Es ist zwar richtig, daß man die Damen nur schwer dazu bewegen kann, das Wort anzuwenden, aber es ist auch unleugbar, daß ihr kleiner lächelnder Mund einen allerliebsten Ausdruck annimmt, wenn sie es aussprechen. Sollte eine junge Dame daran zweifeln, so möge sie nur auf ihr Zimmer gehen und vor dem Spiegel das Wort »Snob« sagen. Wenn sie diesen einfachen Versuch macht, so wette ich meinen Kopf, sie wird lächeln und zugeben, daß das Wort ihrem Munde reizend steht. Es ist ein hübsches, kleines, rundes, ganz aus weichen Buchstaben bestehendes Wort mit einem Zischlaut vorn, der es darum nur noch pikanter zu machen geeignet ist.

Unterdessen fährt Jawkins in seiner holprigen, prahlenden und langweiligen Redeweise fort, ohne sich seiner Wirkung nur im geringsten bewußt zu sein. Und so wird er sein ganzes Leben lang quasseln und eselhaft schreien, zum mindesten aber so lange, wie er noch Zuhörer findet. Durch keine Macht der Satire kann man die Natur des Menschen und der Snobs ändern, ebensowenig wie man aus einem Esel dadurch ein Zebra machen kann, daß man seinen Rücken mit Streifen bemalt.

Aber wir können unsere Umgebung warnend darauf hinweisen, daß die Person, die sie und Jawkins so bewundern, ein Betrüger ist. Wir können ihn dazu bringen, daß er sich selbst als Snob zu erkennen gibt, und ihn auf die Probe stellen, ob er ein eingebildeter Schwätzer, ob seine zur Schau getragene tiefe Demut echt ist, ob seine Unbarmherzigkeit und sein Stolz wirklich nur einem beschränkten Geiste entspringen. Wie ist sein Verhalten einem großen Manne gegenüber – wie behandelt er einen unter ihm Stehenden? Wie benimmt er sich in der Gegenwart Seiner Hoheit des Herzogs und wie in der des Krämers Smith?

Mir scheint es aber, als ob der ganzen englischen Gesellschaft durch die Anbetung des Mammons, der sie frönt, ein Kainszeichen aufgedrückt ist; also daß wir, die Niedrigsten wie die Höchsten, auf der einen Seite kriechen, uns bücken und speichellecken, auf der anderen unsere Mitbrüder schlecht behandeln und verachten.

Meine Frau spricht mit großer Zurückhaltung – »Selbstgefühl« nennt sie es – mit der Frau unseres Nachbarn, des Krämers; und sie, ich meine Mrs. Snob – Eliza – würde ihr Auge darum geben, wenn sie wie ihre Kusine, die Frau des Kapitäns, hoffähig wäre. Sie – wiederum sie – ist eine treue Seele, es verursacht ihr aber Herzensangst, wenn sie gestehen muß, daß wir in der Upper Thomson Street, Somer's Town, wohnen. Und obwohl ich glaube, daß Mrs. Whiskerington im Grunde ihres Herzens uns wohlgesinnter ist als ihren Vettern, den Smigsmags, so sollten Sie nur einmal hören, wie sie von Lady Smigsmag – »und ich sagte zu Sir John: ›mein lieber John‹« – und von dem ganzen Smigsmagschen Hause und den Gesellschaften auf der Hyde-Park-Terrasse schwärmt.

Wenn Lady Smigsmag, die mit unserer Familie, wie man zu sagen pflegt, durch einen Scheffel Erbsen verwandt ist, meine Eliza trifft, so hält sie ihr einen Finger hin, den es meiner Frau gnädigst erlaubt ist, in der denkbar herzlichsten Weise zu drücken. Aber dagegen sollten Sie einmal das Benehmen der gnädigen Frau sehen, wenn sie bei einer ihrer erstklassigen Dinergesellschaften Lord und Lady Langohr begrüßt! Ich kann sie nicht länger ertragen, diese diabolische Erfindung der Standesunterschiede, welche jede natürliche Freundlichkeit und treue Freundschaft tötet. Selbstgefühl – o Himmel! Rang und Vortritt – Gott soll mich bewahren! Die Rang- und Standesliste ist eine Lüge und wert, ins Feuer geworfen zu werden. Rang und Vortritt zu regeln: das war eine Aufgabe, würdig eines Zeremonienmeisters verflossener Jahrhunderte!

Erscheine, großer Marschall, und regle die Gleichheit in der Gesellschaft; dein Stab wird dann die gleisnerischen, alten goldenen Hof-Stecken hinwegfegen! Wenn das nicht so wahr ist wie das Evangelium – wenn die Welt nicht gerade danach lechzte – wenn die Anbetung des Erbadels nicht ein Humbug und ein Götzendienst ist – dann laßt uns die Stuarts wieder zurückholen und der freien Presse die Ohren am Pranger abschneiden!

Wenn mich je wieder die mit uns vervetterten Smigsmags mit Lord Langohrs einladen, so möchte ich nach Tische eine Gelegenheit wahrnehmen, um ihm in der höflichsten Weise von der Welt zu sagen:»Sir, das Schicksal schenkt Ihnen jährlich etliche tausend Pfund. Die unvergleichliche Weisheit unserer Voreltern hat Sie als Führer und erblichen Gesetzgeber über mich gestellt. Unsere bewunderungswürdige Verfassung (der Stolz der Briten und der Neid aller umliegenden Nationen) zwingt mich, Sie als meinen Ältesten, Vorgesetzten und Vormund anzuerkennen. Ihr ältester Sohn, Fitz Heehaw, ist eines Sitzes im Parlament sicher; Ihre jüngeren Söhne, die de Brays, werden sich bescheidentlich mit dem Range eines Vizekapitäns und Oberstleutnants begnügen, oder sie werden uns an auswärtigen Höfen vertreten oder auch eine gute Pfründe annehmen, vorausgesetzt, daß sie ihnen paßt. Diese Stellen, so spricht es unsere bewunderungswürdige Verfassung (der Stolz und der Neid usw. usw.) aus, sind Ihnen vorbehalten, ohne Ihre Dummheit, Ihre Laster, Ihren Eigennutz oder auch nur Ihre gänzliche Unfähigkeit und Torheit in Erwägung zu ziehen. Dumm, wie Sie sein mögen (und wir haben ebensosehr das Recht, anzunehmen, daß Mylord ein Esel, wie andererseits, daß er ein erleuchteter Patriot ist) – so dumm, sage ich, wie Sie auch sein mögen, so wird Sie doch niemand einer so unglaublichen Torheit für fähig halten, um anzunehmen, daß Sie sich gleichgültig dem Glück gegenüber verhalten, das Sie besitzen, oder daß Sie gar Neigung haben sollten, darauf zu verzichten. Nein – und als gute Patrioten würden selbst unter glücklicheren Verhältnissen auch Smith und ich, wenn wir Herzöge wären, zu unseren Standesgenossen halten.«

Wir würden uns darein ergeben, daß wir eine hohe Stellung einnehmen. Wir würden uns mit jener bewunderungswürdigen Verfassung (dem Stolz und dem Neid usw. usw.), die uns zu den Herren der Welt und der unter uns Stehenden macht, zufrieden erklären; insbesondere würden wir nicht an dem Begriff der erblichen Standesrechte rühren, der zuwege bringt, daß so viele Menschen vor uns kriechen. Möglicherweise würden auch wir uns um die Korngesetze scharen und gegen die Reform-Bill Opposition machen. Wir würden lieber sterben, als die Akte gegen die Katholiken und die Dissidenten zu widerrufen; auch wir würden es vermöge unseres edlen Systems der Klassengesetzgebung fertiggebracht haben, Irland in seine jetzige bewunderungswürdige Lage zu versetzen.

Bis jetzt sind aber Smith und ich noch keine Earls. Wir sind daher auch nicht der Ansicht, daß es zum Besten der Armee Smiths sein kann, wenn der junge de Bray mit fünfundzwanzig

Jahren Oberst werden würde – und daß es weder im Interesse der diplomatischen Beziehungen Smiths liegt, wenn Lord Langohr als Gesandter nach Konstantinopel ginge, noch in dem unserer inneren Politik, daß Langohr seine erblichen Fühler auch dahinein steckte.

Dieses Dienern und Kriechen hält Smith für das Werk der Snobs. Und er wird alles tun, was in seiner Macht und Kraft liegt, um selbst ein Snob zu werden, damit er sich nicht länger den Snobs zu unterwerfen nötig hat. Zu Langohr wird er sagen: »Wir sehen jetzt endlich ein, Langohr, daß wir ebenso gut sind wie Sie. Wir schreiben sogar richtiger und denken mindestens ebenso folgerichtig wie Sie. Wir wollen Sie nicht als unseren Herrn anerkennen und nicht mehr Ihre Stiefel wichsen. Das lassen Sie Ihre Diener tun, die dafür bezahlt werden; und der Reporter, der zu Ihnen kommt, um die Liste der Gäste, die zu Ihren Festen oder *Déjeuners dansants* nach Haus Langohr geladen sind, zu erfahren, erhält dafür sein Zeilenhonorar von der Zeitung. Was aber uns betrifft, mein alter Langohr, so sind wir Ihnen für nichts zu Dank verpflichtet, und wir wünschen Ihnen auch nicht mehr zu bezahlen, als wir Ihnen schuldig sind. Wir werden unsere Hüte vor Wellington abnehmen, weil er Wellington ist, aber vor Ihnen – wer sind Sie eigentlich?«

Ich haben die Hofberichte gründlich satt; die im vornehmen Jargon abgefaßten Nachrichten verursachen mir Übelkeit. Worte wie »fashionable«, »exklusiv«, »aristokratisch« und ähnliches halte ich für gottlose, unchristliche Beiworte, die aus anständigen Wörterbüchern verbannt werden sollte. Eine Hofrangordnung, die geniale Männer an einen Nebentisch setzt, halte ich für eine snobhafte Rangordnung. Eine Gesellschaft, die gesittet sein will und Künste und Wissenschaften verachtet, halte ich für eine snobhafte Gesellschaft. Du, der du deinen Nächsten verachtest, bist ein

261

Snob; du, der du deine eigenen Freunde verleugnest, nur aus dem Grunde, um Höhergestellten nachzulaufen, bist ein Snob! Du, der du dich deiner Dürftigkeit schämst und über deinen Beruf errötest, bist ein Snob; und ebenso du, der du dich deiner Herkunft rühmst oder auf deinen Reichtumm stolz bist. Mr. Punchs Beruf ist es, Leute dieses Schlages zu verlachen. Möge sein Lachen maßvoll sein, möge er nie einen Schlag aus dem Hinterhalt führen, und möge er stets, selbst wenn er seine Miene zum spöttischen Grinsen verzieht, die Wahrheit sagen – möge er aber auch nie vergessen, daß Spott zwar gut, die Wahrheit jedoch besser und die Liebe das allerbeste ist.

Titelliste Taschenbuch-Literatur-Klassiker

Bd. 1 *Abenteuer und Fahrten des Huckleberry Finn*, Mark Twain, Bd. 2 *Andersens Märchen*, Hans Christian Andersen, Bd. 3 *Anton Reiser*, Karl Philipp Moritz, Bd. 4 *Aus dem Leben eines Taugenichts*, Joseph Freiherr v. Eichendorff, Bd. 5 *Bahnwärter Thiel*, Gerhard Hauptmann, Bd. 6 *Bambi Eine Lebensgeschichte aus dem Walde*, Felix Salten, Bd. 7 *Bauern, Bonzen und Bomben*, Hans Fallada, Bd. 8 *Bel Ami*, Guy de Maupassant, Bd. 9 *Bergkristall*, Adalbert Stifter, Bd. 10 *Candide oder der Optimismus*, Voltaire, Bd. 11 *Caspar Hauser oder Die Trägheit des Herzens*, Jakob Wassermann, Bd. 12 *Dantons Tod*, Georg Büchner, Bd. 13 *Das Bildnis des Dorian Grey*, Oscar Wilde, Bd. 14 *Das Dschungelbuch*, Rudyard Kipling, Bd. 15 *Das Fräulein von Scuderi*, ETA Hoffmann, Bd. 16 *Das Gemeindekind*, Marie v. Ebner-Eschenbach, Bd. 17 *Das Heptameron*, Margarete v. Navarra, Bd. 18 *Märchenbriefbuch der heiligen Nächte*, Max Dauphtendey, Bd. 19 *Das Marmorbild*, Joseph v. Eichendorff, Bd. 20 *Das Schloss*, Franz Kafka, Bd. 21 *Das Urteil*, Franz Kafka, Bd. 22 *David Copperfield*, Charles Dickens, Bd. 23 *Der abenteuerliche Simplizissimus*, Grimmelshausen, Bd. 24 *Der arme Spielmann*, Franz Grillparzer, Bd. 25 *Der eingebildete Kranke*, Moliere, Bd. 26 *Der ewige Spießer*, Ödön v. Horváth, Bd. 27 *Der Fürst*, Nocolò Machiavelli, Bd. 28 *Der Glöckner von Notre Dame*, Victor Hugo, Bd. 29 *Der goldene Esel*, Apuleius, Bd. 30 *Der goldene Topf*, ETA Hoffmann, Bd. 31 *Der Graf von Monte Christo*, Alexandre Dumas, Bd. 32 *Der grüne Heinrich*, Gottfried Keller, Bd. 33 *Der kleine Häwelmann und andere Märchen*, Theodor Storm, Bd. 34 *Der kleine Lord*, Frances Hodgson Burnett, Bd. 35 *Der letzte Mohikaner*, James Fenimore Cooper, Bd. 36 *Der Prozess*, Franz Kafka, Bd. 37 *Der Sandmann*, ETA Hoffmann, Bd. 38 *Der Schimmelreiter*, Theodor Storm, Bd. 39 *Der Schuss von der Kanzel*, Conrad Ferdinand Meyer, Bd. 40 *Der Seewolf*, Jack London, Bd. 41 *Der seltsame Fall des Dr. Jekyll und Mr. Hyde*, Robert Louis Stevenson, Bd. 42 *Der Stechlin*, Theodor Fontane, Bd. 43 *Der Sturmheidhof (Sturmhöhe)*, Emily Brontë, Bd. 44 *Der Tor und der Tod*, Hugo v. Hofmannsthal, Bd. 45 *Der Weg ins Freie*, Arthur Schnitzler, Bd. 46 *Der zerbrochene Krug*, Heinrich v. Kleist, Bd. 47 *Deutsches Märchenbuch*, Ludwig Bechstein, Bd. 48 *Deutschland. Ein Wintermärchen*, Heinrich Heine, Bd. 49 *Die Abenteuer der sieben Schwaben*, Ludwig Aurbacher, Bd. 50 *Die Burg von Otranto*, Horace Walpole, Bd. 51 *Die drei Musketiere*, Alexandre Dumas, Bd. 52 *Die Elixiere des Teufels*, ETA Hoffmann, Bd. 53 *Die Geschichte meines Lebens*, Georg Ebers, Bd. 54 *Die Insel Felsenburg*, Johann Gottfried Schnabel, Bd. 55 *Die Judenbuche*, Annette v. Droste-Hülshoff, Bd 56. *Die Kameliendame*, Alexandre Dumas, Bd. 57 *Die Kartause von Parma*, Stendhal, Bd. 58 *Die Kreutzersonate*, Lew Tolstoi, Bd. 59 *Die Leiden des jungen Werther*, Johann Wolfgang v. Goethe, Bd. 60 *Die Leute von Seldvyla I*, Gottfried Keller, Bd. 61 *Die Leute von Seldvyla II*, Gottfried Keller, Bd. 62 *Die Marquise*, George Sand, Bd. 63 *Die Marquise von O.*, Heinrich v. Kleist, Bd. 64 *Die Memoiren der Fanny Hill*, John Cleland, Bd. 65 *Die Ratten*, Gerhard Hauptmann, Bd. 66 *Die Räuber*, Friedrich v. Schiller, Bd. 67 *Die Regentrude*, Theodor Storm, Bd. 68 *Die Reisen des Baron zu Münchhausen*, Bd. 69 *Die Schatzinsel*, Robert Louis Stevenson, Bd. 70 *Die Verlobten*, Allessandro Manzoni, Bd. 71 *Die Verwandlung*, Franz Kafka, Bd. 72 *Die Verwirrungen des Zöglings Törleß*, Robert Musil, Bd. 73 *Die Waffen nieder*, Berta von Suttner, Bd. 74 *Die Wahlverwandtschaften*, Johann Wolfgang v. Goethe, Bd. 75 *Don Carlos*, Friedrich v. Schiller, Bd. 76 *Eduards Traum*, Wilhelm Busch, Bd. 77 *Effi Briest*, Theodor Fontane, Bd. 78 *Egmont*, Johann Wolfgang v. Goethe, Bd. 79 *Ein Held unserer Zeit*, Michail Lermontoff, Bd. 80 *Einsichten und Ausblicke*, Gerhard Hauptmann, Bd. 81 *Emilia Galotti*, Gottold Ephraim Lessing, Bd. 82 *Erinnerungen aus galanter Zeit*, Giacomo Casanova, Bd. 83 *Erzählungen*, Wilhelm Busch, Bd. 84 *Es waren zwei Königskinder*, Theodor Storm, Bd. 85 *Essays*, Michel de Montaigne, Bd. 86 *Franz Sternbalds Wanderungen*, Ludwig Tieck, Bd. 87 *Fräulein Else*, Arthur Schnitzler, Bd. 88 *Frühlings Erwachen*, Frank Wedekind, Bd. 89 Gedanken, Blaise Pascal,

Bd. 90 *Gefährliche Liebschaften*, Pierre-Ambroise-François Choderlos de Laclos, Bd. 91 *Gegen den Strich*, Joris-Karl Huysmany, Bd. 92 *Geschichte des Fräuleins von Sternheim*, Sophie v. La Roche, Bd. 93 *Geschichte vom braven Kasperl und dem Annerl*, Clemens Brentano, Bd. 94 *Geschichten aus dem Wienerwald*, Ödön v. Horváth, Bd. 95 *Glanz und Elend der Kurtisanen*, Honore de Balzac, Bd. 96 *Glück und Unglück der berühmten Moll Flanders*, Daniel Defoe, Bd. 97 *Götz von Berlichingen*, Johann Wolfgang v. Goethe, Bd. *98 Gullivers Reisen*, Jonathan Swift, Bd. 99 *Heidis Lehr und Wanderjahre*, Johann Spyri, Bd. 100 *Heinrich von Ofterdingen*, Novalis, Bd. 101 *Hiob Roman eines einfachen Mannes*, Joseph Roth, Bd. *102 Immensee*, Theodor Storm, Bd. 103 *Iphigenie auf Tauris*, Johann Wolfgang v. Goethe, Bd. 104 *Italienische Märchen*, Clemens Brentano, Bd. 105 *Ivannhoe*, Walter Scott, Bd. 106 Jahrmarkt der Eitelkeiten, William Makepaece Thackeray, Bd. 107 *Jane Eyre*, Charlotte Brontë, Bd. 108 *Jugend ohne Gott*, Ödön v. Horvath, Bd. 109 *Jürg Jenatsch*, Conrad Ferdinand Meyer, Bd. 110 *Kabale und Liebe*, Friedrich v. Schiller, Bd. 111 *Kasimir und Karoline*, Ödön v. Horvath, Bd. 112 *Kinder- und Hausmärchen*, Gebrüder Grimm, Bd. 113 *Kleiner Mann, was nun*, Hans Fallada, Bd. 114 *König Alkohol*, Jack London, Bd. 115 *Krambambuli*, Marie Ebner-Eschenbach, Bd. 116 *Lausbubengeschichten*, Ludwig Thoma, Bd. 117 *Lavinia - Pauline - Kora*, George Sand, Bd. 118 *Leben und Lüge*, Detlev von Liliencron, Bd. 119 *Lebensansichten des Katers Murr*, ETA Hoffmann, Bd. 120 *Lenz. Der hessische Landbote*, Georg Büchner, Bd. 121 *Lieutenant Gustl*, Arthur Schnitzler, Bd. 122 *Lord Jim*, Joseph Conrad, Bd. 123 *Luise*, Johann Heinrich Voß, Bd. 124 *Madame Bovary*, Gustave Flaubert, Bd. 125 *Märchen*, Wilhelm Hauff, Bd. 126 *Maria Stuart*, Friedrich v. Schiller, Bd. 127 *Max Havelaar*, Multatuli, Bd. 128 *Meister Floh*, ETA Hoffmann, Bd. 129 *Michael Kohlhaas*, Heinrich v. Kleist, Bd. 130 *Minna von Barnhelm*, Gotthold Ephraim Lessing, Bd. 131 *Moby Dick*, Hermann Melville, Bd. 132 *Nathan, der Weise*, Gotthold Ephraim Lessing, Bd. 133-1 und 133-2 *Nils Holgersson wunderbare Reise*, Selma Lagerlöf, Bd. 134 *Niels Lyne*, Jens Peter Jacobsen, Bd. 135 *Nußknacker und Mausekönig*, ETA Hoffmann, Bd. 136 *Oliver Twist*, Charles Dickens, Bd. 137 *Onkel Toms Hütte*, Herriett Beecher Stowe, Bd. 138 *Peter Schlemihls wundersame Geschichte*, Adalbert v. Chamisso, Bd. 139 *Peterchens Mondfahrt*, Gerdt v. Bassewitz, Bd. 140 *Pinocchio*, Carlo Collodi, Bd. 141 *Reinecke Fuchs*, Johann Wolfgang v. Goethe, Bd. 142 *Rheinmärchen*, Clemens Brentano, Bd. 143 *Rinaldo Rinaldini*, Christian August Vulpius, Bd. 144 *Robinson Crusoe*; Daniel Defoe, Bd. 145 *Romeo und Julia*, William Shakespeare Bd. 146 *Schach von Wuthenow*, Theodor Fontane, Bd. 147 *Schachnovelle*, Stefan Zweig, Bd. 148 *Schatzkästlein des rheinischen Hausfreundes*, Johann Peter Hebel, Bd. 149 *Schelmuffskys Reisebeschreibung*, Christian Reuter, Bd. 150 *Schloss Gripsholm*, Kurt Tucholsky, Bd. 151 *Siebenkäs*, Jean Paul, Bd. 152 *Sternstunden der Menschheit*, Stefan Zweig, Bd. 153 Tao te king, Laotse, Bd. 154 *Till Eulenspiegel*, Hermann Bote, Bd. 155 *Tolldreiste Geschichten*, Honorè de Balzac, Bd. 156 *Tom Jones, Geschichte eines Findelkindes*, Henry Fielding, Bd. 157 *Tom Sawyers Abenteuer und Streiche*, Mark Twain, Bd. 158 *Troquato Tasso*, Johann Wolfgang v. Goethe, Bd. 159 *Traumnovelle*, Arthur Schnitzler, Bd. 160 *Trost der Philosophie*, Boethius, Bd. 161 *Über den Umgang mit Menschen*, Adolph Freiherr v. Knigge, Bd. 162 *Uli der Knecht*, Jeremias Gotthelf, Bd. 163 *Uli der Pächter*, Jeremias Gotthelf, Bd. 164 *Ungeduld des Herzens*, Stefan Zweig, Bd. 165 *Ut oler Welt*, Wilhelm Busch, Bd. 166 *Vater Goriot*, Honorè de Balzac, Bd. *167 Väter und Söhne*, Ivan Sergejeviç Turgenev, Bd. 168 *Verlorene Illusionen*, Honorè de Balzac, Bd. 169 *Von der Freiheit eines Christenmenschen*, Martin Luther – Bd. 170 *Von der Ursache, dem Prinzip und dem Einen*, Bruno Giordano, Bd. 171 *Vor Sonnenuntergang*, Gerhard Hauptmann, Bd. 172 *Walden oder Leben in den Wäldern*, Henry D. Thoreau, Bd. 173 *Wilhelm Meisters Lehrjahre*, Johann Wolfgang v. Goethe, Bd. 174 *Wilhelm Meisters Wanderjahre*, Johann Wolfgang v. Goethe, Bd. 175 *Wilhelm Tell*, Friedrich v. Schiller

Von demselben Autor/Herausgeber sind bei BOD bereits erschienen:
Alle Tage Feiertage
ISBN 978-3-7386-0409-2, 280 S.
Allerlei Anlässe zum Aktionieren, Feiern und Gedenken

100 Kinderlieder
ISBN 978-3-7322-3024-2, 112 S.
100 Kinderlieder, altbekannt und immer wieder gern gesungen

Liederbuch (Deutsche Volkslieder)
ISBN 978-3-8423-6702-9, 312 S.
300 Volkslieder aus 8 Jahrhunderten und aller Herren Länder

Sagen und Erzählungen aus Marburg und Oberhessen
ISBN 978-3-7347-8909-0 , 164 S.
Allerlei Schwänke und Geschichten aus dem Marburger Land

Tausenderlei über die Freiheit
ISBN 978-3-7322-9721-4, 140 S.
Mehr als 1000 Zitate, Bonmots und Aphorismen über die Freiheit

Tausenderlei über das Glück
ISBN 978-3-7322-5525-2, 160 S.
Mehr als 1000 Zitate, Bonmots und Aphorismen über das Glück

Tausenderlei über die Liebe
ISBN 978-3-8423-7474-4, 140 S.
Mehr als 1000 Zitate, Bonmots und Aphorismen zum Thema Nr. Eins

Weihnachtsgedichte– Verse, Reime und Gedichte zum Fest
ISBN 978-3-7347-6393-9, 352 S.
290 Werke bekannter und unbekannter Dichter zum Weihnachtsfest

Weihnachtsgeschichten - Erzählungen und Märchen
ISBN 978-3-7347-6404-2, 392 S.
85 kurze und lange Texte zur Weihnachtszeit

Weihnachtsgeschichten 2
ISBN 978-3-7481-7533-9, 360 S.
35 kürzere und längere Geschichten zur Weihnacht

100 Weihnachtslieder
ISBN 978-3-7322-3375-5, 112 S.
100 Weihnachtslieder aus der Heimat und der ganzen Welt

Lob und Tadel an tessitore@web.de